# Camilo José Cela

de la Real Academia Española

# La ruche

*Traduit de l'espagnol
par Henri L. P. Astor*

## Gallimard

*Titre original :*

LA COLMENA

© *Éditions Gallimard, 1958, pour la traduction française.*

Né en 1916 à Padrón, José Camilo Cela est l'un des plus brillants représentants de la littérature espagnole. Révélé en 1942 par son roman *La Famille de Pascal Duarte*, il s'est fixé en 1954 à Majorque où il publie l'une des plus importantes revues en langue espagnole. Il a obtenu, en 1956, le prix de la Critique espagnole pour son ouvrage intitulé *La Catira*. Il est l'auteur de nombreux ouvrages parmi lesquels ont été notamment traduits en français *La Ruche* (1958), *Voyage en Alcarria* (1961) et *Nouvelles aventures et mésaventures de Lazarillo de Tormes* (1963). Membre de l'Académie Royale d'Espagne, il a reçu en 1989 le prix Nobel de Littérature.

# PRÉFACE

## I

*De temps en temps, irrégulièrement et comme par sur-
prise, paraissent des romans dont l'importance ne tient pas
seulement à leur qualité littéraire intrinsèque, mais à
l'originalité du sujet et au renouvellement de la forme. Ces
œuvres exercent ainsi une influence notable sur un grand
nombre d'écrivains, puis sur les goûts du public, et finissent
à la longue par opérer un changement d'orientation dans les
courants littéraires de toute une époque. Il n'échappera pas
au lecteur averti que je fais allusion, par exemple, à des
œuvres aussi diverses par leur facture, leur conception ou
leur audience, que furent en leur temps l'Ulysse de Joyce,
la trilogie U. S. A. de Dos Passos, ou La Condition humaine
de Malraux — ce livre qui a inauguré, il y a un peu plus
d'un quart de siècle, tout un cycle, encore inachevé, du
roman du XXᵉ siècle.*

*Il arrive parfois cependant qu'en raison de circonstances
historiques, politiques, ou économiques, certains pays restent momentanément en marge du progrès inéluctable de
l'humanité. La vie culturelle de ces pays souffre alors d'une
sorte de régression qui paralyse dans une certaine mesure
ses manifestations intellectuelles. Mais, malgré cela, la vie
continue, et un observateur attentif et patient ne tardera
pas à percevoir les faibles convulsions, les premiers mouvements qui annoncent la renaissance d'une culture, d'un art
et d'une littérature dont l'évolution avait été arrêtée un
moment par des circonstances extérieures.*

*Dans ce cas, l'historien de la littérature, ou même le
chroniqueur soucieux simplement de noter au jour le jour
ses transformations, n'aura d'autre solution, s'il veut être
véridique, que de faire allusion, avant de parler de la littérature proprement dite, à ces circonstances extérieures, et,
mieux encore, de commenter et de juger les œuvres et les*

*auteurs sous l'angle de la relativité historique — celle de
son pays à un moment donné — c'est-à-dire d'étudier objec-
tivement la situation qui détermine et conditionne
l'existence, le développement et la survivance de ses formes
culturelles. Ce n'est qu'à cette condition que l'historien, ou
le chroniqueur littéraire, sera capable de donner leur valeur
exacte aux œuvres composées par les écrivains de son pays
dans une situation anormale. Ce n'est qu'à cette condition
qu'il pourra, le moment venu, distinguer les ouvrages qui,
s'ils ne donnent pas dans le concert de la littérature univer-
selle une note absolument originale, ne l'ont pas moins
fait entendre dans la relativité historique d'un pays déter-
miné.*

## II

*Une série de circonstances, produites presque toutes par
la guerre civile qui ravagea l'Espagne de 1936 à 1939, modi-
fièrent d'une manière décisive un courant culturel déjà
intense dans les premières années de ce siècle, et qui avait
donné naissance à des personnalités d'un renom mondial
comme Miguel de Unamuno, José Ortega y Gasset, et Fede-
rico Garcia Lorca.*

*Dans le domaine intellectuel, la commotion de la guerre
civile eut des conséquences dramatiques et irréparables.
Quand elle se termina, et qu'eurent disparu quelques-unes
des figures les plus notables de la culture espagnole —
Garcia Lorca et Unamuno (1936), Antonio Machado (1939) —,
il ne resta dans le pays à peu près aucun intellectuel
d'envergure. La plupart d'entre eux avaient opté pour la
diaspora de l'exil, et, privée par la mort ou l'absence de
ceux qui auraient dû être ses maîtres, la nouvelle génération des écrivains fut abandonnée à son sort. Il n'est pas
étonnant dans ces circonstances que les œuvres de Cela
aient exercé une grande influence, non seulement sur les
écrivains plus jeunes, mais aussi sur ceux qui appartenaient
à sa génération. En effet Cela fut la première personnalité
qui émergea après la guerre civile, et dans le climat appau-
vri de la littérature espagnole, ses œuvres eurent un grand
retentissement, non seulement à cause de la maîtrise de la
langue dont elles témoignaient mais parce qu'elles manifes-
taient dans le fond et la forme une relative originalité qui*

*surprit la plus grande partie des lecteurs, car ils ignoraient absolument les renouvellements du roman mondial. Et cela était naturel, étant donné l'isolement international de l'Espagne pendant plus de dix ans après la guerre civile, étant donné aussi les difficultés qu'apporta au développement intellectuel la politique culturelle assez spéciale et hostile au progrès qui sévit à l'intérieur du pays.*

*Tout cela contribua donc à donner aux œuvres de Cela — et en particulier à* La Famille de Pascual Duarte *(1942) et à* La Ruche *(1950) — dans le cercle réduit de l'Espagne — un caractère d'exception qui les rapprochait, par les tentatives nouvelles de la forme et du sujet, des œuvres dont nous avons parlé au début de ces lignes. Et c'était justice. En effet* La Famille de Pascual Duarte *inaugura en Espagne, en 1942, la littérature « existentialiste-noire », qui avait cours alors, et devait durer encore quelques années, en Europe. Le mérite de Cela fut double : d'abord par sa volonté d'insérer ses écrits dans le cadre de l'esprit européen; ensuite par son souci d'y arriver sans renoncer à aucun des traits spécifiques de l'Espagne. C'est ainsi par exemple que la figure de Pascual Duarte, si proche à bien des égards de celle de Meursault dans* l'Etranger de Camus, *s'en éloigne radicalement dans ses manifestations. A l'intellectualisme de Camus, reflet d'une culture plus évoluée, Cela oppose un vitalisme presque biologique qui se relie davantage au « faire » espagnol le plus primitif. En tout cas, dans le panorama culturel — et même politique — de l'Espagne,* La Famille de Pascual Duarte *a joué le rôle d'un révulsif, et frayé le chemin à de futures expériences. De même* La Ruche *a apporté au roman espagnol une dimension nouvelle, sinon dans la littérature mondiale, du moins dans ce pays : celle du roman collectif à tendance objectiviste (sans en arriver aux extrêmes du « behaviorism » américain) et tourné indéniablement vers la critique sociale (encore nuancée par les circonstances intérieures). Tout cela fait que — sans exagérer son importance, et sans la minimiser non plus — on peut dire que* La Ruche *a ouvert une nouvelle étape dans le roman espagnol, et c'est de Cela que s'inspirent en gardant toute leur personnalité, et même en s'éloignant radicalement de lui, bon nombre de jeunes romanciers qui font augurer à l'Espagne des temps littérairement plus fastes.*

*Peut-être le lecteur français aura-t-il du mal à apprécier, aujourd'hui, certains faits qui lui sont étrangers et qui, avec le temps et l'écran de la langue, perdent évidemment de leur valeur et de leur signification : ils n'en ont pas moins eu leur vérité — et ils la gardent — dans la relativité historique de l'Espagne. Aussi, en lisant La Ruche, ne devra-t-on pas oublier les conditions anormales — culturellement — dans lesquelles ce livre a été écrit, et que souligne suffisamment le fait que La Ruche n'a jamais pu être éditée en Espagne : la première édition en a été publiée en Argentine, et la deuxième à Mexico.*

### III

*L'action de* La Ruche *se passe à Madrid en* 1942, au milieu d'un torrent, ou d'une ruche, de gens dont les uns sont heureux, les autres non. *Cent soixante personnages apparaissent dans l'œuvre, et ils ont tous, de près ou de loin, un lien entre eux.*

La Ruche *est un monde articulé! L'auteur a pris son premier cliché dans le café de doña Rosa. C'est là que nous faisons connaissance avec plusieurs personnages de base. Les autres sont des amis, des voisins, de lointaines relations des clients du café. Et tous sont également les protagonistes du roman. Car, en réalité, Martín Marco — ce poète traqué que nous connaissons au moment difficile où il s'aperçoit qu'il n'a pas de quoi payer sa consommation — et que l'on pourrait prendre pour le héros du livre, n'est qu'une figure sympathique dont l'auteur se sert comme d'un artifice technique pour tracer une ligne de démarcation entre les autres personnages. Dans les dernières pages, le prolongement de cette ligne au delà de la courbe vitale des autres personnages n'est également qu'un prétexte pour présenter ou introduire l'œuvre qui suivra* La Ruche *à l'intérieur de la série* Chemins incertains. *Annoncée par l'auteur, cette œuvre n'a pas encore été publiée.*

*L'interconnexion des personnages, cette trame humaine, nous donne la clé qui nous permet de découvrir le véritable protagoniste : c'est la Cité, c'est Madrid; non pas dans une vision panoramique ou architectonique, mais considérée comme un organisme vivant, comme la cellule qui accueille ces êtres qui grouillent dans ses rues, qui naissent, vivent et meurent dans ses immeubles, ces êtres qui en définitive, et c'est là l'important, sont tantôt heureux, tantôt malheureux.*

Cela les connaît bien parce qu'il les aime. Naturellement sa tendresse n'altère pas sa lucidité. *Il sait pertinemment que ses personnages ne sont que de pauvres types qui passent leurs heures vides à* penser vaguement à ce monde, qui, hélas! n'a pas été ce qu'il aurait pu être, à ce monde où tout a croulé peu à peu, sans que personne puisse se l'expliquer, à cause — qui sait? — d'un détail insignifiant. *Il connaît également l'apathie, la résignation passive des clients du café de doña Rosa qui* croient que les choses arrivent parce que c'est comme ça, et qu'il est inutile de remédier à quoi que ce soit.

*Pour ces gens-là, le temps prend un air de fatalité et de régularité inexorable, qui se vérifie par la monotonie de leurs existences.* Après les jours, viennent les nuits, après les nuits viennent les jours. L'année comprend quatre saisons : le printemps, l'été, l'automne et l'hiver. Il y a des vérités que l'on sent dans son corps, comme la faim ou l'envie d'uriner... *Parfois le temps les surprend dans un moment de répit ou de distraction, et c'est comme un morceau de glace qu'on leur insinue entre le dos et la chemise.* Don Jaime change de position, il avait des fourmis dans une jambe. Quel mystère tout de même! Pan, pan... pan, pan... et ainsi toute la vie, jour et nuit, été comme hiver : le cœur.

*C'est le temps qui nivelle, qui annule toutes ces individualités : il passe pour tous, et leur mesure des périodes identiques. La Fila va avoir trente-quatre ans.* Je suis vieille, n'est-ce pas? Regarde ma figure pleine de rides. Maintenant il n'y a plus qu'à attendre que les enfants grandissent; continuer à vieillir, et puis mourir. Comme maman, la pauvre.

*Chaque jour, pendant quelques heures, le temps survole la ville endormie. C'est alors, plus que jamais à ces moments de trêve, que les êtres inspirent la pitié, une pitié qui vient des entrailles, et qui n'a rien à voir avec les sottes manifestations d'une sensiblerie ou d'une charité également inutiles, devant l'inexorable fatalité.* La nuit se referme, vers une heure et demie ou deux heures du matin, sur le cœur mystérieux de la ville. Des milliers d'hommes sont couchés dans les bras de leurs femmes, sans penser à **la dure et** cruelle journée qui les attend peut-être, tapie comme un chat sauvage, dans si peu d'heures — *ces heures si courtes qui les séparent de* ce matin éternellement répété qui s'amuse un peu, malgré tout, à changer la face de la cité, ce tombeau, ce mât de cocagne, cette ruche...

*On voit dès lors comment opère le temps avec les habitants de* La Ruche : *il pèse sur eux sans qu'ils se rendent compte de sa présence oppressante. Ils ne s'en aperçoivent que lorsque, par moments, et comme par hasard, s'ouvre une petite fissure dans leur opaque et inerte personnalité. Ce qui les anime en réalité, ce qui parfois les amène à lutter, à bouger dans la vie, ce ne sont que deux instincts primitifs : la faim et le sexe. Dans* La Ruche, *c'est le sexe qui l'emporte, au contraire de ce qui se passe dans les romans de Baroja où c'est la faim qui a le premier rôle. Le roman de Cela est une sorte de symphonie érotique, dont tous les motifs — que l'auteur nous a présentés dans les chapitres précédents — culminent au chapitre IV. Il est difficile de traiter avec plus de délicatesse — malgré la minutie de certaines descriptions fort peu romantiques — la cruauté de l'amour sexuel. Quelques allusions dans les propos des amants suffisent à nous éclairer sur la nature exacte de leurs relations.*

*Mais cette symphonie érotique est très complexe. Elle atteint les bornes inévitables où l'amour devient un marché; elle pénètre dans le cœur des femmes qui vendent leurs corps pour pouvoir subsister, et effleure l'âme des enfants innocentes livrées au plus offrant. Le désir prend alors les traits odieux de la bestialité, et devient l'instrument honteux de la dégradation morale. Malgré tout, Cela garde toujours un peu de sympathie pour la victime, ce qui accentue encore sa tragédie à nos yeux :* L'enfant s'assit sur le bord d'un fauteuil de velours vert. Elle a treize ans, et sa poitrine perce un peu comme une petite rose prête à s'ouvrir... Doña Carmen a vendu Merceditas pour cent douros; c'est don Francisco qui l'a achetée, celui qui a un cabinet de consultations.

*La symphonie érotique débouche et prend fin sur les rêves, sur les illusions dont on s'était bercé, tel le rêve, lourd de mélancolie et de sexualité morbide de la señorita Elvira, la malheureuse prostituée du café de doña Rosa; ou ceux plus innocents de* quelques douzaines de filles qui attendent — qu'attendent-elles, mon Dieu? pourquoi les as-tu tant trompées? — l'esprit tout plein de songes dorés. *Ensuite, après les jours viennent les nuits, après les nuits viennent les jours...* Le matin monte peu à peu, en rampant comme un ver sur le cœur des hommes et des femmes de la ville; en frappant presque gentiment les regards encore mal éveillés, ces regards qui ne découvrent jamais de nouveaux horizons, de nouveaux paysages, de nouveaux décors.

IV

*Ce bref résumé du livre laisse apparaître au moins trois idées-maîtresses qui peuvent aider à son interprétation historique et sociale. En premier lieu, c'est un roman collectif, où l'on ne peut trouver ni un ni plusieurs personnages principaux : le titre même de l'ouvrage indique clairement l'intention de l'auteur : le protagoniste, c'est la cité, conçue sous la forme de la ruche, de la cellule presque exclusivement biologique, avec ses passions élémentaires, sans fenêtres ouvertes sur un idéal quelconque, sans autres projets sociaux que ceux qui relèvent de l'existence en commun au stade le plus primitif.*

*Vie sans projets, c'est-à-dire vie sans espérance, où le temps pèse lourdement sur les personnages, et les condamne à une existence absurde, fermée, inerte. Ce cours inexorable, monotone et exaspérant de la durée nous offre la dimension exacte de ces vies qui ne cherchent et ne trouvent d'évasion que dans le sexe. Cette lente asphyxie par le temps est la seconde idée-maîtresse de ce roman.*

*La troisième nous est fournie par le sexe. L'obsession sexuelle — manifeste ou occulte, effrénée ou maîtrisée — est une composante, ou mieux une dominante, de la vie sociale espagnole. Il est impossible d'ébaucher dans ces lignes une « théorie de la sexualité en Espagne ». Elle n'a pas encore été formulée, mais les sociologues devront lui accorder une attention particulière le jour où ils tenteront d'étudier, d'une manière cohérente, les modes de vie en Espagne. On peut voir dans cette obsession sexuelle, ou dans l'aspect brutal que prend le sexe dans le langage populaire et dans la vie sociale espagnole, une sorte de révolte contre les « tabous » imposés par la religion, et en même temps une protestation contre l'idéalisme brandi comme un dra-*

*peau depuis des siècles par la féodalité toujours vivante
sous sa forme économique et idéologique, et dont les formules magiques, imposées par la force, vont des illusions
impérialistes aux slogans du genre : « La vie est un songe. »
Pour lutter contre cet idéalisme, le peuple espagnol
s'accroche désespérément aux pauvres réalités vitales qui
sont à sa portée, et l'une des plus « réelles » est celle du
sexe. Quoi qu'il en soit, les manifestations variées de cette
obsession ou de cette révolte ont trouvé un reflet parfaitement exact dans l'œuvre de Cela, en contribuant en même
temps à donner le relief voulu à ce monde espagnol de 1942
que La Ruche s'est proposé avec succès de décrire fidèlement, sinon complètement.*

*La vision que Cela nous offre de Madrid de 1942 est
essentiellement pessimiste. Un peuple déchiré par une
guerre civile ne pouvait guère inspirer à cette époque à un
écrivain une vision plus optimiste : elle aurait pu être plus
émue. Un million de morts et près d'un demi-million
d'exilés constituent une amputation qu'une nation comme
l'Espagne n'a pu supporter sans un ébranlement profond.
Il a fallu plus de quinze ans pour commencer seulement à
s'en remettre, c'est-à-dire le temps qu'une nouvelle génération prît peu à peu conscience d'elle-même et du rôle que
l'histoire lui réservait, et que les générations plus directement affectées par la guerre pussent panser leurs blessures
et recouvrer leurs forces. Le pays commence maintenant
à manifester des différences avec l'Espagne de 1942, bien
qu'il garde encore son aspect des premières années de
l'après-guerre, de cet après-guerre qui ne peut tarder à
prendre fin. C'est pourquoi un livre comme La Ruche ne
pourrait pas être écrit aujourd'hui : c'est déjà un document
historique, un des rares documents littéraires qui nous
restent de ces années de cauchemar, même si par certains
côtés c'est un témoignage partial et plein de sous-entendus
obligés.*

*Je crois que ce que je viens de dire peut intéresser les
lecteurs de la version française. Quant à la qualité littéraire
et à l'intérêt proprement romanesque de l'ouvrage, c'est à
eux, et à eux seuls, d'en juger.*

JOSÉ MARÍA CASTELLET.

NOTE DE LA PREMIÈRE ÉDITION

*Mon roman* La Ruche, *premier livre de la série* Chemins incertains, *n'est qu'un pâle et modeste reflet, qu'une ombre de la réalité quotidienne, de l'âpre, tendre et douloureuse réalité.*

*Ils mentent, ceux qui veulent déguiser la vie à l'aide du masque grimaçant de la littérature. Le mal qui ronge les âmes, ce mal qui porte autant de noms qu'on veut bien lui en donner, ne saurait être combattu par les compresses du conformisme ni par les cataplasmes de la rhétorique et de la poésie.*

*Mon roman ne veut être qu'une image de la vie, racontée fidèlement sans réticences, sans tragédies extraordinaires, sans charité, comme la vie s'écoule, exactement comme la vie s'écoule, ni plus — ni moins. Que nous le voulions ou non. La vie est ce qui vit — en nous ou hors de nous; nous, nous n'en sommes que le véhicule, l'excipient comme disent les pharmaciens.*

*Je pense que de nos jours on ne peut écrire — bien ou mal — que des romans semblables au mien. Si je pensais le contraire, je changerais de métier.*

*Mon roman — pour des raisons particulières — a été publié en république Argentine; je crois qu'un air nouveau — nouveau pour moi — fait du bien à la lettre imprimée. L'architecture de mon livre est complexe, et m'a demandé beaucoup d'efforts. Il va de soi que mes difficultés proviennent aussi bien de cette complexité que de ma propre maladresse. L'action se déroule à Madrid — en 1942 — au milieu d'un torrent — ou d'une ruche —, de gens qui parfois sont heureux, et parfois ne le sont pas. Les cent soixante personnages qui grouillent — ils ne défilent pas — entre ses pages m'en ont fait voir de toutes les couleurs au cours de cinq bonnes années. Si j'ai visé juste, ou si j'ai manqué la cible, c'est au lecteur de le dire.*

*Je ne sais si mon roman est réaliste, idéaliste ou natu-*

*raliste; si c'est un roman de mœurs, ou quoi que ce soit. D'ailleurs, je ne m'en préoccupe guère. Que chacun lui appose l'étiquette qu'il voudra : aujourd'hui on est habitué à tout.*

C. J. C.

\* Note de l'Editeur. — *Il s'agit d'un calcul très approximatif de l'auteur; dans le recensement qui figure à la fin du texte espagnol, José Manuel Caballero Bonald dénombre deux cent quatre-vingt-dix-huit personnages imaginaires et cinquante personnages réels : soit au total trois cent quarante-huit.*

## NOTE DE LA DEUXIÈME ÉDITION

*Mes idées n'ont pas changé depuis quatre ans. Ni mes sentiments et mes points de vue. Il est arrivé, dans le monde, des choses étonnantes — pas si étonnantes, d'ailleurs —, mais l'homme traqué, l'enfant qui vit comme un lapin, la femme dont le pauvre pain quotidien est accroché au sexe — sinistre mât de cocagne — de l'épicier conformiste et cauteleux, la jeune fille sans amour, le vieillard sans espoir, le malade condamné — le suppliant et dérisoire malade condamné —, sont toujours là. Personne ne les a changés de place. Personne ne les a balayés. Presque personne n'a jeté un regard sur eux.*

*Je sais bien que* La Ruche *est un cri dans le désert; ce cri n'est même pas tellement strident ni trop déchirant. Sur ce point, je ne me suis jamais fait de vaines illusions. Mais, dans tous les cas, j'ai la conscience tranquille.*

*Au cours de ces quatre années, on a tout dit sur* La Ruche, *en bien et en mal : le bon sens seul faisait généralement défaut. Il est pénible de constater que les gens continuent de penser que la littérature, comme le violon, par exemple, est un passe-temps qui, tout compte fait, ne fait de mal à personne. Et c'est là une des faillites de la littérature.*

*Mais à quoi bon nous laisser gagner par la tristesse? Rien ne s'arrange : évidence qu'il faut assumer avec dégoût et résignation. Et, comme les gladiateurs les plus désinvoltes du cirque romain, avec un vague sourire aux lèvres.*

C. J. C.

## NOTE DE LA TROISIÈME ÉDITION

*J'aimerais développer l'idée que l'homme sain n'a pas d'idées. Parfois je pense que les idées religieuses, morales, sociales ou politiques ne sont que les manifestations d'un déséquilibre du système nerveux. Nous sommes encore loin du temps où l'on saura que l'apôtre et l'illuminé sont du gibier d'asile, de tremblantes fleurs de la faiblesse et de l'insomnie. L'histoire, l'indéfectible histoire va à rebours des idées. Ou en marge des idées. Pour faire l'histoire, il faut ne pas avoir d'idées, comme pour faire fortune il est nécessaire de n'avoir pas de scrupules. Pour l'homme traqué qui parvient à sourire avec l'amer rictus du triomphateur, les idées et les scrupules sont un obstacle. L'histoire est comparable à la circulation du sang ou à la digestion des aliments. Les artères qui charrient la substance historique, ainsi que l'estomac dans lequel elle fermente, sont dures et froides comme la pierre. Les idées sont un atavisme — un jour on le reconnaîtra —, jamais une culture, et moins encore une tradition. La culture et la tradition de l'homme, de même que la culture et la tradition de la hyène ou de la fourmi, ne peuvent être orientées que dans trois directions : la nourriture, la reproduction, et l'autodestruction. La culture et la tradition ne sont jamais idéologiques, mais, en revanche, toujours instinctives. La loi d'hérédité — qui est la plus effarante loi de la biologie — n'est pas étrangère à ce que je dis ici. Dans ce sens, peut-être admettrais-je une culture et une tradition du sang. Les biologistes, sagement, l'appellent instinct. Ceux qui nient l'instinct ou, du moins, le bannissent — les idéologues —, dressent leur ingénieux appareil sur la problématique existence de ce qu'ils appellent « l'homme intérieur », en oubliant la lumineuse vaticination de Gœthe : tout ce qui est dedans est au-dehors.*

*Un jour je reviendrai sur l'idée que les idées sont une maladie.*

*Ma pensée n'a pas varié depuis deux ans. De chez moi, on aperçoit, ancrés dans la baie, les gris, les puissants, les sinistres vaisseaux de l'escadre américaine. Un coq chante, dans le premier poulailler venu, et une fillette à la douce petite voix fredonne — oh, l'instinct! — les vers surannés de la petite veuve du comte d'Oré.*

*Ce n'est pas la peine de se laisser gagner par la tristesse. La tristesse est également un atavisme.*

**C. J. C.**

Palma de Majorque, 18 juin 1957.

# CHAPITRE PREMIER

Ne perdons pas le nord, je me tue à le dire, c'est la seule solution.

Doña Rosa va et vient entre les tables du café tout en bousculant les clients avec son terrible derrière. Doña Rosa dit fréquemment « foutre » et « on est baisés ». Le monde, pour doña Rosa, c'est son café, et autour de son café il y a tout le reste. Il y en a qui disent que les petits yeux de doña Rosa brillent quand vient le printemps et que les filles commencent à sortir en manches courtes. Moi, je crois que tout ça, c'est des blagues : doña Rosa ne lâcherait un beau douro d'argent pour rien au monde. Avec ou sans printemps. Ce qu'elle aime, c'est trimbaler ses kilos de graisse, entre les tables. C'est tout. Elle fume du tabac à quatre-vingt-dix sous, quand elle est toute seule, et boit de *l'anis*, de bonnes rasades *d'anis*, du lever au coucher. Après quoi elle tousse et sourit. Quand elle est dans ses bons jours, elle s'assied dans la cuisine, sur un tabouret, et lit des romans et des feuilletons. Plus il y a de sang, plus elle est contente : ça nourrit. Alors elle plaisante avec les gens et leur raconte le crime de la rue des Brodeurs ou de l'express d'Andalousie.

— Le père de Navarrete [1], qui était un ami du général don Miguel Primo de Rivera, alla le voir, se mit à deux genoux devant lui et lui dit : « Mon général, faites grâce à mon fils, pour l'amour de Dieu! » Et don Miguel, bien qu'il eût un cœur d'or, lui répondit : « Navarrete, mon ami, cela m'est impossible; votre fils doit expier. Il passera au *garrot* [2]. »

Quels types! — pense-t-elle — faut en avoir dans le ventre! Doña Rosa a plein de taches sur la figure, elle a

---

1. Un des inculpés dans l'affaire du crime de l'express d'Andalousie.
2. Peine de mort en Espagne (*N. d. T.*).

toujours l'air de muer comme un lézard. Quand elle médite, elle se distrait en s'enlevant des points noirs parfois longs comme des serpentins. Puis elle revient à la réalité et recommence à se promener, de long en large, en souriant aux clients, que dans le fond elle déteste, en montrant ses petites dents noirâtres remplies de saletés.

Don Leonardo Meléndez doit six mille douros au *limpia* [1]. Le *limpia,* qui est un petit moineau — un moineau tout rachitique et engourdi — a passé des années à économiser de l'argent pour le prêter ensuite à don Leonardo. C'est bien fait pour lui. Don Leonardo est un aventurier qui vit en pique-assiette, et mijote des combines qui ne marchent jamais. Ce n'est pas qu'elles marchent mal, non; c'est que, tout simplement, elles ne marchent pas, ni en bien ni en mal. Don Leonardo porte des cravates voyantes, et se passe du fixateur sur les cheveux, un fixateur très parfumé que l'on sent de loin. Il a des airs de grand seigneur et un aplomb immense, l'aplomb d'un homme qui connaît son monde. Moi, je ne trouve pas qu'il le connaisse tant que cela, mais le fait est que ses façons sont celles d'un monsieur qui n'a jamais été à cinq douros près. Les créanciers, il les envoie aux pelotes, et les créanciers lui sourient et le traitent avec considération, du moins extérieurement. Ce n'est pas faute de gens qui aient songé à l'envoyer devant le tribunal et à lui faire un procès, mais toujours est-il que jusqu'ici nul n'avait ouvert le feu. Don Leonardo aime particulièrement prononcer des petits mots français, tels que *madame, rue* et *cravate* [2], et aussi la phrase : « Nous autres les Meléndez. » Don Leonardo est un homme instruit, un homme qui doit savoir beaucoup de choses. Il fait toujours ses deux ou trois petites parties de dames et ne boit jamais que du café-crème. Fort poli, il dit à ceux des tables voisines qu'il voit fumer du tabac blond : « Pourriez-vous me donner une feuille de papier à cigarettes? Je voudrais en rouler une de *picadura* [3], mais je n'ai pas de papier sur moi. » Alors l'autre tombe dans le panneau : « Non, je ne roule pas mes cigarettes. Si vous en voulez une toute

---

1. Cireur de bottes (*N. d. T.*).
2. En français dans le texte (*N. d. T.*).
3. Tabac gris *(N. d. T.)*.

faite... » Don Leonardo fait une moue ambiguë et tarde quelques secondes à répondre : « Bon, on fumera du blond, pour changer. Moi je n'aime pas beaucoup le foin, n'est-ce pas ? » Quelquefois, le type d'à côté lui dit seulement « Non, je n'ai pas de papier, je regrette de ne pouvoir vous obliger », et alors don Leonardo se passe de fumer.

Accoudés sur les vieux marbres, sur les marbres couverts de croûtes des tables à trois pattes, les clients voient passer la patronne, presque sans la regarder, tout en pensant vaguement à ce monde qui, ah ! n'a pas été ce qu'il aurait pu être, à ce monde où tout a raté peu à peu, sans que nul se l'explique, voire pour des détails insignifiants. Beaucoup de marbres de ces tables sont d'anciennes pierres tombales des *Sacramentales* [1]; quelques-uns en conservent encore les inscriptions et, en passant le bout des doigts sous la table, un aveugle y pourrait lire : *Ici reposent les cendres de la señorita Esperanza Redondo, décédée à la fleur de l'âge*, ou bien *R. I. P.* [2] *L'excellentissime señor don Ramiro López Puente, Sous-Secrétaire d'Etat au Ministère des Travaux Publics.*

Les clients des cafés sont des gens qui s'imaginent que les choses arrivent comme ça, que ça ne vaut pas la peine de chercher des remèdes. Au café de doña Rosa, tout le monde fume et, généralement, on médite, seul à seul, sur ces pauvres choses, sur ces aimables et tendres choses qui suffisent à combler ou à vider une vie entière. Il y a celui qui apporte à son silence un air rêveur, sans souvenirs précis, et il y a aussi celui qui se rappelle, le visage absorbé, avec les traits de la brute, ou de l'amoureuse, lasse de supplier : une main soutenant le front, et le regard encore plein de rancœur comme une mer qui s'apaise.

Il est des soirées où la conversation s'étiole de table en table, une conversation sur des chattes qui ont eu des petits, ou sur le ravitaillement, ou sur cet enfant mort dont personne ne se souvient, cet enfant mort qui, vous ne vous rappelez pas ? avait de jolis cheveux blonds, était mignon comme tout et plutôt maigrichon, portait toujours un jersey beige et devait marcher sur ses cinq ans. Au cours de ces soirées-là, le cœur du café bat comme celui d'un malade, sans rythme, et on dirait que l'air devient plus épais, plus

1. Anciens cimetières de Madrid *(N. d. T.)*.
2. *Requiescat in pace (N. d. T.)*.

gris, bien que parfois, comme un éclair, un souffle plus
tiède qui vient on ne sait d'où le traverse, un souffle chargé
d'espoir qui ouvre, pour quelques instants, une petite
fenêtre dans l'âme de chacun.

Don Jaime Arce, qui a tout de même grande allure, voit
toutes ses traites refusées. Au café, sans en avoir l'air, tout
se sait. Don Jaime a demandé un crédit à une banque, on le
lui a accordé et il a signé des traites. Puis arriva ce qui
arriva. Il se fourra dans une affaire où on le dupa, il se
retrouva sans un real, on lui présenta les traites à l'encais-
sement et il déclara qu'il ne pouvait pas les payer.
Don Jaime Arce est à coup sûr un homme honnête et pas
verni, un homme qui manque de pot dans ces histoires
d'argent. Travailleur, il ne l'est pas, c'est vrai, mais n'empêche qu'il n'a pas eu de chance. Il y en a d'autres qui, tout
aussi paresseux que lui si ce n'est davantage, ont ramassé
en deux ou trois coups heureux quelques milliers de douros,
ont payé leurs traites, et les voilà maintenant qui font les
boulevards en fumant du bon tabac et toute la journée en
taxi. Ce n'est pas ce qui lui est arrivé, à don Jaime Arce,
il lui est arrivé tout le contraire. A présent, il est à la
recherche d'un destin, mais il n'en trouve pas. Il se serait
bien mis au travail, au premier travail venu, peu importe,
mais rien ne se présentait qui en valût la peine, et il passait
ses journées au café, la tête appuyée au dossier en peluche,
à considérer les dorures du plafond. Parfois il chantait en
sourdine quelque air de *zarzuela* [1], tout en battant la mesure
du pied. D'ordinaire, don Jaime ne pensait guère à son
infortune; en réalité, il ne pensait jamais à rien. Il regardait les glaces et se disait : « Qui a bien pu inventer les
glaces? » Puis il regardait une personne, n'importe laquelle,
fixement, presque avec impertinence : « Qui sait si elle a
des enfants, cette femme-là? Si ça se trouve, c'est une vieille
grenouille de bénitier. » « Combien de tuberculeux peut-il
bien y avoir en ce moment dans ce café? » Don Jaime se
roulait une cigarette toute mince, une fine paille de cigarette,
et puis il l'allumait. « Il y en a qui sont des artistes pour
aiguiser les crayons, ils taillent une pointe fine comme une
aiguille et ils ne la cassent jamais. » Don Jaime change de

1. Opérette espagnole (*N. d. T.*).

position, une de ses jambes s'endormait. « Quel mystère tout
de même! Pan, pan... Pan, pan... Et comme ça toute la vie,
jour et nuit, été comme hiver : le cœur. »

Une dame silencieuse qui s'assied habituellement au
fond, par où on monte au billard, a perdu un fils voici à
peine un mois. Le jeune homme s'appelait Paco et préparait
l'examen des Postes. Au début on disait que c'était la para-
lysie qui l'avait frappé, mais ensuite on s'aperçut que non,
qu'il faisait une méningite. Il ne fit pas long feu et tomba
tout de suite dans le coma. Il savait déjà par cœur toutes
les communes des Provinces de Léon, de la Vieille-Castille,
de la Nouvelle-Castille et, en partie, de Valence (la région
de Castellón et, à peu de chose près, la moitié de celle d'Ali-
cante); ce fut grand dommage qu'il mourût. Paco n'avait
jamais été bien portant depuis une saucée attrapée en hiver,
quand il était petit. Sa mère s'était retrouvée seule, car son
autre fils, l'aîné, courait le monde, on ne savait où au juste.
L'après-midi, elle se rendait au café de doña Rosa, s'asseyait
au pied de l'escalier et passait là ses heures creuses, à se
chauffer. Depuis la mort du fils, doña Rosa se montrait
très affectueuse à son égard. Il y a des gens qui aiment bien
avoir des égards pour les personnes en deuil. Ils en pro-
fitent pour donner des conseils, exhorter à la résignation
ou à la force de caractère, et s'en trouvent bien. Doña Rosa,
pour consoler la mère de Paco, a coutume de lui dire que,
tant qu'à être resté idiot, il valait mieux que Dieu l'ait
emporté. La mère la regardait alors avec un sourire
complice et lui disait que, bien sûr, tout bien considéré, elle
avait raison. La mère de Paco s'appelle Isabel, doña Isabel
Montes, veuve Sanz. C'est une dame encore très bien, qui
porte une petite cape quelque peu râpée. Elle a l'air d'être
de bonne famille. Au café, habituellement, on respecte son
silence, et ce n'est que de loin en loin que quelque connaissance, généralement une femme, revenant des lavabos,
s'appuie sur sa table pour lui demander : « Alors, ça se
relève ce moral? » Doña Isabel sourit et ne répond presque
jamais; lorsqu'elle est un peu plus en train, elle lève la tête,
regarde l'amie et dit : « Que vous êtes donc belle, madame
Une telle! » Ce qui arrive le plus souvent, cependant, c'est
qu'elle ne dise rien : un geste de la main, quand l'amie
s'éloigne, et la voilà quitte. Doña Isabel sait qu'elle appar-

tient, elle, à une autre classe, que du moins ses manières sont différentes.

Une vieille — assez vieille — demoiselle appelle le *cerillero* [1].
— Padilla!
— J'arrive, mademoiselle Elvira!
— Une « Triton... »
La femme fouille dans son sac bourré de vieilles lettres, de tendres et impudiques vieilles lettres, et pose trente-cinq centimes sur la table.
— Merci.
— Merci à vous.
Elle allume sa cigarette et rejette une longue bouffée de fumée, le regard perdu. Au bout d'un instant, la demoiselle rappelle.
— Padilla!
— J'arrive, mademoiselle Elvira!
— Tu lui as remis la lettre?
— Oui, Mademoiselle.
— Qu'est-ce qu'il t'a dit?
— Rien, il n'était pas là. La bonne m'a dit de pas m'en faire, qu'elle la lui donnerait sans faute ce soir quand il rentrera dîner.
Mlle Elvira se tait et continue de fumer. Aujourd'hui elle est un peu souffrante, elle a des frissons et tout tourne quelque peu autour d'elle. Mlle Elvira mène une vie de chien, une vie qui, en y regardant de près, ne vaudrait même pas la peine d'être vécue. Elle ne fait rien, ça c'est vrai, mais elle ne mange pas non plus. Elle lit des romans, elle va au café, fume une Triton par-ci, une Triton par-là, et s'en tient à ce qui lui tombe sous la dent. L'ennui, c'est que ce qui lui tombe sous la dent ne tombe guère que la semaine des quatre jeudis, et encore presque toujours des restes à moitié pourris.

Au dernier tirage de la loterie, don José Rodríguez de Madrid a gagné un prix de consolation. Ses amis lui disent :
— On a eu son petit coup de veine, hein?
La réponse de don José est toujours la même, on dirait qu'il la tient toute prête.

1. Marchand d'allumettes (*N. d. T.*).

— Bah! huit misérables douros...

— Mais non, mon cher, pas de détails, on ne vous demande rien.

Don José est au Parquet, en qualité de gratte-papier, et il possède, à ce qu'il paraît, quelques menues économies. On dit aussi qu'il a épousé une femme riche, une fille de la Manche qui mourut bientôt en laissant tout à son mari, et qu'il s'empressa de vendre les quatre vignobles et les deux oliveraies qui lui revenaient, car l'air de la campagne, assurait-il, lui faisait mal aux voies respiratoires, et avant tout, il fallait prendre soin de sa santé.

Don José, au café de doña Rosa, demande toujours un petit verre; ce n'est pas un type qui la ramène, lui, ni un de ces pauvres diables à café-crème. La patronne le considère avec une certaine sympathie, rapport à leur commun penchant pour l'*ojén*. « L'*ojén*, c'est ce qu'il y a de meilleur au monde : c'est bon pour l'estomac, c'est diurétique et reconstituant; ça fait du sang et ça éloigne le spectre de l'impuissance. » Don José parle toujours avec des termes pertinents. Une fois, il y a environ deux ans de cela, peu après la fin de la guerre civile, il eut une altercation avec le violoniste. Les gens, à peu près tous, assuraient que c'était le violoniste qui avait raison, mais don José appela la patronne et lui dit : « Ou bien vous chassez à coups de pied cet insolent, ce salaud de communard, ou c'est moi qui ne remets plus les pieds dans cet établissement! » Doña Rosa mit alors le violoniste à la porte, et l'on ne sut jamais plus rien de lui. Les clients, qui avant donnaient raison au violoniste, commencèrent à changer d'avis et, à la fin, on disait que doña Rosa avait très bien fait, qu'il fallait avoir la main ferme et donner un exemple qui servît de leçon. « Avec des effrontés de cet acabit, Dieu sait où l'on irait! » Les clients, pour dire cela, prenaient un air sérieux, posé, scandalisé. « Sans discipline, il n'y a moyen de rien faire de bon, de rien faire qui vaille », entendait-on dire de table en table.

Un homme d'âge mûr raconte à grands cris le tour qu'il a joué, voici tantôt un demi-siècle, à *Madame Pimenton* [1].

---

1. En français dans le texte. Mendiante populaire autrefois dans les rues de Madrid.

— Elle s'imaginait qu'elle allait me la faire, la pauvre idiote! Oui, oui... Elle était bien tombée! Je l'ai invitée à prendre quelques blancs, et à la sortie elle s'est cassé la figure dans la porte. Ha, ha! Elle pissait le sang comme un veau! Elle faisait : « Oh là là! Oh là là! » et elle est partie en rendant tripes et boyaux... La pauvre imbécile, elle avait toujours un verre dans le nez! Quand j'y pense, c'en était même comique!

Des visages, aux tables voisines, le regardent avec une sorte d'envie. Ce sont les visages des gens qui sourient avec une paisible béatitude, au moment où, sans trop s'en rendre compte, ils parviennent à ne penser à rien. Les gens font de la lèche par sottise et, parfois, ils sourient alors qu'au fond de leur âme ils éprouvent une immense répugnance, une répugnance qu'ils peuvent à peine réprimer. A force de faire de la lèche on peut même en arriver à l'assassinat; il y a sûrement plus d'un crime que l'on a commis pour se faire bien voir, pour faire de la lèche à quelqu'un.

— Tous ces mendigots, c'est comme ça qu'il faut les traiter! Les gens honnêtes, on ne peut pas se laisser marcher sur les pieds... Mon père le disait bien! Faut s' défendre... Ha, ha! La vieille garce, elle n'est pas revenue s'y frotter, allez!

Un chat se faufile entre les tables, un chat gras, luisant; un chat plein de santé et d'euphorie; un chat gonflé d'orgueil et de présomption. Il se fourre entre les jambes d'une dame et la dame sursaute.

— Chat du diable! Allez coucher!

L'homme à l'histoire sourit avec douceur.

— Mais, Madame, ce pauvre chat! Quel mal vous faisait-il donc?

Un petit jeune homme à crinière fait des vers au beau milieu du chahut. Il est ailleurs... Il ne s'aperçoit de rien. C'est la seule façon d'arriver à faire de jolis vers. S'il regardait autour de lui, l'inspiration lui échapperait. Ce truc de l'inspiration, ça doit être une espèce de petit papillon aveugle et sourd, mais très lumineux; autrement, il y a bien des choses qui ne s'expliqueraient pas.

Le jeune poète est en train de composer un long poème qui s'appelle « Destin ». Il s'est demandé longtemps s'il ne devait pas l'intituler « Le Destin », mais finalement, après

avoir consulté plusieurs poètes d'expérience, il a trouvé
que non, qu'il valait mieux l'intituler « Destin », tout court.
C'était plus simple, plus évocateur, plus mystérieux. Et
puis en l'appelant ainsi « Destin », ça en suggérait davantage, c'était... comment dire... plus flou, plus poétique.
Comme ça on ne savait pas si l'on voulait faire allusion
au « destin », ou bien à « un destin », à « destin incer-
tain », à « destin fatal », ou à « destin heureux », « destin
bleu » ou « destin violet ». « Le Destin », ça engageait davantage, ça laissait moins de champ où l'imagination pût voler
en toute liberté, dégagée de toute entrave.

Il y avait déjà plusieurs mois que le jeune poète travaillait à son poème. Déjà il avait trois cents et quelques
vers, une maquette de la future édition, soigneusement
dessinée, et une liste de possibles souscripteurs à qui, en
temps voulu, on enverrait un bulletin, au cas où ils vou-
draient bien le remplir. Il avait déjà choisi, également, le
type d'imprimerie (un type simple, clair, classique; un type
qui se lût sans peine; tenez... un « bodoni » par exemple)
et il avait aussi rédigé la justification du tirage. Pourtant
des doutes tourmentaient encore le jeune poète sur deux
points : apposerait-il ou n'apposerait-il pas le « Laus Deo »
à la suite du nom de l'imprimeur, et rédigerait-il ou ne
rédigerait-il pas lui-même la notice biographique à insérer
au verso?

Doña Rosa n'était certes pas ce que d'ordinaire on appelle
une femme sensible.

— Et vous savez ce que j'en pense : comme vaurien, j'ai
assez de mon beau-frère. Un joli coco, celui-là! Vous, mon
ami, vous êtes encore un bleu, vous m'entendez, un bleu!
Ah, ça, mais ça serait du propre! Où avez-vous donc jamais
vu qu'un homme sans instruction et sans principes s'amuse
à faire son petit soldat comme un fils à papa? C'est toujours
pas chez moi que ça se passera, je vous le jure!

Doña Rosa suait du front et de la moustache.

— Et toi, méduse, naturellement tu sautes sur le journal, hein? Et le respect, alors? Et la bienséance, qu'est-ce
qu'on en fait dans cette boîte? Ah! je vous en foutrai, moi,
si un de ces jours je me fiche en rogne! qui m'a jamais vu!

Doña Rosa rive ses petits yeux de souris sur Pepe, le
vieux garçon de salle qui est arrivé, quarante ou quarante-

cinq ans auparavant, de Mondoñedo. Derrière leurs gros verres, les petits yeux de doña Rosa ressemblent aux yeux stupéfaits d'un oiseau empaillé.

— Qu'est-ce que tu regardes! Qu'est-ce que tu regardes! Gros lourd! T'es pareil au jour que t'as débarqué! On l'a pas trouvé le produit qui vous décrottera, espèces de culs-terreux! Allons, grouille et qu'on ait la paix! Ah, ma parole, si t'étais seulement un homme, tu m'entends, je t'aurais déjà balancé! Eh ben, on serait drôlement baisés!

Doña Rosa se palpe le ventre et se remet à vouvoyer le garçon.

— Allez, allez... Au boulot! Et vous savez, hein, que personne perde le nord, foutre! ni le respect, vous m'entendez, ni le respect!

Doña Rosa leva la tête et souffla profondément. Les petits poils de sa moustache tressautèrent d'un air de défi, avec une solennité triomphale, comme tressautent les noires petites cornes d'un grillon fier et amoureux.

Il flotte dans l'air comme un regret qui va s'enfoncer dans les cœurs.

Le cœur, même s'il ne fait pas mal, peut souffrir, heure après heure, voire toute une vie, sans qu'on sache jamais ce qui se passe au juste.

Un monsieur à petite barbe blanche donne des morceaux de brioche trempés dans du café au lait à un enfant au teint noiraud assis sur ses genoux. Le monsieur s'appelle don Trinidad García Sobrino, et il est prêteur à gages. Don Trinidad a eu une première jeunesse turbulente, pleine de complications et de velléités, mais dès la mort de son père, il s'est dit : « Dorénavant, va falloir filer doux; autrement tu l'as dans l'os, Trinidad. » Il se voua donc aux affaires et à l'ordre établi, et il devint riche. Le rêve de toute sa vie avait été de devenir député; il pensait qu'être un des cinq cents au milieu de vingt-cinq millions, ce n'était pas mal du tout. Don Trinidad papillonna plusieurs années auprès de certains personnages de troisième ordre du parti de Gil Robles, cherchant à obtenir un poste de député; l'endroit lui était égal; il n'avait aucune préférence géographique. Il dépensa quelques billets en invitations, donna son argent pour la propagande, entendit de belles paroles, mais à la fin on ne présenta sa candidature nulle part et

on ne l'emmena même pas à la *tertulia* [1] du chef. Don Trinidad traversa de bien durs moments, connut de graves
crises de découragement, et il en vint finalement à se faire
lerrouxiste [2]. Au parti radical il paraît que les choses mar-
chaient assez bien pour lui, mais sur ces entrefaites, la
guerre survint et avec elle la fin de sa courte et peu brillante
carrière politique. A présent, don Trinidad vivait à l'écart
de la « chose publique », comme le dit, un jour mémorable,
don Alejandro et il s'estimait heureux qu'on le laissât vivre
tranquille, sans lui rappeler des temps révolus, tout en lui
permettant de continuer à pratiquer la lucrative occupation
de l'usure.

L'après-midi, il allait avec son petit-fils au café de doña
Rosa, lui donnait à goûter et se tenait coi, écoutant la
musique ou lisant le journal, sans se mêler des affaires de
personne.

Doña Rosa s'appuie à une table et sourit.
— Qu'est-ce que vous me racontez, Elvirita?
— Eh bien vous voyez, Madame, pas grand-chose.
Mlle Elvira tire sur sa cigarette et penche un peu la tête.
Elle a les joues flétries et les paupières rouges, comme à
la suite d'une maladie.
— Alors, ça s'est arrangé cette histoire?
— Laquelle?
— Celle avec...
— Non, ça a raté. Il a marché trois jours avec moi et
puis il m'a fait cadeau d'un flacon de brillantine.
Mlle Elvira sourit. Doña Rosa, pleine de compassion, lève
les yeux au ciel.
— Ah, ma fille, c'est qu'il y a des gens pas consciencieux,
aussi!
— Bah! Qu'est-ce que ça peut faire?
Doña Rosa s'approche d'elle, lui parle presque à l'oreille.
— Pourquoi vous vous raccommodez pas avec don Pablo?
— Parce que je ne veux pas. Que voulez-vous, doña Rosa,
on a sa petite fierté, tout de même!
— Foutre! Bien sûr! On a chacune ses petits ennuis! Mais
vous savez, Elvirita, moi ce que je vous en dis c'est pour
votre bien, avec don Pablo ça vous allait pas si mal que ça.

1. Réunion (*N. d. T.*).
2. Du nom du chef politique Alejandro Lerroux (*N. d. T.*).

— Pas tellement bien, allez. C'est un type très exigeant, et puis d'un collant! A la fin je ne pouvais plus le sentir, que voulez-vous, il me donnait la nausée.

Doña Rosa prend la douce voix, la voix persuasive des conseils.

— Faut avoir plus de patience que ça, Elvirita! Vous êtes encore qu'une gamine, tenez!

— Vous croyez?

Mlle Elvira crache sous la table et s'essuie la bouche avec le revers d'un gant.


Un imprimeur enrichi qui s'appelle Vega, don Mario de la Vega, fume un « puro » énorme, un cigare qui a l'air d'un cigare de réclame. Son voisin de table cherche à lui être sympathique.

— C'est un bon cigare que vous fumez là, mon cher!

Vega lui répond sans le regarder, avec emphase :

— Oui, pas mauvais, il m'a coûté un douro.

A la table à côté, un homme, efflanqué et souriant, aurait aimé dire quelque chose comme : « Vous en avez de la chance! » Mais il n'osa point, il eut honte à temps, heureusement. Il regarda l'imprimeur, sourit de nouveau humblement et lui dit :

— Un douro, pas plus? On dirait un cigare de sept pesetas, au moins...

— Ben, non : un douro et trente centimes de pourboire. Et avec ça je suis d'accord.

— On peut l'être, allez!

— Qu'est-ce que vous voulez, hombre! je ne crois pas qu'il faille être un Romanonès [1] pour fumer de ces cigares-là...

— Un Romanonès, non... mais tenez, moi je ne pourrais pas me l'offrir, et je ne suis pas le seul ici.

— Vous voulez en fumer un?

— Vous parlez!...

Vega sourit, un peu comme s'il se repentait de ce qu'il allait dire.

---

1. Comte espagnol, historien et homme politique (1863-1950) (*N. d. T.*).

— Eh bien, travaillez comme je travaille!

L'imprimeur lâcha un rire brutal, énorme. L'homme efflanqué et souriant de la table d'à côté cessa de sourire. Il rougit, sentit du feu lui brûler les oreilles et ses yeux se mirent à le picoter. Il baissa le regard afin d'ignorer qu'il était le point de mire de tout le café; du moins s'imaginait-il qu'il était le point de mire de tout le café.

Tandis que don Pablo, qui a la spécialité de voir le vilain côté des choses, sourit en racontant l'histoire de Mme Pimenton, Mlle Elvira laisse tomber son mégot et l'écrase du pied. Mlle Elvira, de temps à autre, a des façons de vraie princesse.

— Quel mal vous faisait-il donc ce pauvre chat? Minou, minou... tiens!... tiens!...

Don Pablo regarde la dame.

— Il faut voir comme les chats sont intelligents! Ils raisonnent mieux que certaines personnes. Ce sont des petites bêtes qui comprennent tout. Minou, minou... tiens!... tiens!...

Le chat s'éloigne sans se retourner et s'introduit dans la cuisine.

— Moi j'ai un ami, un homme riche et influent, n'allez pas croire que c'est un fauché, qui a un chat persan qui répond au nom de Sultan, un prodige ce chat!

— Ah oui?

— Parole! Il lui dit « Sultan, viens » et le chat vient en remuant sa belle queue en panache. Il lui dit « Sultan, va-t'en » et voilà Sultan qui s'en va comme un très digne caballero. Il a une façon de marcher tout à fait remarquable, ce chat, et un poil comme de la soie. Je ne crois pas qu'il en existe beaucoup comme celui-là. Tenez, celui-là, chez les chats, c'est quelque chose dans le genre du duc d'Albe chez les personnes. Mon ami l'aime comme un fils. Evidemment, il faut reconnaître que c'est un chat qui sait se faire aimer.

Don Pablo promène son regard sur le café. Il y a un moment où il rencontre celui de Mlle Elvira. Don Pablo bat des cils et détourne la tête.

— Et comme c'est affectueux, les chats! Vous avez remarqué comme ils sont affectueux? Quand ça s'attache à quelqu'un, ça s'y attache pour la vie.

Don Pablo se racle un peu la gorge et prend une voix grave, importante.

— Quel exemple pour bon nombre d'êtres humains!
— Certainement, oui!

Don Pablo respire profondément. Il est satisfait. Il est vrai que ce « Quel exemple pour... etc. », c'était joliment bien envoyé.

Pepe, le garçon de salle, regagne son coin sans souffler mot. Comme il rejoint ses domaines, il pose une main sur le dossier d'une chaise et se regarde, comme s'il contemplait quelque chose de bien drôle, de bien étrange, dans les glaces. Il se voit de face dans celle qui est la plus près, de dos dans celle du fond, de profil dans celles des coins.

— Ce qui lui ferait du bien, à cette vieille sorcière, c'est qu'un beau jour on la découse de haut en bas... La vache! La sale garce!

Pepe est un homme qui change vite de pensée; il lui suffit de dire tout bas une petite phrase qu'il n'eût jamais osé dire à haute voix.

— Grippe-sou! Salope! Et ça mange le pain des pauvres!

Pepe aime dire des phrases lapidaires dans ses moments de mauvaise humeur. Puis, petit à petit, il pense à autre chose et finit par tout oublier.

Deux enfants de quatre ou cinq ans jouent au train, avec ennui, et sans aucun enthousiasme, entre les tables. Quand ils vont vers le fond, l'un fait la machine et l'autre le wagon. Quand ils reviennent vers la porte, ils changent. Nul ne se soucie d'eux, mais ils continuent, imperturbables, blasés, allant d'un côté et de l'autre avec un sérieux effroyable. Ce sont deux enfants disciplinés et conséquents, deux enfants qui jouent au train, bien qu'ils s'ennuient comme des carpes, parce qu'ils ont décidé de s'amuser et que, pour s'amuser, ils ont décidé, quoi qu'il arrive, de jouer au train tout l'après-midi. S'ils n'y parviennent pas, est-ce leur faute à eux? Ils font tout ce qu'ils peuvent.

Pepe les regarde et leur dit :

— Vous allez tomber...

Pepe, bien qu'il habite la Castille depuis près d'un demi-siècle, parle le castillan en traduisant littéralement du galicien. Les enfants lui répondirent «Non, Monsieur», et continuent à jouer au train, sans foi, sans espérance, voire sans charité, comme s'ils accomplissaient un pénible devoir.

Doña Rosa met son nez dans la cuisine.

— Combien d'onces t'en as mis, Gabriel?

— Deux, Mademoiselle.

— Tu vois? Tu vois? Comme ça on y arrivera jamais! Et après, ça vous parle d'heures de travail et de la Sainte Vierge! T'ai-je pas dit et répété d'en mettre qu'une once et demie? Avec vous autres, c'est pas la peine de parler espagnol, vous avez pas envie de comprendre.

Doña Rosa souffle un peu et revient à la charge. Elle souffle comme une machine, haletante, à coups précipités : tout le corps secoué de soubresauts avec un sifflement qui lui ronfle dans la poitrine.

— Et si don Pablo trouve qu'il est trop clair, il a qu'à aller ailleurs avec sa dame s'il en veut du meilleur. Eh ben, ce serait du joli! Qui m'a jamais vu! Ce qu'il a pas l'air de savoir, ce miteux, c'est qu'ici, des clients, on en manque pas, grâce à Dieu! T'entends? Et si ça lui plaît pas, qu'il aille voir ailleurs; ça sera autant de gagné. Tiens donc, faudrait les traiter comme des rois, ceux-là! Et sa femme, j'en ai par-dessus la tête de cette vipère! Par-dessus la tête, j'en ai, moi, de la doña Pura!

Gabriel l'avertit, comme tous les jours.

— On va vous entendre, Mademoiselle!

— Qu'ils m'entendent s'ils veulent, c'est pour ça que je parle! J'ai pas la langue dans ma poche, moi! Ce que je me demande, c'est comment ce navet a eu le culot de plaquer cette pauvre Elvirita qui est douce comme un agneau et qui s'échinait à lui faire plaisir, et comment il supporte cette emmerdeuse de doña Pura, qui fait qu'intriguer et que rire dans sa barbe! Enfin, comme disait ma pauvre mère, que Dieu ait son âme : qui vivra verra!

Gabriel cherche à réparer la gaffe.

— Vous voulez que j'en enlève un peu?

— A toi de savoir ce que doit faire un honnête homme, un homme qui a sa tête à lui et qui est pas un voleur. Toi, quand tu veux, tu sais très bien ce qu'il faut savoir, va!

Padilla, le *cerillero*, cause avec un client nouveau qui lui a acheté tout un paquet de tabac.

— Et elle est toujours comme ça?

— Toujours, mais elle est pas méchante. Elle a le caractère un peu brusque, mais à part ça elle est pas méchante.

— Mais ce garçon, là-bas, elle l'a traité de gros lourd!

— Allons donc, ça n'a pas d'importance! Des fois elle nous traite aussi de tantes, et de communistes.

Le client nouveau n'arrive pas à en croire ses yeux.

— Et vous autres, vous ne bronchez pas!

— Non, Monsieur, nous autres on bronche pas...

Le client nouveau hausse les épaules.

— Bon, bon...

Le *cerillero* s'en va faire un tour dans la salle.

Le client reste perplexe.

— Je me demande ce qui est le plus moche ici, de cette sale amphibie en deuil ou de cette bande d'andouilles. Si un de ces jours ils l'attrapaient et lui refilaient une bonne raclée, elle reviendrait peut-être à de meilleurs sentiments. Mais pensez-vous donc! Ils n'en ont pas le cran... Intérieurement ils doivent passer leur temps à l'envoyer au diable, et puis total, voyez-vous ça! « Fous-moi le camp, gros lourd! Voleur! Pauvre miteux! » Eux, bien trop contents. « Non, Monsieur, nous autres, on ne bronche pas. » Ah, je vois ça, oui! En voilà des hommes! Ça fait plaisir!

Le client continue à fumer. Il s'appelle Mauricio Segovia et il est employé des Téléphones. Je dis tout cela car il se peut que plus tard ce monsieur reparaisse. Il a dans les trente-huit ou quarante ans, il est roux et a des taches de rousseur plein la figure. Il habite loin, du côté de la gare d'Atocha; il est venu dans ce quartier par hasard, en suivant une fille qui, subitement, avant que Mauricio se soit décidé à lui parler, a tourné le coin d'une rue et s'est engouffrée dans le premier portail.

Le *limpia* crie à la ronde.

— Monsieur Suárez! Monsieur Suárez!

M. Suárez, qui n'est pas un habitué non plus, se lève de sa place et se dirige vers le téléphone. Il marche en se déhanchant, mais il ne boite pas à proprement parler. Il porte un costume à la mode, d'une jolie couleur claire, et fait usage de lorgnons. Il paraît avoir environ cinquante ans et a l'air dentiste ou coiffeur. Il a l'air aussi, en y regardant de plus près, d'un représentant en produits chimiques. M. Suárez a l'allure d'un homme fort affairé, d'un de ces hommes qui disent tout à trac : « Un café-express; le cireur; eh, petit, va me chercher un taxi! » Ces messieurs si occupés, quand

ils vont chez le coiffeur, on les rase, on leur coupe les cheveux, on leur fait les mains, on leur cire les souliers et ils
lisent le journal. Quelquefois, au moment où ils quittent
un ami, ils le préviennent : « De telle heure à telle heure,
je serai au café; ensuite j'irai faire un tour au bureau, et
à la fin de l'après-midi, je passerai chez mon beau-frère;
vous trouverez les numéros de téléphone dans l'annuaire;
et maintenant je me sauve parce que j'ai encore une foule
de petites choses à régler. » Ces hommes-là, on voit tout de
suite que ce sont les triomphateurs, les notables, les chefs,
habitués à commander.

Au téléphone, M. Suárez parle à voix basse, sur un ton
aigu, flûté, un rien poseur. Son veston est un peu court et
son pantalon est serré comme celui d'un torero.

— C'est toi?

— . . . . . . . . . . . . . . . .

— Tu en as un toupet, non mais tu en as un toupet! Là
tu es culotté!

— . . . . . . . . . . . . . . . .

— Oui... oui... Bien, comme tu voudras.

— . . . . . . . . . . . . . . . .

— Entendu. Bien! T'en fais pas. J'y serai.

— . . . . . . . . . . . . . . . .

— Au revoir, chou...

— . . . . . . . . . . . . . . . .

— Hi, hi! Toujours le même! Au revoir, mon pigeon;
je passe te prendre à l'instant.

M. Suárez retourne à sa table. Il est tout souriant et à
présent son déhanchement a quelque chose de tremblotant,
de gélatineux. Il se déhanche comme une coquette lascive,
comme une petite folle. Il paie son café, demande un taxi
et, quand il est là, il se lève et s'en va. Il porte le front haut,
comme un gladiateur romain; il regorge de satisfaction, il
nage dans la joie.

Quelqu'un le suit du regard jusqu'au moment où la porte
tournante l'engloutit. Sans aucun doute, il y a des personnes
qui attirent l'attention plus que d'autres. On les reconnaît
à ce qu'elles portent une sorte de petite étoile sur le
front.

La patronne fait demi-tour et se dirige vers le comptoir.
La cafetière nickelée fait son barbotement et accouche sans

répit de ses tasses de café-express, pendant que l'enregistreuse cuivrée à l'ancienne n'arrête pas de sonner.

Quelques garçons aux visages flasques, lugubres, jaunes, attendent, enchâssés dans leurs smokings avachis, le bord du plateau reposant sur le marbre, que le gérant leur donne les consommations avec les jetons dorés et argentés du service.

Le gérant raccroche le téléphone et distribue ce qu'on lui demande.

— Alors, encore en train de bavarder, comme si on avait pas autre chose à faire!

— C'est que je commandais du lait, Mademoiselle.

— Encore du lait! Combien qu'on en a porté ce matin?

— Comme toujours, Mademoiselle : soixante.

— Et y en a pas eu assez?

— Non, on ne va pas y arriver.

— Eh ben, mon bonhomme, on se croirait à la maternité! Combien t'en as demandé?

— Vingt de plus.

— Et y en aura pas de reste?

— Je ne crois pas.

— Comment « je crois pas »! Et s'y en a de reste, alors, on sera baisés?

— Non, il n'y en aura pas de reste. Enfin, je pense...

— Oui, « je pense », comme toujours, « je pense », c'est très commode ça! Et s'y en a de reste?

— Non, vous verrez comme il n'y en aura pas de reste. Regardez donc comment qu'elle est, la salle!

— Oui, naturellement, comment qu'elle est la salle, comment qu'elle est la salle... C'est vite dit. C'est parce que je suis honnête et que je sers comme il faut, moi, autrement tu verrais ça où ils iraient, tous. Ah! Tous des jean-foutre!

Les garçons, le regard au sol, cherchent à passer inaperçus.

— Et vous autres, grouillez-vous un peu! C'est plein de cafés simples sur ces plateaux! C'est-y que les gens savent pas qu'on a des pains au lait, et des brioches, et des tartes? Je sais, allez! Vous êtes bien capables de rien dire! Ce que vous voudriez, c'est que je sois dans la misère, à vendre des billets de loterie... Mais vous pouvez toujours courir! Je sais bien à qui j'ai affaire, allez. Vous êtes bons! Allez,

ouste... Filez, et demandez au bon Dieu que la moutarde me
monte pas au nez!

Les garçons, comme chassés par la pluie, s'éloignent du
comptoir, un par un, avec leurs plateaux garnis. Pas un seul
ne regarde doña Rosa. Aucun ne pense, d'ailleurs, à doña
Rosa.

Un des hommes qui, les coudes sur la table à trois pattes,
vous savez, soutient de la main son front pâle — le regard
triste et amer, l'expression soucieuse et pas très tranquille —, discute avec un garçon. Il essaie de sourire avec
douceur, on dirait un enfant abandonné qui demande de
l'eau dans une maison, sur la route.

Le garçon fait des signes de la tête et appelle son collègue.

Luis, le collègue, s'approche de la patronne.

— Mademoiselle, Pepe dit que ce monsieur, là-bas, ne
veut pas payer.

— Eh ben, qu'il s'arrange comme il voudra pour lui tirer
le pognon; ça le regarde; autrement dis-lui qu'il en sera de
sa poche et voilà tout. Faudrait voir!

La patronne ajuste ses lunettes et regarde.

— Lequel c'est?

— Celui-là, là-bas, celui qui porte des lunettes à monture de fer.

— Bon Dieu, quel type! Ah, ça, alors, c'est marrant!
Avec cette gueule! Dis donc, et par quelle règle de trois
veut-il pas payer?

— Que voulez-vous... Il dit qu'il est venu sans argent.

— Ah ça! ça manquait au tableau! Y en a assez dans le
pays, des loqueteux.

Le garçon, évitant les yeux de doña Rosa, parle d'une
voix ténue :

— Il dit qu'il reviendra payer quand il en aura.

Les mots qui sortent de la gorge de doña Rosa résonnent
comme du bronze.

— Ils disent tous ça et ensuite, pour un qui revient, y
en a cent qui se débinent et ni vu ni connu. Jamais de la
vie! Fais du bien à Bertrand et il te répondra en chiant. Dis
à Pepe qu'il oublie pas : à la porte en douceur, et une fois
sur le trottoir, deux bons coups de pied là où il faut... Sinon,
on est baisés!

Le garçon repartait quand doña Rosa le héla de nouveau.

— Eh! dis donc! Dis à Pepe qu'il repère la figure!

— Oui, Mademoiselle.

Doña Rosa reste là à contempler la scène. Luis arrive, toujours avec ses cafetières, près de Pepe, et lui parle à l'oreille.

— Voilà tout ce qu'elle dit. Pour moi, Dieu m'est témoin!...

Pepe s'approche du client et celui-ci se lève lentement. C'est un petit homme malingre, pâlot, cassé, avec des lunettes de fil de fer sur le nez. Le veston de l'homme est râpé et son pantalon effrangé. Il est coiffé d'un chapeau mou gris foncé au ruban graisseux, et porte un livre recouvert de papier journal sous le bras.

— Si vous voulez, je vous laisse le livre.

— Non! allez... à la porte et pas d'histoires.

L'homme se dirige vers la porte, Pepe derrière lui. Ils sortent tous les deux. Il fait froid et les gens passent hâtivement. Les vendeurs de journaux crient les éditions du soir. Un tramway, au grincement triste, tragique, presque lugubre, descend la rue Fuencarral.

L'homme n'est pas le premier venu, ce n'est pas un homme parmi tant d'autres, un homme du commun, un homme de la masse; ce n'est pas un simple numéro; il a un tatouage au bras gauche et une cicatrice à l'aine. Il a fait ses études et traduit passablement le français. Il a suivi attentivement les étapes du mouvement intellectuel et littéraire, et il y a certains feuilletons de « El Sol » qu'il pourrait encore réciter à peu près par cœur. Jeune homme, il a eu une fiancée suisse et a composé quelques poésies *ultraïstes* [1].

Le *limpia* cause avec don Leonardo. Don Leonardo est en train de lui dire :

— Nous, les Meléndez, vieille souche apparentée aux plus anciennes familles castillanes, nous avons régné en maîtres, jadis, sur des terres et des vies humaines. De nos jours, vous le voyez, nous sommes presque à *la rue* [2]!

Le *limpia* éprouve de l'admiration pour don Leonardo. Que don Leonardo l'ait refait de ses économies, le comble

1. Mouvement poétique créé par le poète chilien Vicente Huidobro peu après la première guerre mondiale et auquel adhérèrent quelques poètes espagnols parmi lesquels Gerardo Diego (*N. d. T.*).
2. En français dans le texte (*N. d. T.*).

apparemment d'émerveillement et de fidélité. Aujourd'hui
que don Leonardo est loquace, il en profite et il folâtre
entre ses pieds comme un roquet. Il y a cependant des
jours où il n'a pas tant de chance et où don Leonardo le
traite par-dessus la jambe. Ces malheureuses fois-là, le
*limpia* s'approche de lui, tout soumis, et lui parle humblement, à voix basse.

— Alors, quoi de neuf?

Don Leonardo ne répond même pas. Le *limpia* ne se
trouble pas et insiste :

— Beau temps froid!

— Oui.

Alors le *limpia* sourit. Il est heureux. Pour être payé
d'une réponse, il eût volontiers donné six mille douros de
plus.

— Je les fais briller un peu?

Le *limpia* s'agenouille, et don Leonardo qui, d'ordinaire,
ne lui adresse pas même un regard, pose le pied, avec une
maussade suffisance, sur la cale en fer de la petite boîte.

Mais aujourd'hui, non. Aujourd'hui don Leonardo est
content. Il est sûrement en train de polir son projet de
création d'une importante Société anonyme.

— A l'époque, oh, *mon Dieu* [1]! Il suffisait que l'un de
nous se montre à la Bourse et personne n'achetait ou ne
vendait avant de savoir ce que nous faisions.

— Faut voir, hein?

Une moue au sens ambigu se peint sur la bouche de don
Leonardo, tandis que sa main dessine des arabesques dans
l'air.

— Avez-vous une feuille de papier à cigarettes? dit-il à
son voisin de table. Je voudrais fumer un peu de *picadura*
et je n'ai pas de papier sur moi.

Le *limpia* se tait et ne moufte pas. Il sait que c'est son
devoir.

Doña Rosa s'avance vers la table d'Elvirita, qui avait
assisté à la scène du garçon et de l'homme qui n'a pas payé
son café.

— Vous avez vu ça, Elvirita?

Mlle Elvira tarde quelques instants à répondre.

1. En français dans le texte.

— Pauvre petit! Si ça se trouve il n'a rien mangé de toute la journée, doña Rosa.

— Vous aussi vous faites la romantique? Eh ben, on est servis! Je vous jure que pour ce qui est d'avoir bon cœur, je crains personne, mais il y a de l'abus!

Elvirita ne sait que répondre. La pauvre, c'est une sentimentale qui s'est mise à faire la vie pour ne pas mourir de faim, tout au moins pas trop vite. Elle n'a jamais su rien faire, et puis aussi elle n'est pas belle et n'a pas de manières. Chez elle, quand elle était petite, elle n'a connu que le mépris et les catastrophes. Elvirita était de Burgos, fille d'un type passablement louche, qui s'appelait de son vivant Fidel Hernández. Ce Fidel Hernández, qui tua la Eudosia, sa femme, avec une alène de cordonnier, fut condamné à mort et Gregorio Mayoral l'exécuta au garrot en l'an 1909. Comme il disait si bien : « Si je l'avais tuée avec du bouillon au sulfate, on y aurait vu que du feu! » Elvirita, lorsqu'elle devint orpheline, avait onze ou douze ans et elle s'en alla à Villalón, vivre avec une grand-mère qui passait le plateau de pain de saint Antoine dans la paroisse. La pauvre vieille vivait chichement, et quand on garrotta son fils elle commença à se dégonfler comme un ballon et mourut peu après. Elvirita essuyait les railleries des autres filles du village qui lui montraient le pilori en lui disant : « C'est à un comme ça qu'on a pendu ton père, eh! saleté! » Elvirita, un jour qu'elle n'y tint plus, s'enfuit du village avec un Asturien qui était venu y vendre des amandes confites pour les fêtes. Elle le suivit pendant deux bonnes années, mais comme il lui flanquait de terribles volées à lui briser les reins, un jour, à Orense, elle l'envoya paître et entra comme prostituée chez la Pelée, dans la rue du Villar, où elle fit la connaissance d'une fille de la Marraca, la marchande de fagots de la Prairie de Francelos, à Ribadavia, qui avait eu douze filles, toutes dans la galanterie.

Dès lors, pour Elvirita, tout alla sur des roulettes et il n'y eut plus qu'à souffler et à remuer les doigts, si l'on peut dire.

Elle était bien un peu aigrie, la pauvre, mais pas trop. Et puis, elle était de bonne composition et, quoique timide, elle avait encore de la fierté.

Don Jaime Arce, fatigué d'être là à ne rien faire, à considérer le plafond et à penser à des fadaises, redresse la tête et explique à la femme silencieuse, celle dont le fils est mort, la femme qui voit passer la vie du bas de l'escalier en colimaçon qui monte aux billards :

— Des bobards... La mauvaise organisation... Des erreurs aussi, j'en conviens. C'est tout, croyez-moi. Les banques fonctionnent en dépit du bon sens, et les notaires, avec leur obséquiosité et leur hâte, vous fichent tout en l'air et organisent de telles pagailles qu'ensuite on ne s'y retrouve plus.

Don Jaime prend un air de résignation mondaine.

— Après ça, il arrive ce qui arrive : les traites, les procès et vous êtes nettoyé.

Don Jaime Arce parle doucement, avec parcimonie, voire avec une certaine solennité. Il étudie ses gestes et s'applique à laisser tomber les mots lentement, comme pour mieux voir, comme pour mesurer et soupeser, l'effet qu'ils produisent. Au fond, il n'est pas dépourvu non plus d'une certaine sincérité. La dame au fils mort, en revanche, est là comme une idiote qui ne dit rien; elle écoute et ouvre les yeux d'un drôle d'air, de l'air de quelqu'un qui cherche à ne pas s'endormir bien plus qu'à prêter attention.

— Et c'est tout, Madame, et le reste, entendez-vous, ce sont des bobards!

Don Jaime Arce est un homme qui parle fort bien, même s'il dit, au milieu d'une phrase bien tournée, des mots grossiers comme « nettoyer », ou « fiche en l'air », et d'autres de ce goût.

La dame le regarde et ne dit rien. Elle se borne à remuer la tête, en avant puis en arrière, d'un air qui d'ailleurs ne signifie rien non plus.

— Et maintenant, vous le voyez, les gens parlent à tort et à travers. Ah! Si ma pauvre mère voyait ça!

La dame, la veuve Sanz, doña Isabel Montes, au moment où don Jaime en était à « entendez-vous? » se mit à penser à son défunt mari, à l'époque où elle l'a connu, à vingt-trois ans, beau garçon, élégant, très droit, la moustache cirée. Une vague de bonheur lui envahit confusément la tête et doña Isabel sourit, d'une façon très discrète, l'espace d'une demi-seconde. Puis elle se souvint du pauvre Paquito, de la figure de demeuré qu'il avait à la suite de sa méningite, et elle devint subitement triste presque malgré elle.

Don Jaime Arce, lorsqu'il rouvrit les yeux qu'il avait clos à demi afin de donner plus de force à son « Ah, si ma pauvre mère voyait ça! » remarqua l'air de doña Isabel et lui dit obséquieusement :

— Vous ne vous sentez pas bien, Madame? Vous êtes un peu pâle.

— Oh, ce n'est rien, merci bien... Des idées qui passent par la tête!

Don Pablo, comme sans le vouloir, regarde toujours un peu du coin de l'œil en direction de Mlle Elvira. Bien que tout soit fini, il ne saurait oublier le temps qu'ils ont passé ensemble. Le fait est que c'était une bonne fille, et docile, et complaisante. Extérieurement, don Pablo feignait de la mépriser et l'appelait marie-salope, et fille de rien, mais dans son for intérieur c'était différent, et il ne lui aurait nullement déplu de coucher à nouveau avec elle. Elvirita, bien qu'elle ne fût plus une gamine, savait faire joujou en amour; coucher avec elle, ce n'était pas coucher à côté d'un morceau de bois, c'était tout autre chose. Lorsque tout bas don Pablo devenait tendre, il pensait : « Non, c'est pas des choses du sexe; c'est des choses du cœur. » Puis il oubliait et l'aurait laissée mourir de faim et de la lèpre le plus tranquillement du monde; don Pablo était comme ça.

— Dis donc, Luis, qu'est-ce qu'il se passe avec ce garçon?

— Rien, don Pablo, qu'il n'avait pas envie de payer son café.

— Fallait me le dire, mon vieux, ça avait l'air d'un brave type.

— Vous y fiez pas; c'est plein de vagabonds par ici, et de gens sans scrupules.

Doña Pura, la femme de don Pablo, dit :

— Oui, il y a beaucoup de vagabonds et de gens sans scrupules, ça c'est bien vrai. Si on pouvait les reconnaître! Ce que tout le monde devrait faire, c'est travailler comme Dieu l'a ordonné, n'est-ce pas Luis?

— Ça se peut, oui, Madame.

— Et voilà. Comme ça il n'y aurait pas de doute. Ceux qui travaillent, qu'ils prennent leur café et même une brioche, s'ils en ont envie; mais ceux qui ne travaillent pas... que voulez-vous! Ceux qui ne travaillent pas ne méritent pas de pitié; nous autres, on ne vit pas de l'air du temps!

Doña Pura est fort satisfaite de son discours. Réellement, elle s'en est très bien tirée.

Don Pablo tourne de nouveau la tête vers la dame qui a eu peur du chat.

— Avec ces types qui ne paient pas leur café, il faut faire attention, très attention. On ne sait jamais sur qui on tombe. Tenez, celui qu'on vient de mettre à la porte, ça peut être un génie, ce qui s'appelle un vrai génie, comme Cervantes ou Isaac Peral[1], tout comme ça peut être un fieffé coquin. Moi je le lui aurais payé son café. Qu'est-ce que ça peut me faire un café de plus ou de moins?

— Evidemment...

Don Pablo sourit comme quelqu'un qui, subitement, trouve qu'il a entièrement raison.

— Mais voilà ce que vous ne trouvez pas chez les êtres privés de raison. Les êtres privés de raison sont plus réguliers, et ils ne trompent jamais leur monde. Un brave petit chat comme celui-là, hi, hi! qui vous faisait si peur, c'est une créature du bon Dieu, ce qu'il veut c'est s'amuser, rien que s'amuser.

Un sourire béat illumine le visage de don Pablo. Si on pouvait lui ouvrir la poitrine, on y trouverait un cœur tout noir et gluant comme la poix.


Pepe rentre au bout d'un moment. La patronne, les mains dans les poches de son tablier, les épaules rejetées en arrière et les jambes écartées, l'appelle d'une voix sèche, fêlée, d'une voix qui rappelle le grésillement d'une sonnerie sans timbre.

— Viens là.

Pepe ose à peine lever les yeux sur elle.

— Que voulez-vous?

— Tu l'as soigné?

— Oui, Mademoiselle.

— Combien?

— Deux coups de pied.

La patronne ferme à demi ses petits yeux, derrière les

1. Marin et inventeur espagnol (1851-1895) *(N. d. T.).*

verres, sort ses mains de ses poches et se les passe sur le
visage où pointent les épis d'une barbe mal dissimulée sous
la poudre de riz.

— Où les lui as-tu donnés?

— Où j'ai pu; dans les jambes.

— T'as bien fait. Ça lui apprendra! Comme ça, une autre
fois, il aura pas envie de voler leur argent aux honnêtes
gens!

Doña Rosa, ses mains grassouillettes posées sur son
ventre gonflé comme une outre d'huile, est l'image même
de 'a vengeance du repu contre l'affamé. Salauds! Porcs!
Ses doigts boudinés réfléchissent l'éclat somptueux, presque
lascif, des lustres.

Pepe, le regard humble, s'éloigne de la patronne. Dans le
fond, bien qu'il n'en sache trop rien, il a la conscience tranquille.


Don José Rodríguez de Madrid est en train de bavarder
avec deux amis qui jouent aux dames.

— Vous vous rendez compte, huit douros, huit misérables
douros! Et après, les gens, ça parle et ça parle...

Un des joueurs lui sourit.

— On en tire moins d'une pierre, don José!

— Peuh! Pas beaucoup moins, allez! Où va-t-on avec
huit douros?

— Mon cher, avec huit douros, c'est vrai, on ne peut pas
faire grand-chose; mais enfin, moi je vous le dis, à part
les gifles, tout est bon à prendre.

— Oui, c'est bien vrai aussi; après tout, je les ai gagnés
assez facilement...

Pour le violoniste qu'on a mis à la porte parce qu'il avait
répondu à don José, huit douros faisaient huit jours. Il
mangeait peu et mal, c'est certain, et ne fumait que lorsqu'on lui passait du tabac, mais il arrivait à tirer une
semaine entière avec les huit douros; il y en avait sûrement qui se défendaient avec moins encore.


Mlle Elvira appelle le *cerillero.*

— Padilla!

— J'arrive, mademoiselle Elvira!

— Donne-moi deux Tritons; je te les paierai demain.

— Bien.

Padilla sortit les deux Tritons et les posa sur la table de Mlle Elvira.

— J'en garderai une pour tout à l'heure, tu sais, pour après le dîner.

— Bon, enfin vous savez bien, ici on fait crédit.

Le *cerillero* sourit d'un air galant. Mlle Elvira sourit aussi.

— Ecoute, veux-tu faire une commission à Macario?

— Je veux bien.

— Dis-lui donc de jouer « Luisa Fernanda » pour me faire plaisir.

Le *cerillero* est allé, en traînant les pieds, en direction de l'estrade des musiciens. Un monsieur qui faisait de l'œil à Elvirita, depuis déjà un bon moment, se décida enfin à rompre la glace.

— C'est joli les *zarzuelas*, n'est-ce pas, Mademoiselle?

Mlle Elvira acquiesça en faisant la grimace. Le monsieur ne perdit point courage; il prit cette mine-là pour un signe de sympathie.

— Et c'est sentimental, n'est-ce pas?

Mlle Elvira baissa les paupières. Le monsieur reprit des forces.

— Vous aimez le théâtre?

— Quand la pièce est bonne...

Le monsieur se mit à rire comme s'il applaudissait à un mot d'esprit. Il se racla un peu la gorge, offrit du feu à Mlle Elvira et poursuivit :

— Evidemment, évidemment. Et le cinéma? Vous aimez aussi le cinéma?

— Des fois...

Le monsieur fit un terrible effort, un effort qui le fit rougir jusqu'aux oreilles.

— Ces petits cinémas obscurs, hein, comment trouvez-vous ça?

Mlle Elvira se montra digne et resta sur ses gardes.

— Moi, au cinéma, j'y vais toujours pour voir le film.

Le monsieur réagit.

— Evidemment, bien sûr, moi aussi... Je disais ça pour les jeunes gens, n'est-ce pas, pour les couples d'amoureux, on a tous été jeunes! Tenez, Mademoiselle, j'ai remarqué que vous êtes fumeuse; moi je trouve ça très bien que les femmes fument, bien sûr, très bien; après tout qu'est-ce

que ça a de mal? Le mieux c'est que chacun vive à sa guise,
vous ne trouvez pas? Je dis ça parce que, si vous permettez
(moi, maintenant, il faut que je me sauve, je suis très
pressé, nous nous retrouverons une autre fois et poursui-
vrons notre bavardage), si vous permettez, je me ferai un
plaisir de... enfin, de vous offrir un paquet de Tritons.

Le monsieur parle précipitamment, avec embarras.
Mlle Elvira lui répondit avec un certain mépris, de l'air
de quelqu'un qui tient la queue de la poêle.

— Bon, pourquoi pas? Si c'est un caprice!

Le monsieur appela le *cerillero*, lui acheta un paquet de
Tritons, le remit avec son plus beau sourire à Mlle Elvira,
enfila son pardessus, prit son chapeau et s'en alla. Auparavant, il dit à Mlle Elvira :

— Eh bien, Mademoiselle, très honoré, Leoncio Maestre,
pour vous servir. Comme je vous disais, nous nous rever-
rons une autre fois. Si ça se trouve nous serons de bons
amis.

La patronne appelle le gérant. Le gérant s'appelle López,
Consorcio López, et il est natif de Tomelloso, dans la province de Ciudad Real, un grand et joli village, un village
riche. López est un homme jeune, élégant et même recher-
ché dans sa mise, avec de grandes mains et un front étroit.
Il est paresseux comme pas un et se fiche comme de sa
première chemise des sautes d'humeur de doña Rosa.
« Cette bonne femme — a-t-il coutume de dire —, le mieux,
c'est de la laisser parler; elle s'arrête d'elle-même. »
Consorcio López a une philosophie pratique; en tout cas
sa philosophie lui donne de bons résultats. Une fois, à
Tomelloso, peu avant qu'il vienne à Madrid, il y a dix ou
douze ans, le frère d'une jeune fille qu'il avait refusé
d'épouser après lui avoir fait des jumeaux, lui dit : « Ou
tu te maries avec la Marujita, ou bien je te les coupe où
que je te retrouve. » Comme il ne voulait pas se marier et
qu'il ne tenait pas davantage à être châtré, Consorcio prit
le train et s'enfonça dans Madrid; la chose dut tomber peu
à peu dans l'oubli car le fait est qu'on ne recommença pas
à se mêler de ses affaires. Concorcio portait toujours deux
photographies des petits jumeaux dans son portefeuille :
l'une, où ils étaient pris à quelques mois, tout nus sur un
coussin, et l'autre, datant du jour de leur première commu-

nion, que lui avait envoyée son ex-fiancée, Marujita Ranero, devenue alors Mme Gutiérrez.

Doña Rosa, comme nous disions donc, appela le gérant.

— López!

— J'arrive, Mademoiselle!

— Où en sont les apéros?

— Ça va, pour le moment, ça va.

— Et les anis?

— Comme çi, comme ça. Il y en a qui commencent à manquer.

— Eh bien, qu'on boive ceux qui restent! En ce moment je tiens pas à me coller des frais, ça me dit rien du tout. En voilà aussi des exigences! Dis donc, à propos, tu l'as acheté?

— Le sucre?

— Oui...

— Oui; on l'apportera demain.

— Tu l'as eu à quatorze cinquante?

— Oui; ils en voulaient quinze, mais comme on prenait tout, ils ont fait un rabais de cinquante centimes.

— Bon, alors t'as compris, hein? Tu me fais un paquet en douce et motus. Compris?

— Oui, Mademoiselle.

Le petit jeune homme aux vers est là, le crayon aux lèvres, regardant le plafond. C'est un poète qui fait des vers « avec des idées ». Cet après-midi, l'idée, il la tient. Maintenant il ne lui manque que les rimes. Il en a quelques-unes déjà notées sur son calepin. Seulement à présent il cherche un mot qui rime bien avec clarté et qui ne soit pas fierté, ni argenté; liberté lui trotte dans la cervelle. Eté également.

— Je suis enfermé dans une carapace stupide, dans une coquille de bourgeois. La fillette aux yeux bleus... Je voudrais pourtant être fort, fort comme un roc. Aux beaux yeux bleus... Ou l'œuvre vient à bout de l'homme, ou c'est l'homme qui vient à bout de l'œuvre. La fille aux blonds cheveux... Mourir! Ah, mourir! Et laisser un petit livre de poèmes. Qu'elle est belle, qu'elle est donc belle!

Le jeune poète est pâle, tout pâle, et il y a deux plaques roses sur les joues, deux petites rosaces.

— La fillette aux yeux bleus... clarté, clarté, clarté. Au

beau regard d'azur... Argenté, fierté, argenté, fierté. La
fille aux blonds cheveux... Liberté. Retrouver soudain sa
liberté. La fillette aux yeux bleus... Frémir joyeusement de
sa vraie liberté. Au beau regard d'azur... Déverser tout à
coup sa propre liberté... La fillette aux yeux bleus... Et
maintenant, je l'ai, enfin, ma liberté. La fillette aux yeux
bleus... Ou bien tourner le dos à l'impassible été. La fillette
aux yeux bleus... La fille aux yeux... Comment sont-ils ses
yeux?... En récoltant déjà les moissons de l'été. La fille...
la fille a-t-elle des yeux...? Ta ta ta ta ta ta ta ta ta de l'été...
    Le petit jeune homme s'aperçoit tout à coup que le café
devient tout flou.
    — Embrasser l'univers dans le feu de l'été. C'est joli...
    Il oscille un peu, comme un enfant qui a envie de vomir,
et sent une chaleur intense lui monter aux tempes.
    — Je me sens un peu... Peut-être ma mère... Oui; été,
été... Un homme prend son vol sur une femme nue... Quelle
fierté!... Ah, non, pas fierté!... Et alors je lui dirai :
Jamais!... Le monde, le monde... Oui, c'est joli, très joli...

A une table du fond, deux veuves, maquillées comme des
guenons, parlent des musiciens.
    — C'est un véritable artiste; pour moi c'est un plaisir
de l'entendre. Mon pauvre Ramón — que Dieu ait son âme
— me le disait bien : « Tu te rends compte, Matilde, rien
qu'à sa façon de mettre son violon sous le menton. » Mais
voyez ce qu'est la vie : si ce garçon avait des relations, il
irait loin.
    Doña Matilde lève les yeux au ciel. Elle est grosse, sale et
prétentieuse. Elle sent mauvais et a une bedaine terrible,
toute pleine d'eau.
    — C'est un véritable artiste, un éminent artiste!
    — Oui, vraiment; moi, toute la journée, j'attends cette
heure-ci. Moi aussi je trouve que c'est un grand artiste. Ah!
quand il joue, comme il sait le faire, la valse de « La Veuve
Joyeuse », je me sens une autre femme.
    Doña Asunción a l'air compréhensif d'une brebis.
    — C'était une autre musique celle d'autrefois, n'est-ce
pas? Elle était plus distinguée, n'est-ce pas, plus sentimentale...
    Doña Matilde a un fils imitateur de vedettes, qui habite
Valence.

Doña Asunción a deux filles, l'une mariée à un subalterne du ministère des Travaux publics, qui s'appelle Miguel Contreras et qui piccole un peu, et l'autre, pas mariée, qui n'a peur de rien et vit à Bilbao avec un professeur de faculté.

Le prêteur à gages essuie la bouche de l'enfant avec un mouchoir. Il a des yeux brillants et sympathiques et, bien qu'il ne respire pas la propreté, il a une certaine allure. L'enfant a pris un café au lait double et deux brioches, et il n'a pas même sourcillé.

Don Trinidad García Sobrino ne pense à rien et ne bouge pas. C'est un homme pacifique, un homme rangé, un homme qui veut vivre en paix. Le gosse ressemble a un petit gitan maigre et ventru. Il porte un bonnet en tricot et des guêtres, en tricot aussi; c'est un enfant bien couvert.

— Qu'est-ce qui vous arrive, jeune homme? Vous ne vous sentez pas bien?

Le jeune poète ne répond pas. Il a les yeux grands ouverts et égarés et on dirait qu'il est devenu muet. Une mèche de cheveux lui retombe sur le front.

Don Trinidad assied l'enfant sur le divan et saisit le poète par les épaules.

— Vous êtes malade?

Quelques têtes se sont retournées. Le poète esquisse un sourire stupide et lourd.

— Eh! Dites donc, aidez-moi à le relever. Il doit avoir un malaise.

Les pieds du poète glissèrent et son corps s'effondra sous la table.

— Donnez-moi donc un coup de main; tout seul je ne peux pas.

Les gens se sont levés. Doña Rosa regardait du comptoir.

— Tout ça pour se rendre intéressant!

En roulant sous la table, le jeune homme s'est donné un coup au front.

— On va l'emmener aux toilettes, ça doit être un étourdissement.

Pendant que don Trinidad et trois ou quatre clients laissent le poète dans les cabinets afin qu'il reprenne ses esprits, le gosse s'est amusé à manger les miettes de la brioche qui étaient restées sur la table.

— Ça va le retaper, l'odeur du désinfectant; ça doit être un étourdissement.

Le poète, assis sur le siège et la tête appuyée au mur, souriait aux anges. Sans bien s'en rendre compte, au fond, il était heureux.

Don Trinidad regagna sa table.

— Ça lui a passé?

— Oui, ce n'était rien, un étourdissement.

Mlle Elvira rendit les deux Tritons au *cerillero*.

— Plus une... pour toi.

— Merci. Il y en a qui ont de la chance, hein?

— Peuh! Ça ou rien!

Padilla, un jour, avait traité de pigeon un monsieur qui courtisait Mlle Elvira, et Mlle Elvira s'était froissée. Depuis lors, le *cerillero* est plus respectueux.

Un tramway faillit écraser don Leoncio Maestre.

— Andouille!

— Andouille toi-même, eh! patate! A quoi tu penses?

Don Leoncio Maestre pensait à Elvirita.

« Elle est mignonne, oui, bien mignonne. Je vous crois! Et ça a l'air d'une fille bien... Non, ce n'est pas une roulure. Mais allez donc savoir! Chaque vie est un roman. Elle a l'air, comme ça, d'une fille de bonne famille qui serait brouillée avec les siens. Maintenant elle doit travailler dans quelque bureau, certainement dans un syndicat. Elle a une figure toute triste, et les traits fins; ce qu'il lui faut probablement c'est de la tendresse, et qu'on la gâte beaucoup, qu'on soit tout le temps là à la cajoler. »

Le cœur de Leoncio Maestre faisait des bonds sous sa chemise.

« Demain je reviens. Oui, pour sûr. Si elle y est, bon signe. Et sinon... si elle n'y est pas, faudra la dénicher. »

Don Leoncio Maestre remonta le col de son pardessus et fit deux petits sauts.

« Elvira, Mlle Elvira. C'est un joli nom... Je crois que le paquet de Tritons lui aura fait plaisir. Chaque fois qu'elle en fumera une, elle se souviendra de moi... Demain je lui redirai mon nom. Leoncio. Leoncio, Leoncio. Au besoin elle me trouvera un nom plus câlin, quelque chose qui me change de Leoncio. Leo. Oncio. Oncete... Je

me paie une bière, je me la paie parce que ça me chante!... »
Don Leoncio Maestre pénétra dans un bar et prit un bock
au comptoir. A côté de lui, assise sur un tabouret, une fille
lui souriait. Don Leoncio lui tourna le dos. Répondre à ce
sourire, lui eût semblé une trahison : la première trahison
qu'il eût faite à Elvirita.
    « Non, pas Elvirita. Elvira. C'est un prénom simple, un
très joli prénom. »
    La fille au tabouret lui parla par-dessus l'épaule.
    — Vous me donnez du feu, père noble?
    Don Leoncio lui donna du feu, tout en tremblant légère-
ment. Il paya son bock et sortit en toute hâte.
    « Elvira... Elvira... »

    Doña Rosa, avant de quitter le gérant, lui demande :
    — T'as donné le café aux musiciens?
    — Non.
    — Eh bien va, donne-le-leur... On dirait qu'ils se trouvent
mal! Quelles mauviettes!
    Les musiciens, sur leur estrade, enlevèrent les dernières
mesures d'un morceau de « Luisa Fernanda », cet air ravis-
sant qui commence par :

> Au cœur des olivettes
>     de mon Estremadoure,
> j'ai une maisonnette
> Lieu propice aux amours.

    Auparavant ils avaient joué « Moment musical » et,
avant, dans « La Fille à la Botte de Roses », l'air de *madri-
leña bonita, flor de verbena.*
    Doña Rosa s'approcha d'eux.
    — Je vous fais apporter le café, Macario.
    — Merci bien, doña Rosa.
    — Pas de quoi. Ce qui est dit est dit. Vous savez, moi
j'ai qu'une parole.
    — Je sais bien, doña Rosa.
    — C'est bien pour ça....
    Le violoniste, qui a de gros yeux à fleur de tête, comme
un bœuf qui s'ennuie, la regarde tout en se roulant une
cigarette. Il plisse la bouche, presque avec mépris, et ses
mains tremblent.
    — Et vous aussi on va vous l'apporter, Seoane.

— Ça va.

— Dites donc, jeune homme, vous répondez bien sèche-
ment.

Macario intervient pour détendre l'atmosphère.

— C'est que son estomac lui en fait voir, doña Rosa.

— Mais c'est pas une raison pour être si constipé. En
voilà des gens bien élevés! Dès qu'on leur dit quelque chose,
ça rue dans les brancards, et quand ils devraient s'estimer
heureux parce qu'on leur fait une faveur, les voilà qui
disent « Ça va »... comme des marquis. Eh bien!

Seoane ne souffle mot tandis que son camarade fait bon
visage à doña Rosa. Puis il demande au monsieur d'une
table voisine :

— Et le jeune homme?

— Il est en train de se remettre dans les toilettes. Ce
n'était rien.

Vega, l'imprimeur, passe sa blague à tabac au lèche-
bottes de la table d'à côté.

— Tenez, roulez-vous donc une cigarette et ne pleurez
plus! Moi j'ai été plus bas que vous, et savez-vous ce que
j'ai fait? Je me suis mis à travailler.

L'autre sourit comme un élève devant le professeur; il
n'a pas la conscience tranquille mais, ce qui est pire, il n'en
sait rien.

— C'est bien, ça!

— Mais bien sûr, mon vieux, bien sûr, travailler et ne
penser à rien d'autre. Maintenant, vous voyez, j'ai toujours
mon cigare et mon petit verre après déjeuner.

L'autre fait un signe de tête qui d'ailleurs ne signifie rien.

— Et si je vous disais que moi je veux travailler, et que
je ne trouve pas d'emploi?

— Allons, allons! Pour travailler, tout ce qu'il faut, c'est
en avoir envie. Vous êtes sûr que vous avez envie de travailler, vous?

— Ah! oui alors!

— Et pourquoi n'allez-vous donc pas coltiner des valises
à la gare?

— Je ne pourrais pas; j'en claquerais au bout de trois
jours. Moi j'ai mon bac...

— Et à quoi ça vous sert?

— Ça c'est vrai, à pas grand-chose...

— Vous, ce qui vous arrive, mon ami, c'est ce qui arrive

à beaucoup de gens, qu'ils se trouvent très bien au café, à se tourner les pouces sans en fiche une rame. Si bien qu'un beau jour ils en tombent d'inanition, comme cette mauviette qu'on a emportée là-bas.

Le bachelier lui rend la blague à tabac et ne le contredit point.

— Merci.

— Pas de quoi. Vous êtes bachelier pour de bon?

— Oui, Monsieur, programme d'enseignement 1903.

— Bon, eh bien je vais vous donner un moyen pour éviter de finir dans un asile ou d'aller faire la queue devant les casernes. Vous voulez travailler?

— Mais oui, Monsieur. Je vous l'ai déjà dit!

— Alors venez me voir demain. Tenez, voici ma carte. Venez le matin, avant midi, sur le coup de onze heures et demie. Si vous voulez et si vous êtes capable, vous restez chez moi comme correcteur; ce matin, j'ai été obligé de mettre à la porte celui que j'avais, parce que c'était un voyou, un type sans conscience, quoi!

Mlle Elvira regarde don Pablo du coin de l'œil. Don Pablo explique à un jouvenceau assis à une table à côté.

— C'est bon le bicarbonate, ça ne fait aucun mal. Seulement les médecins ne peuvent pas le prescrire, parce que si c'est pour qu'on leur ordonne du bicarbonate, les gens n'ont pas besoin des médecins.

Le jeune homme approuve sans prêter grande attention, et reluque du côté des genoux de Mlle Elvira que l'on aperçoit un peu par-dessous la table.

— Ne regardez donc pas par là, ne faites pas le zouave; je vous expliquerai, vous auriez des ennuis.

Doña Pura, la femme de don Pablo, s'entretient avec une amie opulente, couverte de bijoux de pacotille, qui gratte ses dents en or à l'aide d'un cure-dents.

— Moi je suis fatiguée de le répéter. Tant qu'il y aura des hommes et qu'il y aura des femmes, il y aura toujours des histoires; l'homme c'est du feu, et la femme de l'étoupe, et après, eh bien, il arrive des choses! L'histoire de la plate-forme du 49, c'est la pure vérité. Je me demande où on s'arrêtera!

La grosse dame casse distraitement le cure-dents entre ses doigts.

— Oui, moi aussi il me semble qu'il y a bien peu de
tenue. Tout ça, ça vient des piscines; n'en doutez pas, avant
on n'était pas comme ça... Maintenant on vous présente une
jeune fille quelconque, elle vous serre la main et vous en
gardez une appréhension toute la sainte journée. Si ça se
trouve vous attrapez ce que vous n'avez pas!

— C'est bien vrai!

— Et les cinémas, je crois qu'ils ont aussi leur bonne
part de responsabilité! Etre là tout le monde mélangé,
comme ça, dans l'obscurité, ça ne peut rien amener de bon.

— C'est bien ce que je pense, doña María. Il faut plus de
morale; autrement nous sommes perdues!

Doña Rosa remet ça.

— Et d'ailleurs, si l'estomac vous fait mal, pourquoi
vous me demandez pas un peu de bicarbonate? Est-ce que
je vous ai jamais refusé un peu de bicarbonate? Ma parole,
on dirait que vous savez pas parler!

Doña Rosa se retourne et, de sa voix criarde, couvre toutes
les conversations du café.

— López! López! Amène du bicarbonate pour le violon!

Le garçon pose ses ustensiles sur une table et rapporte
une assiette avec un verre à demi plein d'eau, une petite
cuiller et le sucrier en alpaca où l'on met le bicarbonate.

— Alors, il reste plus de plateaux?

— Monsieur López me l'a donné comme ça, Mademoiselle.

— Allez, allez! Pose ça là et décampe!

Le garçon pose le tout sur le piano et se retire. Seoane
remplit la petite cuiller de poudre, rejette la tête en arrière,
ouvre la bouche... et hop! Il mastique la poudre comme si
c'étaient des noix, puis il boit une petite gorgée d'eau.

— Merci, doña Rosa.

— Vous voyez bien, mon ami, vous voyez comme il en
coûte peu d'être poli? Vous, l'estomac vous fait mal, moi
je vous fais chercher un peu de bicarbonate, et amis amis.
Nous sommes ici pour nous entraider; seulement on n'y
arrive pas parce qu'on veut pas. C'est la vie!

Les enfants qui jouent au train se sont arrêtés tout à
coup. Un monsieur leur dit qu'il faut avoir un peu d'éducation et plus de tenue, et eux, ne sachant que faire de leurs

mains, le regardent avec curiosité. L'un, l'aîné, qui s'appelle
Bernabé, pense à un voisin à lui, à peu près de son âge, qui
s'appelle Chus. L'autre, le petit, qui s'appelle Paquito, se dit
que la bouche du monsieur sent mauvais.

« Elle sent le caoutchouc pourri. »

Bernabé est pris de fou rire en pensant à l'histoire si
drôle qui est arrivée à Chus avec sa tante.

— Chus, tu es un cochon, tu ne changes pas de caleçon
tant qu'il n'y a pas du caca dedans. Tu n'as pas honte?

Bernabé se retient de rire; le monsieur aurait été furieux.

— Non, tante, j'ai pas honte; papa aussi il a du caca
dans son caleçon!

C'était à mourir de rire!

Paquito se creusa la tête un moment.

« Non, la bouche de ce monsieur ne sent pas le caoutchouc pourri. Elle sent la vache... et les pieds. Si j'étais ce
monsieur, moi je me collerais une bougie fondue dans le
nez. Alors il parlerait comme la cousine Emilita — couac-
couac — qu'il faut opérer de la gorge. Maman dit comme
ça que quand on l'opérera de la gorge elle fera plus cette
tête d'idiote qu'elle fait et qu'elle dormira plus la bouche
ouverte. Si ça se trouve, quand on l'opérera, elle mourra:
Alors on la mettra dans un cercueil tout blanc parce qu'elle
a pas encore de nénés, et qu'elle porte pas de souliers à
talons. »

Les deux veuves, confortablement carrées sur le divan
ont les yeux tournés du côté de doña Pura.

Les idées de ces deux perruches sur le violoniste flottent
encore dans l'air comme de petits ballons errants.

Aux dernières nouvelles, le fils de doña Matilde, qui imite
la Raquel comme pas un, vit avec un autre musicien. La
mère pense que ce sont là des choses d'artistes. Le petit
de doña Matilde s'appelle Florentino Verdugo, bien que son
nom de guerre soit Florentino de la Mare Nostrum. Une
fois, un vendredi saint, il s'habilla en femme et sortit dans
la rue, vêtu d'une longue robe noire, avec une mantille sur
la tête; il était à croquer. Ce petit jeu lui réussit tellement
bien qu'il fit la conquête d'un capitaine de cavalerie et le
traîna à ses trousses, d'église en église, tout au long de
l'après-midi. Le hic ce fut que, lorsque le capitaine voulut
aller plus loin et retira deux pelotes de laine de la poitrine

du Florentino, celui-ci comprit, et lui flanqua une telle volée
en pleine rue qu'il faillit le tuer. Quelques passants inter-
vinrent et firent des reproches au capitaine.

— Mais voyons, Monsieur, cela ne se fait pas, un officier
ne bat pas une femme! Et bien moins quand il porte l'uniforme!

Mais le Florentino, qui possédait une vocation hors de
pair, disait avec sa voix de femme :

— Il me bat parce que je suis à lui, et vous ça ne vous
regarde pas! Bats-moi, va! Bats-moi donc, mon homme!
Ça c'est des hommes! Ah! Ce que tu peux me faire du bien!
Tiens! Fais de moi ce que tu voudras! Tue-moi si tu veux!
Ah!

Le Florentino de la Mare Nostrum s'offrait ce genre de
sensations. Pédéraste, d'accord, mais il ne manquait pas
de courage.

Donc, comme nous le disions, les deux habituées avaient
les yeux tournés du côté de doña Pura.

— Je ne sais pas comment il peut y avoir des femmes
comme ça; celle-là, c'est un vrai crapaud. Elle passe son
temps à dire pis que pendre de tout le monde et ne se
rend pas compte que, si son mari la supporte, c'est à cause
des quelques douros qui lui restent. Oh! C'est un ruffian,
ce Pablo, un type dangereux. Quand il vous regarde, ma
chère, on dirait qu'il vous déshabille!

— Ah! Vous pouvez le dire!

— Et celle-là, l'Elvira à la noix, elle a plus d'un tour dans
son sac, allez! Parce qu'enfin, moi, je vous le dis : on peut
pas comparer votre petite, la Paquita, qui après tout vit
décemment, même si ses papiers ne sont pas en ordre, avec
celle-là qui roule comme une toupie de tous les côtés pour
soutirer de l'argent au premier venu, et tout ça pour crever
de faim!

— Et d'ailleurs, doña Matilde, n'allez pas comparer ce
pelé de don Pablo avec le fiancé de ma fille, qui est professeur de psychologie, de logique, et de morale, et qui est un
monsieur!

— Mais bien sûr que non! Le fiancé de la Paquita la
respecte, et il la rend heureuse, et elle, qui est agréable à
voir, et sympathique en plus, eh bien elle se laisse aimer,
que voulez-vous : elle est faite pour ça! Mais ces gourgan-
dines, tenez, ça n'a aucune conscience et ça ne sait ouvrir

la bouche que pour demander quelque chose! Elles
devraient avoir honte!

Doña Rosa poursuit sa conversation avec les musiciens.
Grasse, plantureuse, son petit corps ballonné frémit de
plaisir tandis qu'elle discourt; on dirait un gouverneur
civil.

— Vous avez des ennuis? Eh ben vous me le dites, et moi,
si je peux, je vous arrange ça. Vous travaillez bien et vous
vous tenez perchés là-dessus à gratter du violon comme
Dieu l'ordonne? Alors j'arrive à l'heure de la fermeture,
je vous donne votre petit douro, et nous voilà quittes! Le
mieux, allez, c'est de bien s'entendre! Pourquoi croyez-vous
donc que je suis à couteau tiré avec mon beau-frère? Eh
bien parce que c'est une andouille qui fait que se bague-
nauder vingt-quatre heures sur vingt-quatre, et ensuite il
s'amène pour se mettre les pieds sous la table. Ma sœur,
cette imbécile, supporte tout ça, elle a toujours été comme
ça. Ah! s'il était tombé sur moi! Je t'en foutrais, moi, de
frotter toute la journée avec les bonniches, comme ça, pour
ses beaux yeux! ça serait du joli! Si mon beau-frère travaillait, comme moi je travaille, et en mettait un coup et
rapportait quelque chose à la maison, ce serait autre chose;
mais Monsieur aime mieux courtiser cette idiote de Visi et
mener la grande vie sans en fiche une rame!

— Evidemment, évidemment.

— Eh ben voilà. Ce mec-là, c'est qu'un tire-au-cul mal
élevé qui est né pour faire le maquereau. Et croyez pas que
je dis ça derrière son dos, allez! Tenez, l'autre jour, je lui
ai lâché son paquet en pleine figure!

— Vous avez bien fait.

— Et je veux! Pour qui est-ce qu'il nous prend, ce crève-
la-faim?

— Elle va bien cette pendule, Padilla?

— Oui, mademoiselle Elvira.

— Vous me donnez du feu? Il est encore tôt.

Le *limpia* donne du feu à Mlle Elvira.

— Vous êtes contente, Mademoiselle!

— Vous croyez?

— Enfin, j'ai l'impression... Je vous trouve plus en train
que les autres soirs.

— Peuh! Des fois on fait bonne mine pour mieux cacher sa rogne!

Mlle Elvira a l'air faible, maladif, presque vicieux. Mais elle ne mange pas assez, la pauvre, pour avoir des vices, ni de la vertu.

La femme à l'enfant mort qui préparait les Postes dit :
— Bon, je m'en vais.

Don Jaime Arce, respectueusement, se lève aussitôt, souriant :
— A vos pieds, Madame; à demain s'il plaît à Dieu.

La dame écarte une chaise.
— Au revoir, bonne soirée.
— Je vous souhaite de même, Madame; vous savez que je suis à votre disposition.

Doña Isabel Montes, veuve Sanz, a une démarche de reine. Avec sa petite cape râpée — petits moyens grand genre —, doña Isabel ressemble à une vieille courtisane huppée qui a vécu comme les cigales et n'a rien gardé pour ses vieux jours.

Elle traverse la salle en silence et se faufile par la porte. Les gens la suivent d'un regard dans lequel il peut y avoir de tout sauf de l'indifférence; de l'admiration, ou de l'envie, ou de la sympathie, ou de la méfiance, ou bien de l'affection, allez donc savoir.

Don Jaime Arce ne pense déjà plus ni aux glaces, ni aux vieilles grenouilles de bénitier, ni aux tuberculeux qui peuvent se trouver dans le café (environ 10 % des gens), ni aux aiguiseurs de crayons, ni à la circulation du sang. Vers la fin de l'après-midi, don Jaime Arce est envahi par une somnolence qui l'abêtit.

« Combien font sept fois quatre? Vingt-huit. Et six fois neuf? cinquante-quatre. Quel est le carré de neuf? Quatre-vingt-un. Où l'Ebre prend-il sa source? A Reinosa, dans la province de Santander. Bien. »

Don Jaime Arce sourit; il est satisfait de sa révision et, tout en défaisant quelques mégots, il répète tout bas :

« Ataulphe, Sigéric, Wallia, Théodoric, Thorismond [1]... Chiche que ça il ne le sait pas, cet imbécile! »

Cet imbécile, c'est le jeune poète qui sort, blanc comme

1. Rois Wisigoths (N. d. T.).

la chaux, de sa cure de repos dans les cabinets.
« Comme s'enfuit dans l'onde au déclin de l'été... »

En deuil, nul ne sait pourquoi, depuis sa plus tendre
enfance, il y a de cela bien des années, et sale, et chargée
de brillants qui valent une fortune, doña Rosa engraisse
et engraisse tous les ans, à peu près aussi vite qu'elle
entasse les billets.

Elle est richissime; la maison où se trouve le café est à
elle, et dans les rues Apodaca, Churruca, Campoamor, et
Fuencarral, le premier de chaque mois, des douzaines de
locataires tremblent comme les gamins à l'école.

— Dès qu'on se fie à eux — a-t-elle coutume de dire —,
les voilà qui abusent. C'est des filous, de vrais filous. Si on
n'avait pas des juges un peu honnêtes, je sais pas ce qu'on
deviendrait!

Doña Rosa a ses idées à elle sur l'honnêteté.

— Les comptes clairs, mon garçon, les comptes clairs,
c'est des choses très sérieuses.

Jamais elle n'a fait grâce d'un sou à personne et jamais
elle n'a fait crédit.

— Et les arrêtés d'expulsion, c'est pour quoi faire —
disait-elle —, pour qu'on se fiche de la loi? Moi j'ai idée
que s'y a une loi, c'est pour que tout le monde la respecte;
moi la première. Autrement c'est la révolution.

Doña Rosa est actionnaire d'une banque où elle fait
tourner en bourrique tout le Conseil d'administration et,
d'après ce qu'on dit dans le quartier, elle garde si bien
cachées de pleines malles d'or, que même pendant la guerre
civile on ne les a pas trouvées.

Le *limpia* a fini de cirer les souliers de don Leonardo.

— A votre service.

Don Leonardo jette un coup d'œil sur ses souliers et lui
donne une cigarette.

— Merci bien.

Don Leonardo ne lui paie pas son travail, il ne le lui paie
jamais. Il se laisse cirer les souliers en échange d'un geste.
Don Leonardo est assez vil pour soulever des vagues d'admiration parmi les imbéciles.

Le *limpia*, chaque fois qu'il cire les souliers de don Leonardo, se souvient de ses six mille douros. Dans le fond il

est ravi d'avoir pu tirer don Leonardo d'un mauvais pas;
à la surface, ça le démange un peu, un rien.

« Les messieurs, c'est les messieurs, c'est clair comme
de l'eau de roche. De nos jours, tout marche un peu à
l'envers, mais quand on est un monsieur dès le berceau, ça
se voit tout de suite. »

Si le *limpia* était instruit, il serait sans doute un lecteur
de Vázquez Mella [1].

Alfonsito, le gamin qui fait les commissions, revient avec
le journal.

— Dis donc, mon joli, où qu' t'es allé chercher le canard?

Alfonsito est un enfant chétif, de douze ou treize ans, qui
a des cheveux blonds et tousse sans arrêt. Son père, qui était
journaliste, est mort il y a deux ans à l'Hôpital du Roi. Sa
mère, avant de se marier, était une demoiselle à manières,
faisait des ménages dans les bureaux de la Gran Vía et mangeait à l'Assistance sociale.

— C'est qu'il y avait la queue, Mademoiselle.

— Oui, la queue; voilà que les gens se mettent maintenant à faire la queue pour les nouvelles, comme s'y avait
rien à faire de plus important. Allons, amène ça ici!

— *Les Informations*, il y en avait plus, Mademoiselle, j'ai
pris *Madrid*.

— Ça fait rien. Pour ce qu'on en tire! Vous y comprenez
quelque chose, Seoane, à tous ces gouvernements qui se
font et se défont dans le monde?

— Peuh!

— Mais non, mon vieux, mais non; c'est pas la peine de
faire des feintes, parlez donc pas, si vous voulez pas! Eh
ben en voilà des mystères!

Seoane sourit, avec la mine aigrie du malade qui souffre
de son estomac, et se tait. A quoi bon parler?

— Ce qui se passe ici, derrière tous ces silences et tous
ces sourires, je le sais bien, moi, mais très bien, allez! Vous
voulez pas vous convaincre? Ça vous regarde! Mais ce que
je vous en dis, c'est que les faits parlent, et comment!

Alfonsito distribue *Madrid* sur quelques tables.

Don Pablo sort ses sous.

— Il y a quelque chose?

— Sais pas, vous le verrez là.

1. Homme politique espagnol (1861-1928).

Don Pablo déploie le journal sur la table et lit les titres. Par-dessus son épaule, Pepe cherche à s'informer.

Mlle Elvira fait un signe au gamin.

— Tu me passeras celui de la maison quand doña Rosa aura fini.

Doña Matilde, qui bavarde avec le *cerillero* pendant que son amie doña Asunción est aux toilettes, commente avec mépris :

— Je ne sais pas pourquoi on tient tellement à s'informer de tout ce qui se passe. Tant qu'ici on est tranquilles... Vous ne trouvez pas?

— C'est bien ce que je dis.

Doña Rosa lit les nouvelles de la guerre.

— Ça m'a l'air d'une drôle de reculade, ça... Mais enfin, si finalement ils se débrouillent! Vous croyez qu'ils se débrouilleront à la fin, Macario?

Le pianiste prend un air de doute.

— Je ne sais pas, ça se peut. S'ils inventent un truc qui marche!

Doña Rosa fixe les yeux sur le clavier du piano. Elle a un air triste et distrait et parle seule, comme si elle réfléchissait à haute voix.

— Ce qui arrive c'est que les Allemands, qui sont des caballeros comme Dieu l'ordonne, se sont trop fiés aux Italiens, qui sont froussards comme des lapins. Voilà tout!

Sa voix retentit, lourdement, et ses yeux, derrière les lunettes, paraissent voilés et un peu rêveurs.

— Moi, si j'avais vu Hitler, je lui aurais dit : « Vous y fiez pas, faites pas le con, ces gens-là ont une de ces frousses! »

Doña Rosa poussa un léger soupir.

— Que je suis bête! Devant Hitler, j'aurais même pas osé ouvrir la bouche...

Doña Rosa est préoccupée par le sort des armées allemandes. Elle lit attentivement, au jour le jour, le communiqué du grand quartier général du Führer et, prise d'une série de vagues pressentiments qu'elle n'ose essayer d'approfondir, elle fait des rapprochements entre le destin de la Wehrmacht et le destin de son café.

Vega achète le journal. Son voisin lui demande :

— Bonnes nouvelles?

Vega est un éclectique.

— Ça dépend pour qui.

Le garçon continue à dire « J'arrive » et à traîner les pieds sur le sol du café.

— Devant Hitler je resterais plus effarée qu'un moineau, c'est un homme qui doit faire peur : il a un regard de tigre.

Doña Rosa soupire une autre fois. Sa formidable poitrine fait disparaître son cou l'espace de quelques instants.

— Celui-là et le Pape, je crois que c'est les deux qui font le plus peur.

Doña Rosa tapote de ses doigts le couvercle du piano.

— Et puis après tout, il doit bien savoir ce qu'il fait; il a ses généraux pour ça...

Doña Rosa reste un moment silencieuse et change de voix :

— Bon !

Elle relève la tête et regarde Seoane.

— Comment qu'elle va votre femme de ses histoires?

— Comme ça; aujourd'hui on dirait qu'elle va un peu mieux.

— Pauvre Sonsoles; elle qui est si bonne!

— Oui, le fait est qu'elle traverse une mauvaise passe.

— Vous lui avez donné les gouttes que vous a dit don Francisco?

— Oui, elle les a prises. L'ennui, c'est qu'elle ne garde rien dans l'estomac, elle rend tout.

— Ah, mon Dieu !

Macario joue en sourdine et Seoane saisit son violon.

— Ce sera quoi?

— « La Verbena », ça vous va?

— Allons-y!

Doña Rosa s'éloigne de l'estrade des musiciens tandis que le violoniste et le pianiste, avec une mine résignée de collégiens, déchirent le tumulte du café au son des vieilles mesures tant de fois — ah! mon Dieu! — répétées et répétées.

> *Où vas-tu en châle de Manille,*
> *où vas-tu dans ta robe chinée?*

Ils jouent sans partition. Pas besoin.

Macario, tel un automate, réfléchit.

« Et alors je lui dirai comme ça : — Ecoute, ma petite, il n'y a rien à faire; avec un douro l'après-midi, un autre le soir et deux cafés, vois toi-même. — Elle me répondra certainement : — Ne sois donc pas sot, tu verras; avec tes deux douros et quelques leçons qui me tomberont par-ci par-là... Matilde, au fond, est un ange; c'est un ange ou tout comme. »

Intérieurement, Macario sourit; extérieurement aussi, imperceptiblement. Macario est un sentimental mal nourri qui vient d'atteindre les quarante-trois ans ces jours-ci.

Seoane contemple vaguement les clients du café et ne pense à rien. Seoane est un homme qui préfère ne pas penser; ce qu'il veut, lui, c'est que les journées passent à toute allure, le plus vite possible, et qu'on n'en parle plus.

Neuf heures et demie sonnent à la vieille pendule dont les petits numéros brillent comme s'ils étaient en or. La pendule est un objet presque princier qu'a rapporté de l'Exposition de Paris un petit marquis écervelé et décavé qui, vers l'an 1905, avait fait la cour à doña Rosa. Le petit marquis, qui s'appelait Santiago et était grand d'Espagne, est mort poitrinaire à l'Escorial, fort jeune encore, et la pendule est restée posée sur le comptoir du café, comme un souvenir des heures qui ont passé, sans apporter à doña Rosa l'homme qu'elle attendait, ni au mort la soupe chaude de tous les jours. C'est la vie!

A l'autre bout de l'établissement, doña Rosa morigène un garçon en faisant de grands gestes. Dans les glaces, un peu en traîtres, les autres garçons observent la scène, sans s'en faire outre mesure.

Le café, dans moins d'une demi-heure, sera désert. Pareil à un homme dont la mémoire, soudain, serait devenue vide.

# CHAPITRE II

— Allez, filez.

— Au revoir, merci beaucoup, vous êtes bien aimable.

— Non! Allez-vous-en! Ici on ne veut plus vous revoir!

Le garçon tâche de se donner une voix grave, une voix qui impose. Il a un fort accent de la Galice, un accent qui enlève de la force et de l'autorité à ses paroles, et nuance de douceur son sérieux. Les hommes mous, quand on les pousse à la colère, ont la lèvre supérieure qui tremblote un peu comme si une mouche invisible la frôlait.

— Si vous voulez je vous laisse le livre...

— Non; emportez-le.

Martín Marco, tout pâle, et offrant l'image de la déchéance avec son pantalon effrangé et son veston râpé, prend congé du garçon en portant la main à son chapeau gris, triste et crasseux.

— Au revoir, merci beaucoup, vous êtes bien aimable.

— Non; allez-vous-en! Et ne remettez pas les pieds ici.

Martín Marco regarde le garçon, il voudrait dire quelque chose de bien.

— Vous pouvez compter sur mon amitié.

— Bon bon...

— Je ne vous oublierai pas.

Martín Marco ajuste ses lunettes à petit cercle de fer et se décide à partir. Une jeune fille dont le visage ne lui est pas inconnu passe à côté de lui.

— Salut.

La jeune fille le considère l'espace d'une seconde et poursuit son chemin. Elle est toute jeune et fort mignonne. Assez mal habillée. Ce doit être une modiste, les modistes ont toutes cet air presque distingué; de même que les bonnes nourrices sont de Pas [1] et les bonnes cuisinières de

1. Près de Santander.

Biscaye, ainsi les bonnes petites amies, celles qu'on peut habiller décemment et emmener partout sont généralement modistes.

Martín Marco redescend lentement le boulevard en direction de Santa Bárbara.

Le garçon de café reste un instant sur le trottoir, avant de pousser la porte.

« Il n'a pas un sou ! »

Les gens passent en se hâtant, bien emmitouflés dans leurs pardessus, fuyant le froid.

Martín Marco, l'homme qui n'a pas payé son café et qui regarde la ville avec les yeux traqués d'un enfant malade, met ses mains dans les poches de son pantalon.

Les lumières de la place brillent d'un éclat blessant, presque insultant.


Don Roberto González, relevant la tête de son gros livre de comptabilité, discute avec le patron.

— Cela ne vous ferait rien de me donner un acompte de trois douros? C'est demain l'anniversaire de ma femme...

Le patron est un brave homme, un homme honnête qui fait bien son petit marché noir, comme tout un chacun, mais qui n'a point de fiel.

— Mais oui, mon ami. Moi, qu'est-ce que ça peut me faire?

— Merci bien, señor Ramón.

Le boulanger tire de sa poche un gros portefeuille en veau et donne cinq douros à don Roberto.

— Je suis très content de vous, González. Les comptes de la boulangerie marchent très bien. Avec ces deux autres douros, achetez donc quelques bêtises aux enfants.

Le señor Ramón reste un moment sans dire mot. Il se gratte la tête et baisse la voix.

— N'en dites rien à la Paulina.

— N'ayez crainte.

Le señor Ramón regarde la pointe de ses bottines.

— Je vous dis ça comme ça, vous savez... Je sais bien que vous êtes un homme discret qui sait tenir sa langue, mais au besoin, accidentellement, ça aurait pu vous échapper et on en aurait pour quinze jours à entendre des jérémiades. A la maison c'est moi qui commande, vous savez bien, mais les femmes vous les connaissez...

— N'ayez crainte... et merci beaucoup. Je n'en dirai rien,
vous pensez!

Don Roberto baisse la voix.

— Merci bien...

— Pas de quoi, allez! Ce que je veux, moi, c'est que
vous fassiez votre travail avec plaisir.

Les paroles du boulanger atteignent don Roberto jusqu'au fond de l'âme. Si le boulanger multipliait ses amabi-
lités, don Roberto lui tiendrait ses comptes gratuitement.

Le señor Ramón va sur ses cinquante ou cinquante-
deux ans et c'est un homme robuste, moustachu, coloré, un
homme sain, à l'extérieur comme à l'intérieur, qui mène
une vie rangée de vieil artisan, se levant à l'aube, buvant du
vin rouge et pinçant les fesses aux femmes de service. Lorsqu'il arriva à Madrid, au début du siècle, il portait ses bottes
sur l'épaule pour ne pas les abîmer.

Sa biographie tient en cinq lignes. Il arriva dans la capitale à l'âge de huit ou dix ans, se plaça dans une boulangerie et fit des économies jusqu'à l'âge de vingt et un ans,
où il partit pour le service. Du jour où il arriva à la ville
jusqu'au jour où il partit comme conscrit, il ne dépensa pas
un centime, et mit tout de côté. Il mangea du pain et but
de l'eau, dormit sous le comptoir et ne connut point de
femme. Quand il s'en alla servir le Roi, il laissa ses économies à la Caisse d'Epargne et, quand on le libéra, il retira
son argent et s'acheta une boulangerie; en douze ans il avait
économisé vingt-quatre mille reales, tout ce qu'il avait
gagné, un peu plus d'une peseta par jour, l'un dans l'autre.
Au service, il apprit à lire, à écrire et à faire des additions,
et il perdit son innocence. Il ouvrit sa boulangerie, se maria,
eut douze enfants, acheta un calendrier et resta assis à
regarder passer le temps. Les patriarches de l'Antiquité ont
dû être assez semblables au señor Ramón.

Le garçon rentre. Il éprouve soudain une sensation de
chaleur au visage. On a envie de tousser, de racler plutôt
le fond de la gorge pour arracher cette pellicule que le froid
de la rue y a déposée. Ensuite, on a même l'impression
qu'on parle mieux. En rentrant, il a remarqué que ses
tempes lui faisaient un peu mal; il a remarqué aussi, ou se
l'est figuré, qu'une petite lueur de lascivité tremblotait dans
la moustache de doña Rosa.

— Eh, viens par ici!

Le garçon s'approcha d'elle.

— Tu l'as soigné?

— Oui, Mademoiselle.

— Combien?

— Deux coups de pied.

— Où?

— Où j'ai pu, dans les jambes.

— T'as bien fait! Espèce de mendigot!

Le garçon sent un tiraillement dans son épine dorsale. S'il avait du cran, il étranglerait la patronne; heureusement il n'en a pas. La patronne rit sous cape, d'un petit rire cruel. Il y a des gens que ça amuse de voir les autres aux prises avec le malheur; c'est pour les voir de tout près qu'ils se mêlent de faire des visites dans les quartiers misérables, d'offrir de vieilles choses aux moribonds, aux phtisiques qui gisent à l'écart sous une couverture malpropre, aux enfants anémiques et pansus qui ont des os flasques, aux petites filles qui sont mères à onze ans, aux grues quadragénaires au visage dévoré par les pustules : ces grues qui ressemblent à des caciques indiens rongés par la gale. Doña Rosa n'appartient même pas à cette catégorie. Doña Rosa préfère l'émotion à domicile, ce frémissement...

Satisfait, don Roberto sourit. Il se faisait déjà du mauvais sang à la pensée que l'anniversaire de sa femme eût pu le surprendre sans un sou en poche. C'eût vraiment été de la guigne!

« Demain, je porterai des bonbons à la Filo — pense-t-il —, la Filo c'est comme une gosse, une vraie gamine, une enfant de six ans... Avec ces dix pesetas j'achèterai quelque babiole aux gosses et je prendrai l'apéritif. Ce qu'ils aimeront le mieux c'est une balle... Avec six pesetas on a déjà une balle assez convenable... »

Don Roberto avait réfléchi lentement, et non sans plaisir. Sa tête était pleine de bonnes intentions et de points de suspension.

Les notes aigres, pointues, les notes âpres d'un flamenco de ruelle entrèrent par la lucarne de la boulangerie, à travers les vitres et les montants de bois. Au début, on ne pouvait savoir si c'était une femme ou un enfant qui chan-

tait. Don Roberto était occupé à se gratter les lèvres avec
le manche de son porte-plume.

Sur le trottoir d'en face, un enfant s'égosillait à la porte
d'une taverne :

> *Ah! le pauvre petit qui mange*
> *du pain que lui tend une main,*
> *toujours redoutant le visage*
> *de la main qui lui tend ce pain.*

De la taverne on lui jette quelques sous et trois ou quatre
olives que l'enfant ramasse à même le sol, en toute hâte.
L'enfant est éveillé comme un insecte, tout noiraud, et
chétif. Il va pieds nus, la poitrine découverte, et il paraît
avoir dans les six ans. Il chante tout seul et s'encourage
lui-même en claquant dans ses paumes et en remuant son
petit cul en cadence.

Don Roberto referme la lucarne et reste debout au milieu
de la pièce. Il a songé à appeler l'enfant et à lui donner un
real.

« Non... »

Le bon sens triomphant, don Roberto a retrouvé son
optimisme.

« Oui, des bonbons... La Filo est comme une gosse, elle
a l'air d'une... »

Don Roberto, malgré ses cinq douros dans la poche,
n'avait pas la conscience tout à fait tranquille.

« Mais ça, aussi, c'est une manie de voir les choses du
mauvais côté, pas vrai Roberto? » lui disait, au fond de
la poitrine, une petite voix timide et turbulente.

« N'en parlons plus! »

Martín Marco s'arrête à la devanture d'un magasin
d'appareils sanitaires qui se trouve dans la rue Sagasta.
Le magasin resplendit comme une bijouterie, ou comme le
salon de coiffure d'un grand hôtel, et les lavabos ont l'air
de lavabos de l'autre monde, de lavabos du paradis, avec
leurs robinets flambants, leur faïence polie et leurs miroirs
à l'éclat transparent. Il y a des lavabos blancs, des lavabos
verts, des roses, des jaunes, des violets, des noirs, des
lavabos de toutes les couleurs. On fait de ces trucs! Il y a
des baignoires qui reluisent comme des bracelets de brillants, des bidets avec un tableau de bord comme une auto-

mobile, de luxueuses cuvettes de W.-C. à double couvercle, surbaissées et ventrues, si élégantes, où l'on doit pouvoir sûrement appuyer le coude, où l'on peut même placer quelques livres soigneusement choisis et richement reliés : Hölderlin, Keats, Valéry, pour les cas où la constipation requiert une compagnie; Rubén [1], Mallarmé, surtout Mallarmé, pour les dérangements intestinaux. Quelle saloperie!

Martín Marco sourit, comme s'il faisait amende honorable, et s'éloigne de la vitrine.

« C'est ça la vie — pense-t-il. Avec ce que les uns dépensent pour faire leurs besoins bien à leur aise, les autres on aurait de quoi manger pour un an. C'est bien ça! Les guerres, on devrait les faire pour qu'il y ait moins de gens qui fassent leurs besoins bien à leur aise et que le reste puisse manger un peu mieux. L'ennui, c'est que les intellectuels, allez donc savoir pourquoi, on continue à mal manger et à faire nos trucs dans les cafés. Ah, bon Dieu! »

Le problème social est une chose qui préoccupe Martín Marco. Il n'a d'idées très claires sur rien, mais le problème social le préoccupe.

— Cette distinction des pauvres et des riches — dit-il parfois —, c'est pas bien; il vaudrait mieux être tous égaux, ni très pauvres, ni très riches, tous dans un juste milieu. L'Humanité, il faut la réformer. On devrait nommer une commission de savants qui seraient chargés de réformer l'Humanité. Au début ils s'occuperaient de petites choses, d'enseigner aux gens le système métrique décimal, par exemple, et après, quand ils seraient bien rodés, ils s'en prendraient aux choses plus importantes et pourraient même faire démolir les villes pour les rebâtir, toutes pareilles, avec des rues bien droites et le chauffage dans chaque maison. Ça reviendrait un peu cher, mais dans les banques il doit bien y avoir de l'argent de reste.

Une bouffée d'air froid dégringole par la rue Manuel-Silvela et Martín se demande soudain avec inquiétude s'il n'est pas en train de penser des sottises.

« Au diable les lavabos! »

Comme il traverse la chaussée, un cycliste est obligé de l'écarter d'une poussée.

— Eh! empaillé! Tu t' crois en liberté surveillée?

1. Rubén Dario, poète nicaraguayen.

Le sang monte à la tête de Martín.

— Eh! dites donc, vous! Dites donc!

Le cycliste tourna la tête et lui fit un bonjour de la main.

Un homme descend la rue Goya en lisant le journal; au moment où nous l'attrapons, il passe devant une boutique de livres d'occasion qui s'appelle « Nourrissez votre esprit ». Une petite bonne le croise.

— Bonjour señorito Paco!

L'homme tourne la tête.

— Tiens! C'est toi? où vas-tu?

— Je rentre à la maison, señorito, je reviens de chez ma sœur, celle qui est mariée.

— Ah, très bien.

L'homme la regarde dans les yeux.

— Alors, tu as trouvé un fiancé? Une fille comme toi ne peut pas rester sans fiancé...

La jeune fille rit aux éclats.

— Bon, je m'en vais, je suis pressée comme tout.

— Eh bien, au revoir, ma fille, et ne te perds pas en chemin. Ecoute, si tu vois le señorito Martín, dis-lui que je passerai à onze heures au bar de la rue Narváez.

— Bon, entendu.

La jeune fille s'éloigne et Paco la suit des yeux jusqu'au moment où elle se perd dans la foule.

« Elle a une démarche de biche... »

Paco, le señorito Paco, trouve toutes les femmes jolies. On ne sait pas si c'est un sensuel ou un sentimental. La jeune fille qui vient de lui dire bonjour est réellement jolie, mais même si elle ne l'avait pas été, c'eût été la même chose : Pour Paco, elles sont toutes Miss Espagne.

« De biche... »

L'homme se retourne et pense vaguement à sa mère, morte il y a des années. Sa mère portait un ruban de soie noire autour du cou, pour retenir son double menton, et elle avait grand air : on voyait tout de suite qu'elle était de bonne famille. Le grand-père de Paco avait été général et marquis, et il était mort au cours d'un duel au pistolet, à Burgos. C'était un député progressiste qui l'avait tué, don Edmundo Páez Pacheco, un franc-maçon aux idées subver-sives.

La gamine avait ses choses qui pointaient sous son petit

manteau de coton. Elle portait des souliers un peu éculés. Elle avait de jolis yeux clairs, d'un vert châtain, et légèrement bridés. « Je reviens de chez ma sœur, celle qui est mariée. » « Hi, hi... Sa sœur mariée, tu te rappelles, Paco? »

Don Edmundo Páez Pacheco était mort de la petite vérole, à Almería, l'année du désastre.

La fille, tout en causant avec Paco, avait soutenu son regard.

Une femme demande l'aumône, tenant dars ses bras un enfant enveloppé dans des chiffons, et une grosse gitane vend des billets de loterie. Quelques couples d'amoureux s'aiment au milieu du froid, contre vents et marées, bras dessus, bras dessous, réchauffant leurs mains qui s'étreignent.

Celestino, environné de bouteilles vides dans l'arrière-boutique de son bar, parle tout seul. Des fois, il parle tout seul, Celestino. Quand il était jeune homme, sa mère lui disait :

— Hein?

— Rien, je parlais tout seul.

— Ah, mon Dieu! Dis donc, mon garçon, tu vas devenir timbré!

La mère de Celestino n'était pas aussi grande dame que la mère de Paco.

— Eh bien, je ne les donne pas, je les casse en mille morceaux, mais je ne les donne pas! Ou on me les paie leur prix, ou alors on ne les emporte pas, je ne veux pas qu'on se paie ma tête, rien à faire, on ne me vole pas, moi! La voilà, la voilà l'exploitation du commerçant! On a de la volonté ou on n'en a pas... Mais parfaitement! On est un homme ou on n'en est pas un.. Et pour voler, qu'ils aillent à la Sierra Morena.

Celestino encastre son dentier et crache rageusement par terre.

— Eh bien, ce serait du propre!

Martín Marco poursuit son chemin en oubliant bientôt le coup de la bicyclette.

« Si Paco avait seulement pu se faire une idée de la misère des intellectuels! Mais non, Paco est une cloche, rien ne lui vient à l'idée. Depuis qu'on l'a relâché, il rôde comme un canard sans rien faire de bon. Avant, il faisait de temps en temps quelques vers, mais maintenant! Moi j'en ai assez de le lui dire, je ne lui en dis plus rien. Tant pis pour lui! S'il s'imagine que c'est en traînant par les rues qu'il va tenir le coup, il peut courir! »

Il a un frisson et achète vingt centimes de marrons — quatre marrons — à la bouche de métro qui se trouve à l'angle de la rue Frères Alvárez Quintero [1], cette bouche grande ouverte comme celle d'un patient assis dans le fauteuil du dentiste, et qui semble avoir été faite pour que s'y engloutissent les automobiles et les camions.

Il s'appuie contre la rampe pour manger ses marrons et, à la lumière des becs de gaz, il lit distraitement le nom de la rue sur la plaque.

« En voilà qui en ont eu de la chance, tiens! Ils sont là! Une rue dans le centre et une statue dans le parc du Retiro. De quoi se marrer! »

Martín a de vagues sursauts de respect et de traditionalisme.

« Que diable! Il a bien fallu qu'ils fassent quelque chose pour avoir une telle réputation. Parfaitement! Mais personne n'ose le dire. Tous des dégonflés! »

Comme des mites, flottent dans sa tête les débris d'une conscience en débâcle.

« Oui; « une étape du théâtre espagnol », « une époque qu'ils ont voulu marquer de leur sceau, et ils y sont parvenus », « un théâtre qui est le fidèle reflet des saines coutumes andalouses »... Tout ça m'a l'air un peu à l'eau de rose, dans le genre province et quêtes de bienfaisance. Mais qu'y faire! Seulement on ne les déloge pas de là, ils y sont bel et bien! Le bon Dieu même ne les en délogerait pas! »

Ça le tracasse, Martín, qu'il n'existe aucune rigoureuse classification des valeurs intellectuelles, une liste hiérarchique des cerveaux.

« C'est tout pareil, tout va à vau-l'eau. »

Deux châtaignes étaient froides, et deux brûlantes.

Pablo Alonso est un garçon jeune, qui a l'allure sportive d'un homme d'affaires de nos jours et possède, depuis deux semaines, une maîtresse qui s'appelle Laurita.

Laurita est jolie. C'est la fille d'une concierge de la rue

1. Serafin et Joaquin Alvárez Quintero, dramaturges sévillans.

Lagasca. Elle a dix-neuf ans. Avant, elle n'avait jamais un douro pour s'amuser, et encore moins cinquante douros pour s'offrir un sac. Avec son fiancé, qui était facteur, on n'allait jamais nulle part. Laurita en avait assez d'attraper froid dans les jardins de Rosales, avec des engelures plein les doigts et les oreilles. Un monsieur qui importe de l'huile avait offert un appartement à son amie Estrella, dans la rue Menéndez Pelayo.

Pablo Alonso lève la tête.

— Manhattan.

— Nous n'avons pas de whisky écossais, Monsieur.

— Dites au comptoir que c'est pour moi.

— Bien.

Pablo reprend la main de la jeune fille.

— Comme je te disais, Laurita, c'est un brave garçon, il n'y a pas meilleur que lui. Seulement il est fringué comme un clochard, si ça se trouve avec une chemise sale d'un mois et les orteils à l'air.

— Pauvre garçon! Et il ne fait rien?

— Rien. Lui, il tourne et retourne des idées dans sa tête, mais en fin de compte il ne fait rien. C'est dommage, parce que ce n'est pas un imbécile.

— Et il a une chambre où dormir?

— Oui, chez moi.

— Chez toi?

— Oui, j'ai fait installer un lit dans la lingerie, et il dort là. Au moins il ne lui pleut pas sur la tête, et il est au chaud.

La jeune fille, qui a connu la misère de près, regarde Pablo dans les yeux. Au fond, elle est un tantinet émue.

— Que tu es bon, Pablo!

— Mais non, petite sotte; c'est un vieux camarade, un camarade d'avant la guerre. En ce moment il traverse une mauvaise passe, il faut dire d'ailleurs que ça n'a jamais très bien marché pour lui.

— Et il est bachelier?

Pablo rit.

— Oui, ma fille, il est bachelier. Allons, parlons d'autre chose.

Laurita, pour changer, reprit l'antienne commencée quinze jours avant.

— Tu m'aimes beaucoup?

— Beaucoup!
— Plus que personne?
— Plus que personne!
— Tu m'aimeras toujours?
— Toujours!
— Tu ne me quitteras jamais?
— Jamais!
— Même si j'étais aussi minable que ton ami?
— Ne dis pas de bêtises!
Le garçon de café sourit tout en s'inclinant pour déposer les consommations sur la table.
— Il restait un fond de White Label, Monsieur.
— Vous voyez!

Une fille saoule a flanqué un coup de savate à l'enfant qui chantait le flamenco. La seule réplique de l'enfant fut une réplique de puritain.
— En voilà une heure pour être saoule! Qu'est-ce que ça sera tout à l'heure!
L'enfant n'est pas tombé, il a piqué du nez contre le mur. De loin il a dit trois ou quatre vérités à la femme, il s'est tâté un peu la figure et a poursuivi son chemin. A la porte d'une autre taverne, il s'est remis à chanter :

> *Y' avait une fois un tailleur*
> *Qui coupait des pantalones*
> *Passe un petit gitan moqueur*
> *Qui vendait des camarones.*
> *— Dites-moi, monsieur le tailleur,*
> *Faites-les-moi bien ajustés,*
> *Pour qu'en me rendant à la messe*
> *Me mirent les petits messieurs.*

L'enfant n'a pas un visage humain, il a une tête d'animal domestique, de bête souillée, avilie par la basse-cour. Il est trop jeune pour que la douleur ait déjà tracé la balafre du cynisme — ou de la résignation — sur son visage, et il a une belle et naïve expression, l'expression stupide de quelqu'un qui ne comprend rien à ce qui se passe. Tout ce qui se passe est un miracle pour le petit gitan, qui est né par miracle, qui mange par miracle, qui vit par miracle et qui a, par pur miracle, assez de forces pour chanter.
Après les jours viennent les nuits, après les nuits viennent

les jours. L'année a quatre saisons : le printemps, l'été, l'automne et l'hiver. Il y a des vérités que l'on sent dans son corps, comme la faim ou l'envie d'uriner.

Les quatre châtaignes ont été bientôt finies et Martín, avec les vingt-cinq centimes qui lui restaient, est allé jusqu'à Goya.

«Nous autres, on se promène sous les gens qui sont assis aux cabinets. Colón : très bien; ducs, notaires et quelque carabinier de la Monnaie. Qu'ils sont loin, plongés dans leur journal ou en train de contempler les plis de leur ventre! Serrano : jeunes messieurs et demoiselles. Les demoiselles ne sortent pas le soir. Ça c'est un quartier où tout est permis jusqu'à dix heures seulement. En ce moment, les gens dînent. Velázquez : encore des demoiselles, ça fait plaisir! C'est un métro très bien. On va à l'Opéra? Tu parles... T'as été aux courses, dimanche? Non... Goya : rien ne va plus!»

Martín, sur le quai, fait semblant de boiter; il le fait quelquefois.

«Il se peut que je dîne chez la Filo — ne poussez pas, Madame, on n'est pas pressés! — sinon, eh bien, que veux-tu, ce sera pour l'année prochaine!»

La Filo, c'est sa sœur, la femme de don Roberto González — cet abruti de González, comme l'appelle son beau-frère —, un employé de la Députation, un républicain convaincu d'Alcalá Zamora [1].

Le ménage González habite au bout de la rue Ibiza, dans un petit appartement de la loi Salmón, et vivote tant bien que mal, à la sueur de son front. La femme, avec ses cinq enfants en bas âge et une petite bonne de dix-huit ans qui s'occupe d'eux, travaille d'arrache-pied, et lui, il fait des heures supplémentaires, toutes celles qu'il peut, partout où il le peut; en ce moment il a de la chance, il tient les comptes d'une parfumerie où il se rend deux fois par mois pour gagner ses cinq douros, et également ceux d'une boulangerie assez huppée qui se trouve dans la rue San Bernardo, où on lui donne trente pesetas. D'autres fois, la chance lui tourne le dos et il ne trouve rien pour occuper les heures que son

1. Président de la seconde république espagnole (N. d. T.).

emploi lui laisse libres; alors don Roberto devient triste et renfermé, et il est de mauvaise humeur.

Les beaux-frères, à cause de ces choses qui arrivent dans la vie, ne peuvent pas se voir. Martín dit de don Roberto que c'est un pourceau avide, et don Roberto dit de Martín que c'est un sanglier hargneux. Reste à savoir qui a raison! La seule chose certaine, c'est que la pauvre Filo, entre l'enclume et le marteau, passe sa vie en s'ingéniant à calmer de son mieux les orages.

Lorsque son mari n'est pas à la maison, elle fait frire un œuf, ou chauffer un peu de café au lait pour son frère, et quand elle ne peut pas, parce que son mari, les pieds dans ses pantoufles et sa vieille veste sur le dos, ferait un scandale épouvantable en traitant son beau-frère de clochard et de parasite, la Filo lui garde les restes du repas dans une vieille boîte à biscuits que la bonne lui descend dans la rue.

— Est-ce que c'est juste, ça, Petrita?
— Non, señorito, ça n'est pas juste.
— Ah, ma petite! Si tu n'étais pas là pour faire passer cette ratatouille!

Petrita devient rouge.

— Allons, donnez-moi cette boîte, il fait froid!
— Il fait froid pour tout le monde, fille de malheur!
— Excusez-moi...

Martín se reprend tout de suite.

— Ne fais pas attention. Sais-tu que te voilà devenue femme?
— Allons, taisez-vous!
— Bon, ma petite, je me tais! Sais-tu ce que je te ficherais, moi, si j'étais plus culotté?
— Taisez-vous donc!
— Une belle frousse!
— Mais taisez-vous donc!

Ce jour-là, il se trouva que le mari de la Filo n'était pas à la maison et Martín mangea son œuf et but sa tasse de café.

— Plus de pain. Nous sommes même obligés d'en acheter un peu au marché noir pour les enfants.
— Ça va comme ça, merci; tu es bien bonne, Filo, tu es une véritable sainte.
— Ne dis pas de sottises!

Les yeux de Martín se rembrunissent.

— Oui, une sainte, seulement une sainte qui s'est mariée avec un misérable. Ton mari, c'est un misérable, Filo!

— Tais-toi donc, c'est un brave type!

— Enfin, ça te regarde... Après tout, tu lui as déjà donné cinq loupiots!

Il se fait un silence. A l'autre bout de la maison, on entend la petite voix d'un enfant qui fait sa prière.

La Filo sourit.

— C'est Javierín. Dis, tu as de l'argent?

— Non.

— Prends ces deux pesetas.

— Mais non, pour quoi faire? Où veux-tu que j'aille avec deux pesetas?

— Ça c'est vrai aussi... Mais tu sais bien, la plus belle fille du monde...

— Je sais...


— Tu t'es fait faire les vêtements comme je t'avais dit, Laurita?

— Oui, Pablo. Le manteau me va très bien, tu verras comme je te plairai.

Pablo Alonso sourit d'un bon sourire de bœuf, du sourire de l'homme que les femmes acceptent, non pour ses beaux yeux, mais pour son portefeuille.

— J'en suis sûr... Tu sais, Laurita, en cette saison il faut bien te couvrir; une femme peut être élégante tout en étant bien couverte.

— Mais bien sûr.

— L'un n'empêche pas l'autre. Moi il me semble que les femmes sont trop déshabillées. Imagine un peu que tu ailles tomber malade à présent!

— Non, Pablo, pas à présent! A présent, il faut que je prenne bien soin de moi afin que nous puissions être très heureux...

Pablo se laisse aimer.

— Je voudrais être la plus jolie fille de Madrid, pour te plaire toute la vie... Oh! Je suis d'une jalousie!


La marchande de marrons cause avec une demoiselle. La demoiselle a les joues flétries et les paupières rouges, comme si elles étaient malades.

— Quel froid!

— Oui, il fait une nuit à ne pas mettre un chien dehors. Un de ces jours on va me trouver toute raide comme un moineau!

La demoiselle range une peseta de châtaignes dans son sac, ce sera son dîner.

— A demain, madame Leocadia!

— Au revoir, mademoiselle Elvira! Bonne nuit!

La femme s'éloigne sur le trottoir, en direction de la place Alonso Martínez. Derrière la fenêtre d'un café qui fait l'angle du boulevard, deux hommes s'entretiennent. Ce sont deux hommes jeunes, l'un de vingt ans environ, et l'autre de trente et quelques. Le plus âgé a l'aspect d'un membre du jury d'un concours littéraire; le plus jeune a l'air d'un romancier. On remarque aussitôt que leur conversation donne à peu près ceci :

— J'ai présenté mon roman sous le pseudonyme de « Teresa de Cepeda », et j'y aborde quelques aspects inédits de cet éternel problème qui...

— Bien, bien. Voulez-vous me donner un peu d'eau, s'il vous plaît?

— Mais comment donc! Je l'ai revu plusieurs fois et je crois pouvoir dire avec fierté qu'on n'y trouve pas la moindre cacophonie!

— Très intéressant.

— Je vous crois. J'ignore la qualité des ouvrages présentés par mes confrères. Mais en tout cas, je m'en remets à ce que le bon sens et la rectitude...

— N'ayez crainte; tout se passe chez nous avec une honnêteté parfaite!

— Je n'en doute pas! Peu importe d'être battu si l'ouvrage primé a une qualité indéniable; ce qui décourage...

Mlle Elvira, en passant, sourit : l'habitude...

Nouveau silence entre le frère et la sœur.

— Tu portes un tricot?

— Bien sûr que j'en porte un, je me demande comment on pourrait mettre le nez dehors sans tricot!

— Un tricot marqué P. A.?

— Un tricot marqué comme ça me chante!

— Pardon...

LA RUCHE

Martín achève de rouler une cigarette avec le tabac de don Roberto.

— Tu es tout excusée, Filo. Mais ne fais pas tant de manières. La pitié, ça m'écœure.

La Filo se cabra soudain.

— Tu recommences?

— Mais non! Dis-moi, Paco n'est pas venu? Il devait m'apporter un paquet.

— Non. Il n'est pas venu. La Petrita l'a aperçu dans la rue Goya et il lui a dit qu'il t'attendrait à onze heures au bar de la rue Narváez.

— Quelle heure est-il?

— Je n'en sais rien; il doit être plus de dix heures...

— Et Roberto?

— Pas encore là. Aujourd'hui il devait aller à la boulangerie et il ne rentrera pas avant dix heures et demie passées.

Quelques instants de silence, étrangement chargés de douceur, flottent au-dessus du frère et de la sœur. La Filo prend une voix affectueuse et regarde Martín dans les yeux.

— Sais-tu que demain j'ai trente-quatre ans?

— C'est vrai!

— Tu n'y avais pas pensé?

— Non, à quoi bon te mentir? Tu as bien fait de me le dire, je veux te faire un cadeau.

— Fais pas l'idiot, t'es guère en état de faire des cadeaux!

— Un tout petit rien, pour que tu aies un souvenir de moi...

La femme pose ses mains sur les genoux de l'homme.

— Ce que je veux, c'est que tu me fasses des vers, comme autrefois... Tu te rappelles?

— Oui...

La Filo pose son regard, tristement, sur la table.

— L'année dernière on ne m'a pas souhaité mon anniversaire, ni toi, ni Roberto, vous avez oublié tous les deux.

Filo prend une voix câline : une bonne actrice aurait pris une voix sombre.

— J'en ai pleuré toute la nuit...

Martín l'embrasse.

— Ne fais pas la bête, on dirait que tu vas avoir quatorze ans!

— Je suis vieille, n'est-ce pas? Regarde-moi ces rides que

j'ai sur la figure. A présent il n'y a plus qu'à attendre que les enfants soient grands, et puis continuer à vieillir jusqu'à la mort. Comme maman, la pauvre.

A la boulangerie, don Roberto passe soigneusement le buvard sur la note qu'il vient d'inscrire. Puis il referme le livre et déchire quelques papiers-brouillon sur lesquels il a fait ses comptes.

Dans la rue on entend la chanson des pantalons bien ajustés et des petits messieurs à la messe.

— Au revoir, señor Ramón, à la prochaine fois!

— Portez-vous bien, González, à bientôt! Bon anniversaire pour votre femme, suivi de beaucoup d'autres, et bonne santé à tous!

— Merci, señor Ramón! Puissiez-vous y assister!

Traversant les terrains vagues de la Plaza de Toros, deux hommes regagnent leur demeure.

— Je suis gelé! Il fait un froid à sevrer un enfant de putain!

— Je veux!

Le frère et la sœur bavardent dans la minuscule cuisine. Sur la plaque de la cuisinière éteinte, un réchaud à gaz est allumé.

— A cette heure-ci la pression ne monte pas du tout, en bas il y a un réchaud qui prend tout.

Une marmite, pas bien grande, est en train de bouillir sur le gaz. Sur la table, une demi-douzaine de poissons attendent l'heure de la friture.

— Roberto aime bien ça, la friture de poisson.

— Chacun ses goûts...

— Ça va, quel tort te fait-il? Martín, mon garçon, pourquoi lui en veux-tu donc tellement?

— Moi! Moi je ne lui en veux pas du tout, c'est lui qui m'en veut. Je m'en aperçois, alors je me défends... Je sais que nous ne sommes pas faits de la même façon.

Martín prend un air légèrement pédant, on dirait un professeur.

— Lui, il se fiche de tout, et il pense que le mieux c'est de vivoter tant bien que mal. Moi non, je ne me fiche pas de tout, loin de là. Moi je sais qu'il y a des choses qui sont bien et des choses qui sont mal, des choses qu'il faut éviter...

— Allons, pas de discours!

— Au contraire. Je suis fait pour ça.

La lumière tremblote un instant dans l'ampoule, fait une feinte et puis s'en va. La flamme du gaz, timide, bleuâtre, lèche posément les flancs de la marmite.

— Allons, bon!

— Ça arrive quelquefois, le soir, en ce moment la lumière est bien mauvaise.

— En ce moment la lumière devrait être comme toujours. C'est la Compagnie qui doit vouloir augmenter ses prix! Tant que ça ne sera pas fait, ils n'en donneront pas davantage, tu verras. Combien paies-tu d'électricité maintenant?

— Quatorze ou quinze pesetas; ça dépend.

— Après ça, tu en paieras vingt ou vingt-cinq!

— Que veux-tu y faire!

— Et vous voulez que les choses s'arrangent comme ça? Vous en avez de bonnes!

La Filo se tait et Martín entrevoit dans la tête une de ces solutions qui ne sont jamais viables. A la petite lueur incertaine du gaz, Martín a vaguement l'air d'un voyant.


L'obscurité surprend Celestino dans son arrière-boutique.

— Eh bien, nous voilà dans de beaux draps! Ils sont bien capables de me dévaliser, ces crapules!

Les crapules, ce sont les clients.

Celestino cherche à sortir de là à tâtons et il fait tomber une caisse de limonades. Les bouteilles font un bruit infernal en dégringolant sur les dalles.

— J'emmerde l'électricité!

De la porte, une voix retentit.

— Qu'est-ce qui s'est passé?

— Rien! Je casse ce qui est à moi!


Doña Visitación pense qu'une des façons les plus efficaces d'obtenir une amélioration de la condition ouvrière, c'est que ces « Dames du Comité » organisent des concours de canasta.

« Il faut bien qu'ils mangent, eux aussi, les ouvriers

— pense-t-elle —, bien que tous ces rouges ne méritent pas pour la plupart qu'on s'intéresse à leur sort! »

Doña Visitación est une femme pleine de bonté et n'est pas d'avis de les laisser crever de faim, à petit feu, les ouvriers.

Peu après, la lumière revient. On voit d'abord rougir le filament de l'ampoule qui, l'espace de quelques instants, semble striée de petites veines de sang, et une lumière intense se répand subitement dans la cuisine. La lumière est plus forte et plus blanche que jamais, et l'on distingue plus nettement, posés sur le vaisselier, les petits paquets, les tasses, les assiettes, comme s'ils avaient grossi, comme si on venait de les fabriquer.

— Comme tout est joli, Filo!

— Propre...

— Je pense bien!

Martín promène son regard avec curiosité à travers la cuisine, comme s'il ne la connaissait pas. Puis il se lève et prend son chapeau. Il a éteint son mégot dans l'évier et l'a ensuite jeté, avec beaucoup de soin, dans la boîte à ordures.

— Bon, Filo; merci bien, je m'en vais.

— De rien, mon garçon, adieu; je voudrais bien te donner davantage... Cet œuf, c'était pour moi, le médecin m'a dit d'en prendre deux tous les jours.

— Ça alors!

— Laisse donc, ne t'en fais pas. Tu en as autant besoin que moi.

— Bien sûr...

— Quelle époque, n'est-ce pas, Martín?

— Oui, Filo, quelle époque! Mais les choses s'arrangeront, tôt ou tard.

— Tu crois?

— N'en doute pas. Le progrès, c'est fatal, impossible à arrêter, c'est quelque chose qui a la force des marées.

Martín se dirige vers la porte et change de voix.

— Enfin!... Et Petrita?

— Encore?

— Mais non, ma fille, c'est pour lui dire au revoir.

— Laisse-la donc. Elle est avec les petiots, ils ont peur, alors elle ne les quitte pas tant qu'ils ne sont pas endormis.

La Filo sourit pour ajouter :

— Moi aussi j'ai peur, quelquefois je m'imagine que je vais mourir subitement...

En descendant les escaliers, Martín croise son beau-frère qui monte par l'ascenseur. Don Roberto est en train de lire son journal. Martín a bien envie d'ouvrir une porte et de le laisser là, entre deux étages.

Laurita et Pablo sont assis l'un en face de l'autre; entre eux, il y a un petit vase élancé avec trois petites roses.

— L'endroit te plaît?

— Beaucoup.

Le garçon s'approche. C'est un garçon jeune et bien mis, avec de noirs cheveux frisés, l'air distingué. Laurita fait en sorte de ne pas le regarder; Laurita ne transige pas avec l'amour et la fidélité.

— Pour mademoiselle, consommé, sole au four et blanc de volaille Villeroy. Moi je prendrai un consommé et du bar sauce vinaigrette.

— C'est tout ce que tu vas manger?

— Oui, bébé, je n'ai pas faim.

Pablo se tourne vers le garçon.

— Une demie sauternes et une demie bourgogne. Ça va.

Laurita caresse un genou de Pablo sous la table.

— Tu ne te sens pas bien?

— Si, ça va, ça va; le déjeuner m'est resté sur l'estomac tout l'après-midi, mais ça m'a passé. Seulement je ne veux pas que ça me reprenne.

Le couple se regarde dans les yeux et, les coudes sur la table, ils se prennent les mains en écartant un peu le vase de fleurs.

Dans un coin, un couple qui ne se prend plus les mains, regarde sans se gêner.

— Qui est-ce, cette conquête de Pablo?

— Je ne sais pas, elle a l'air d'une bonne, elle te plaît?

— Peuh... elle n'est pas mal!

— Eh bien, va donc avec elle si elle te plaît, je ne crois pas que ça soit bien difficile!

— Tu remets ça?

— C'est toi qui remets ça! Ecoute, mon chou, fiche-moi la paix. Je n'ai pas envie de scène. En ce moment, je ne m'en ressens pas pour la musique.

L'homme allume une cigarette.

— Ecoute, Marie Tere, veux-tu que je te dise? Eh bien, ça ne peut pas durer comme ça.

— Fais le flambard, va! Mais quitte-moi donc, si c'est ça que tu cherches. Il y en a d'autres que toi, tu sais, et qui ne demanderaient pas mieux, encore!

— Ne parle pas si fort, ce n'est pas la peine de le crier sur les toits!

Mlle Elvira abandonne son roman sur la table de nuit et éteint la lumière. « Les Mystères de Paris » se retrouvent dans le noir à côté d'un verre à moitié rempli d'eau, d'une paire de bas usés et d'un bâton de rouge qui touche à sa fin.

Avant de s'endormir, Mlle Elvira réfléchit toujours un peu.

« Il se peut qu'elle ait raison, doña Rosa. Ça vaut peut-être mieux de revenir avec le vieux, je ne peux pas continuer comme ça. C'est un pot de colle, mais après tout! Il ne me reste pas tellement le choix... »

Mlle Elvira se contente de peu, mais ce peu-là, elle ne l'obtient presque jamais. Elle a mis beaucoup de temps à s'instruire, mais, une fois la leçon sue, elle s'est trouvée avec des pattes-d'oie au coin des yeux et des dents gâtées et toutes noires. A présent elle est bien heureuse de n'avoir pas à aller à l'hôpital, de pouvoir continuer à vivre dans son misérable hôtel borgne; au besoin, dans quelques années, son rêve doré sera un lit d'hôpital, à côté du radiateur.

Le petit gitan compte un tas de menue monnaie à la lueur d'un réverbère. La journée n'a pas mal rendu : en chantant d'une heure de l'après-midi à onze heures du soir, il a ramassé un douro et soixante centimes. Pour un douro en mitraille, on lui donne dans n'importe quel bar cinq pesetas cinquante; les bars sont toujours à court de monnaie.

Le petit gitan, chaque fois qu'il le peut, dîne dans une taverne qui se trouve derrière la rue Preciados, en descendant la *costanilla* [1] des Anges; une assiettée de haricots, du pain et une banane lui coûtent trois pesetas vingt.

---

1. Rue en pente (*N. d. T.*).

Le petit gitan s'assied, appelle le garçon, lui donne ses
trois pesetas vingt et attend qu'on le serve.

Après avoir dîné, il retourne chanter jusqu'à deux heures
dans la rue Echegaray, et ensuite il tâche de s'accrocher au
tampon du dernier tramway. Le petit gitan, je crois que
nous l'avons déjà dit, doit avoir dans les six ans.

Au bout de la rue Narváez se trouve le bar où, comme
presque tous les soirs, se rencontrent Paco et Martín. C'est
un petit bar placé à droite, en montant la rue, à deux pas
du parking de la Police armée. Le patron, qui s'appelle
Celestino Ortiz, avait été commandant aux côtés de Cipriano
Mera [1], pendant la guerre civile, et c'est un homme plutôt
grand, mince, avec des sourcils rapprochés et quelques
marques de variole; à la main droite il porte une grosse
bague en fer, ornée d'un émail en couleurs qui représente
Léon Tolstoï, et qu'il avait fait faire dans la rue de la Colegiata; il fait usage de fausses dents qu'il abandonne, quand
elles le gênent trop, sur le comptoir. Celestino Ortiz conserve
soigneusement, depuis de longues années, un vieil exemplaire en ruine de l' « Aurore » de Nietzsche, son livre de
chevet, son catéchisme. Il le lit à tout bout de champ et
y trouve toujours une solution aux problèmes de son esprit.

— « Aurore » — dit-il —, « Méditation sur les préjugés
moraux. » Quel beau titre !

La page de garde est ornée d'une gravure ovale reprodui-
sant la photo de l'auteur, son nom, le titre, le prix — quatre
reales — et le nom d'éditeurs : F. Sempere et Cie, éditeurs,
rue du Palomar, 10, Valence; Olmo, 4 (Succursale), Madrid.
La traduction est de Pedro González Blanco [2]. Derrière la
page de garde apparaît la marque des éditeurs : un buste
de demoiselle en bonnet phrygien, entouré, en bas, d'une
couronne de laurier et, en haut, de ces mots : « Art et
Liberté ».

Il y a des paragraphes entiers que Celestino sait par
cœur. Lorsque les gardiens du parc entrent dans le bar,
Celestino Ortiz cache son livre sous le comptoir, sur la
caisse des bouteilles de vermouth.

« Ce sont des enfants du peuple comme moi — se
dit-il —, mais si jamais... »

---

1. Un des chefs de l'armée républicaine pendant la guerre civile.
2. Ecrivain et traducteur asturien.

Celestino pense, comme les curés de campagne, que Nietzsche c'est réellement quelque chose de très dangereux.

Ce qu'il aime faire, lorsqu'il se trouve en présence des gardiens, c'est leur réciter de petits paragraphes, comme en blaguant, sans jamais leur dire d'où il les a tirés.

— « La pitié est l'antidote du suicide, puisque c'est un sentiment qui procure du plaisir et qui nous fournit, à petites doses, la jouissance de la supériorité. »

Les gardiens se mettent à rire.

— Dis donc, Celestino, t'as jamais été curé, toi?

— Jamais! « Le bonheur — continue-t-il —, quel qu'il soit, nous donne l'air, la lumière et la liberté des mouvements. »

Les gardiens rient à gorge déployée.

— Et l'eau courante!

— Et le chauffage central!

Celestino s'indigne et leur crache son mépris.

— Vous n'êtes que de pauvres ignorants!

Parmi ceux qui viennent, il y a un garde galicien assez réservé, avec qui Celestino a de très bons rapports. Ils se vouvoient toujours.

— Dites, patron, vous récitez ça toujours pareil?

— Toujours, García, et je ne me trompe jamais!

— Ça alors, c'est fortiche!


Mme Leocadia, emmitouflée dans son fichu, sort une main.

— Tenez, en voilà huit, et bien grosses...

— Au revoir.

— Vous avez l'heure, jeune homme?

Le jeune homme se déboutonne et regarde l'heure à sa grosse montre d'argent.

— Oui, il va être onze heures.

A onze heures, son fils vient la chercher. Il est boiteux des suites de la guerre et dresse des listes aux chantiers des nouveaux ministères. C'est un brave fils. Il l'aide à rassembler son matériel, puis, bras dessus, bras dessous, ils s'en vont dormir. Le couple remonte par la rue Covarrubias et tourne dans la rue Nicasio Gallego. S'il reste quelques châtaignes, ils les mangent; autrement, ils entrent dans le premier bistrot venu et prennent un café au lait bien chaud. La vieille place à côté de son lit la boîte en

fer qui contient les braises, et il y a toujours un tison qui
reste allumé jusqu'au lendemain matin.

Martín Marco entre dans le bar au moment où en sortent les gardiens. Celestino s'approche de lui.
— Paco n'est pas encore arrivé. Il est venu cet après-
midi et m'a dit que vous l'attendiez.
Martín Marco prend un air maussade de grand seigneur.
— Bon...
— Ce sera?
— Un café.
Ortiz fourgonne un peu la cafetière, prépare la saccha-
rine, le verre, la soucoupe et la petite cuiller, et émerge du
comptoir. Il pose le tout sur la table et se met à parler. On
remarque, à ses yeux qui brillent légèrement, qu'il a fait un
grand effort pour se décider.
— Vous avez touché?
Martín le regarde, comme s'il regardait un être étrange.
— Non, j'ai pas touché! Je vous ai dit que je touche le 5
et le 20 de chaque mois.
Celestino se gratte le cou.
— C'est que...
— Quoi!
— Eh bien, c'est qu'avec cette consommation ça monte
à vingt-deux pesetas.
— Vingt-deux pesetas? Je vous les paierai, allez! Je crois
vous avoir toujours réglé dès que j'ai eu l'argent.
— Je sais bien...
— Alors?
Martín plisse un peu le front et enfle la voix.
— C'est tout de même incroyable que nous en soyons
toujours à nous chamailler pour la même raison, alors que
nous avons tant de choses qui nous rapprochent!
— Pour sûr! Enfin, excusez-moi, je n'ai pas voulu vous
être désagréable, mais c'est que, vous comprenez, aujour-
d'hui on est venu percevoir les impôts.
Martín relève la tête dans un grand geste de fierté et de
mépris, et il fixe les yeux sur un bouton qui fleurit au
menton de Celestino.
Martín adoucit la voix, juste un instant.
— Qu'est-ce que vous avez là?
Celestino en est déconcerté.

— Rien, un bouton.

Martín se remet à froncer les sourcils et reprend d'une voix dure et réticente.

— Voulez-vous me rendre responsable des impôts?

— Mais voyons, je n'ai pas dit ça!

— Vous disiez quelque chose qui y ressemble fort, mon ami! N'avons-nous pas assez parlé des problèmes de la répartition économique et du régime contributif?

Celestino se souvient de son maître et se rengorge.

— Mais c'est pas avec des sermons, que moi je paie mes impôts!

— Et c'est pour ça que vous vous en faites, mon beau pharisien?

Martín le contemple fixement avec le sourire aux lèvres, un sourire où il y a du dégoût, et de la pitié.

— Et vous lisez Nietzsche! Vous n'en avez pas retenu grand-chose... Vous n'êtes qu'un misérable petit bourgeois!

— Marco!

Martín rugit comme un lion.

— Mais oui, criez, appelez donc vos amis les gardiens!

— Les gardiens ne sont pas mes amis!

— Frappez-moi donc, si vous voulez, je m'en moque! J'ai pas d'argent, vous entendez? J'ai pas d'argent! Y a pas de déshonneur!

Martín se lève et sort d'un pas triomphant. Arrivé à la porte, il se retourne.

— Et ne pleurez pas, honorable commerçant. Quand je les aurai, ces quatre douros et quelques, je vous les apporterai pour que vous puissiez payer vos impôts et retrouver votre tranquillité! Qui m'a jamais vu des scrupules pareils! Quant à ce café, vous n'avez qu'à le marquer à mon compte et à vous le fourrer quelque part, moi j'en veux pas!

Celestino reste perplexe, ne sachant que faire. Il songe à lui casser un siphon sur la tête, pour son insolence, mais il se rappelle : « S'abandonner à la colère aveugle, est signe que l'on approche de l'animalité. » Il prend son livre sur la caisse aux bouteilles et le range dans le tiroir. Il y a des jours où votre ange gardien vous tourne le dos, où on dirait que Nietzsche lui-même est passé sur le trottoir d'en face.

Pablo avait demandé un taxi.

— Il est bien tôt pour aller quelque part. Qu'est-ce que

tu en penses, si nous entrions dans un cinéma pour passer le temps?

— Comme tu voudras, Pablo, pourvu que nous soyons tout près l'un de l'autre...

Le chasseur arriva. Depuis la guerre, presque aucun chasseur ne porte de casquette.

— Le taxi, Monsieur.

— Merci, on s'en va, bébé?

Pablo aida Laurita à passer son manteau. Une fois dans la voiture, Laurita lui fit remarquer :

— Quels voleurs! Tu vas voir quand on passera devant le prochain bec de gaz, le compteur marque déjà six pesetas.

Comme il arrive à l'angle de la rue O'Donnell, Martín tombe sur Paco.

Au moment où il entend « Salut! », il est en train de songer :

« Oui, Byron avait raison : si j'ai un fils, je lui trouverai une carrière bien pépère, avocat ou pirate. »

Paco lui pose une main sur l'épaule.

— Tu es tout essoufflé! Pourquoi ne m'as-tu pas attendu?

Martín a l'air d'un somnambule, ou d'un fou.

— J'ai bien failli le tuer! C'est un porc!

— Qui ça?

— Le type du bar!

— Le type du bar? Le pauvre! Que t'a-t-il fait?

— Il m'a réclamé de l'argent. Il sait bien que je le paie dès que j'en ai!

— Que veux-tu, mon vieux, il devait en avoir besoin!

— Oui, pour payer ses impôts. Ils sont tous pareils.

Martín regarda par terre et baissa le ton.

— Aujourd'hui on m'a vidé d'un autre café.

— On t'a battu?

— Non, on ne m'a pas battu, mais l'intention était assez claire. Ah! J'en ai marre, Paco!

— Allons, ne t'excite pas comme ça, ça n'en vaut pas la peine! Où vas-tu?

— Dormir...

— C'est le mieux. Veux-tu qu'on se voie demain?

— Comme tu voudras. Laisse la commission chez Filo, j'y passerai.

— Bon.

— Tiens, le livre que tu m'as demandé. Tu m'as apporté du papier blanc?

— Non, je n'ai pas pu. Je tâcherai d'en faucher demain.

Mlle Elvira se tourne et se retourne dans son lit, elle n'est pas dans son assiette; on croirait qu'elle s'est envoyé un gueuleton formidable. Elle se rappelle son enfance et le pilori de Villalón; c'est un souvenir qui la hante parfois. Pour le repousser, Mlle Elvira se met à réciter le Credo jusqu'à ce qu'elle s'endorme; il y a des soirs — lorsque le souvenir se fait plus obsédant — où elle arrive à réciter jusqu'à cent cinquante ou deux cents Credo à la suite.

Martín passe les nuits chez son ami Pablo Alonso, sur un divan placé dans la lingerie. Il a une clé de l'appartement et, en échange, il n'a que trois clauses à observer : ne jamais demander une peseta, n'introduire personne dans sa chambre et la quitter tous les matins à neuf heures et demie pour n'y revenir qu'après onze heures du soir. Le cas de maladie n'avait pas été prévu.

Le matin, en sortant de chez Alonso, Martín entre à la Poste ou à la Banque d'Espagne, où l'on est au chaud et où l'on peut écrire des vers au dos des formules de télégrammes et des imprimés de comptes courants.

Quand Alonso lui fait cadeau d'un veston — presque toujours neuf — l'après-midi, Martín Marco se risque à montrer le nez dans le hall du Palace Hôtel. Ce n'est pas que le luxe l'attire particulièrement — soyons francs — mais il essaye de connaître tous les milieux.

« Ce sont toujours des expériences », pense-t-il.

Don Leoncio Maestre s'assit sur sa malle et alluma une cigarette. Il était heureux comme jamais et fredonnait intérieurement « La donna è móbile », sur un arrangement spécial. Don Leoncio Maestre, du temps de sa jeunesse, avait « gagné la fleur » à des jeux floraux qui se tenaient dans l'île de Minorque, sa petite patrie.

Les paroles de la chanson que fredonnait don Leoncio étaient, comme de juste, un hommage à Mlle Elvira. Ce qui le préoccupait, c'était que, infailliblement, l'accent du pre-

mier vers n'était jamais à sa place. Il y avait trois solutions :

> 1° *Oh, bella Elvirita!*
> 2° *Oh, bellá Elvirita!*
> 3' *Oh, bellá Elvirita!*

Aucune des trois n'était bonne, à la vérité, mais la première était certainement la meilleure. Au moins l'accentua-
tion se trouvait-elle à la même place que dans « La donna
è móbile ».

Don Leoncio, les yeux chavirés, ne cessait pas un instant
de penser à Mlle Elvira.

« La pauvre petite! Elle avait envie de fumer... Je crois,
Leoncio, mon vieux, que tu as joliment bien fait de lui
offrir ce paquet de cigarettes... »

Don Leoncio était si bien plongé dans son souvenir amoureux qu'il ne sentait même pas le froid des fers de sa malle
sous ses fesses.


M. Suárez fit attendre le taxi devant la porte. Son déhanchement devenait badin. Il ajusta ses lorgnons et s'engouffra
dans l'ascenseur. M. Suárez habitait avec sa mère, une
femme déjà âgée, et ils s'entendaient si bien que, le soir,
avant de se coucher, la dame allait le border et lui donnait
sa bénédiction.

— Tu es bien, fiston?

— Très bien, mamie chérie.

— Alors, à demain, s'il plaît à Dieu. Couvre-toi bien, ne
va pas prendre froid. Dors bien.

— Merci, ma petite maman, toi aussi; fais-moi la bise.

— Tiens, mon fils; n'oublie pas de réciter ta prière.

— Non, mamie. Bonsoir.

M. Suárez a environ cinquante ans; sa mère, vingt ou
vingt-deux de plus.

M. Suárez arriva au troisième, lettre C, sortit sa clé et
ouvrit la porte. Il pensait changer de cravate, se coiffer soigneusement, se passer un peu d'eau de cologne, inventer un
pieux mensonge et s'en aller bien vite, toujours en taxi.

— Mamie!

La voix de M. Suárez hélant sa mère depuis la porte,
chaque fois qu'il entrait chez lui, faisait penser un peu à
celle des alpinistes du Tyrol qu'on voit dans les films.

— Mamie!

De la chambre de devant, où la lumière était allumée, personne ne répondit.

— Mamie! Mamie!

M. Suárez commença à se sentir nerveux.

— Mamie! Mamie! Oh, mon Dieu! Oh, moi je n'entre pas! Mamie.

M. Suárez, poussé par une force assez bizarre, suivit le couloir. Cette force assez bizarre, c'était probablement la curiosité.

— Mamie!

M. Suárez, qui avait presque la main sur la poignée de la porte, fit marche arrière et s'enfuit en courant. Sur la porte il répéta encore :

— Mamie! Mamie!

Puis il sentit que son cœur battait très fort et il redescendit les escaliers quatre à quatre.

— Emmenez-moi à la *Carrera* de San Jerónimo, en face du Congrès.

Le taxi l'emmena à la *Carrera* de San Jerónimo, en face du Congrès.

Mauricio Segovia, lorsqu'il en eut assez de voir et d'entendre doña Rosa insulter les garçons, se leva et quitta le café.

« Je ne sais qui est le plus dégueulasse, de cette sale amphibie en deuil, ou de cette bande de gredins. S'ils pouvaient un de ces jours lui flanquer une bonne raclée! »

Mauricio Segovia est bien brave, comme tous les rouquins, et ne peut supporter les injustices. S'il considère que les garçons n'ont rien de mieux à faire que de donner une volée à doña Rosa, c'est qu'il a vu doña Rosa les maltraiter; comme ça, au moins, ils seraient à égalité — un partout — et on pourrait recommencer à compter les points.

« C'est uniquement une question de quéquette : il y en a qui doivent l'avoir longue et blanchâtre, comme une limace, et d'autres qui doivent l'avoir toute petite et dure comme une pierre à briquet. »

Don Ibrahim de Ostolaza y Bofarull se planta face à la glace, releva la tête, se caressa la barbe et s'écria :

— Messieurs les Académiciens : Je ne voudrais pas distraire plus longtemps votre aimable attention, etc. (Oui, ça va au poil... De l'audace dans le port de tête... Attention aux manchettes, à certains moments elles dépassent un peu trop, on dirait qu'elles vont s'envoler.)

Don Ibrahim alluma sa pipe et se mit à faire les cent pas dans la chambre, de long en large. Une main posée sur le dossier d'une chaise et l'autre tenant haut la pipe, comme le rouleau que tiennent ordinairement les messieurs des statues, il poursuivit :

— Comment admettre, comme le veut le señor Clemente de Diego [1] — que « l'usucapio » soit un moyen d'acquérir des droits par le seul fait de les exercer? Le peu de poids d'un tel argument saute aux yeux, messieurs les Académiciens. Qu'on veuille bien me pardonner mon insistance et qu'il me soit permis d'invoquer, une fois de plus, ma vieille amie, la logique : rien, sans elle, n'est possible dans le domaine des idées. (Là, il y aura sûrement des murmures d'approbation.) N'est-il pas évident, Messieurs, que pour user d'une chose il faut la posséder? Je devine dans vos yeux une réponse affirmative. (Au besoin, quelqu'un de l'auditoire dira à voix basse : « C'est évident, c'est évident! ») Donc, si pour utiliser une chose il faut la posséder, en mettant la phrase à la forme passive, nous pourrons assurer que rien ne saurait être utilisé sans une préalable possession.

Don Ibrahim avança un pied vers les lumières de la rampe et caressa, d'un geste élégant, les revers de sa robe de chambre, pardon! de son frac. Puis il sourit.

— Or, messieurs les Académiciens : de même que pour utiliser une chose il faut la posséder, pour posséder une chose il faut l'acquérir. Peu importe à quel titre; j'ai dit seulement qu'il faut l'acquérir, puisque rien, absolument rien ne peut être possédé sans une préalable acquisition. (Il se peut que les applaudissements m'interrompent. Il convient d'y être préparé.)

La voix de don Ibrahim résonnait solennellement, comme celle d'un basson. De l'autre côté de la cloison, un mari, rentrant de son travail, demandait à sa femme :

— Elle a fait son caca, la petite?

Don Ibrahim eut légèrement froid et remonta un peu son

1. Jurisconsulte espagnol contemporain *(N. d. T.).*

écharpe. Dans la glace, on apercevrait une sorte de petit
nœud noir, comme celui que l'on porte avec le smoking.

Don Mario de la Vega, l'imprimeur au cigare, était allé
dîner en compagnie du bachelier du programme 1903.
— Tenez, voulez-vous que je vous dise? Eh bien, demain,
vous ne viendrez pas me voir, vous viendrez travailler. Moi,
j'aime faire les choses comme ça, sitôt dit, sitôt fait.
L'autre, tout d'abord, resta un peu perplexe. Il aurait
aimé dire que peut-être il vaudrait mieux venir dans deux
ou trois jours, de façon à avoir le temps d'arranger deux
ou trois petites choses, mais il pensa qu'il s'exposait à un
refus.
— Eh bien, je vous remercie beaucoup, je tâcherai de
faire de mon mieux.
— Vous n'y perdrez rien, allez!
Don Mario de la Vega sourit.
— Alors, marché conclu. Et maintenant, pour partir du
bon pied, je vous invite à dîner.
Le regard du bachelier se rembrunit.
— Monsieur...
L'imprimeur le devança.
— Enfin, bien entendu si vous n'avez aucun engagement,
je ne voudrais pas être importun.
— Mais non, mais non, rassurez-vous, vous n'êtes nulle-
ment importun, au contraire! Je n'ai aucun engagement.
Le bachelier s'arma de courage et ajouta :
— Ce soir, je n'ai aucun engagement, je suis à votre disposition.
Une fois à la taverne, don Mario insista un peu lourdement et lui expliqua qu'il tenait à bien traiter ses subordonnés, à ce que ses subordonnés soient contents, à ce que
ses subordonnés réussissent, à ce que ses subordonnés
voient en lui un véritable père et à ce que ses subordonnés
arrivent à s'attacher à l'imprimerie.
— Sans une collaboration entre le chef et ses subordonnés, il n'y a pas moyen qu'une affaire prospère. Et si
l'affaire prospère, c'est tant mieux pour tous : pour le
patron et pour les subordonnés. Attendez un instant, je vais
passer un coup de téléphone, j'ai un ordre à donner.
Le bachelier, après ce laïus de son nouveau patron, se
rendit parfaitement compte que son rôle était le rôle d'un

subordonné. Au cas où il ne l'aurait pas tout à fait compris,
don Mario, au beau milieu du repas, lui lâcha :

— Vous débuterez avec un salaire de seize pesetas, mais
pas question de contrat de travail, entendu?

— Oui, Monsieur, entendu.


M. Suárez descendit de son taxi en face du Congrès et se
lança dans la rue du Prado à la recherche du café où on
l'attendait. M. Suárez, afin qu'on ne s'aperçût pas trop qu'il
était en sueur, avait préféré ne pas arriver en taxi jusqu'à
la porte du café.

— Ah! mon chou! Je suis mort!... Il doit se passer quelque chose d'horrible à la maison, ma petite maman ne
répond pas.

La voix de M. Suárez, à l'instant où il entra dans le café,
était encore plus sotte que d'habitude : une voix de poule
de bar.

— Laisse donc ta mère et t'en fais pas! Elle a dû
s'endormir.

— Ah! Tu crois?

— Sûr! Les vieilles, ça s'endort tout de suite.

Son ami était un ruffian à l'air effronté, portant cravate
verte et souliers couleur raisin de Corinthe sur chaussettes
à rayures. Il s'appelle José Giménez Figueras et, malgré sa
mine patibulaire, sa barbe dure et son regard de maure, on
l'appelle Pepito l'Echalas.

M. Suárez, en rougissant presque :

— Que tu es chic, Pepe!

— Tais-toi donc, animal, on va t'entendre!

— Oh! Animal! Tu n'es pas gentil avec moi!...

M. Suárez fit une moue. Puis il resta pensif.

— Qu'est-ce qui a bien pu arriver à ma petite maman?

— Veux-tu te taire?

M. Giménez Figueras, dit l'Echalas, tordit le poignet de
M. Suárez, dit la Photographe.

— Ecoute, ma chatte, on est venu pour être heureux ou
pour que tu me passes le disque de ta maman chérie?

— Oh! Pepe, tu as raison, ne me gronde pas! Mais j'en
ai encore la chair de poule, tu sais!


Don Leoncio Maestre a pris deux décisions fondamentales.
Il commence par décréter que Mlle Elvira n'est pas une fille

de rien, ça se voit sur sa figure. Mlle Elvira est une fille bien, de bonne famille, qui a eu des ennuis avec les siens, a pris le large et a bien fait, caramba! Il ferait beau voir que les parents aient le droit, comme beaucoup se l'imaginent, de tenir les enfants toute la vie sous leur botte! Mlle Elvira, c'est sûr, est partie de chez elle parce que sa famille lui rendait la vie impossible depuis déjà longtemps. Pauvre fille! Enfin! Chaque vie est un mystère, mais le visage sera toujours le reflet de l'âme.

« Qui pourrait croire qu'Elvira soit une traînée? Allons donc! »

Don Leoncio Maestre éprouvait tout de même un léger malaise.

La deuxième décision de don Leoncio, ce fut de repasser au café de doña Rosa, après dîner, histoire de voir si Mlle Elvira y était revenue.

« Qui sait! Ces filles tristes et malheureuses qui ont eu un petit ennui de famille aiment assez les cafés où l'on joue de la musique. »

Don Leoncio Maestre dîna à toute vitesse, se brossa un peu, remit son pardessus et son chapeau, et se rendit au café de doña Rosa. Plus exactement, il sortit avec l'intention de faire un petit tour au café de doña Rosa.

Mauricio Segovia est allé dîner en compagnie de son frère Hermenegildo, qui est venu à Madrid avec l'espoir de décrocher le poste de secrétaire du C. N. S. de son village.

— Comment vont tes affaires?

— Ben, mon vieux, elles vont... je crois qu'elles vont bien...

— Tu as des nouvelles?

— Oui. Cet après-midi j'ai vu don José María, le secrétaire particulier de don Rosendo, et il m'a dit qu'il appuierait la proposition de tout son poids. On verra bien ce qu'ils font, à eux tous. Tu crois qu'on me nommera, toi?

— Mon vieux, moi je crois que oui. Pourquoi pas?

— Je ne sais pas, vieux. Des fois il me semble que c'est dans la poche, et des fois il me semble que ce qu'on va me donner finalement, c'est un coup de pied au cul. Le pire, c'est d'être là, comme ça, sans savoir de quoi il retourne.

— Ne te décourage pas, on est tous logés à la même

enseigne. Et puis, tu sais bien, on n'a rien sans peine.

— Oui, c'est ce que je pense.

Les deux frères, après ça, gardèrent le silence pendant presque tout le dîner.

— Dis donc, les Allemands, ça va mal!

— Oui, je trouve que ça commence à sentir le roussi.

Don Ibrahim de Ostolaza y Bofarull fit mine de ne pas avoir entendu l'histoire du caca de la petite, remonta de nouveau son écharpe, posa derechef une main sur le dossier de la chaise et poursuivit :

— Oui, messieurs les Académiciens, l'homme qui a l'honneur de vous faire son rapport considère que ces arguments sont sans réplique. (Ça fait peut-être un peu vulgaire et grossier, ces arguments sans réplique?) En appliquant au concept juridique qui nous intéresse les conclusions du syllogisme précédent (en appliquant au concept juridique qui nous intéresse les conclusions du syllogisme précédent, ça fait peut-être un peu long), nous sommes en mesure d'assurer que, de même que pour utiliser une chose il faut la posséder, parallèlement, pour exercer un droit, quel qu'il soit, il faudra également le posséder. (Pause.)

Le type d'à côté demandait la couleur. Sa femme lui disait que la couleur était normale.

— Et un droit ne saurait être possédé, Illustre Compagnie, sans avoir été préalablement acquis. Je crois que mes paroles sont claires comme les eaux courantes d'un ruisseau cristallin. (Des voix : oui, oui!) Donc, si pour exercer un droit il faut l'acquérir, car on ne saurait exercer ce que l'on ne possède point (Evidemment, évidemment!), comment supposer, en bonne rigueur scientifique, qu'il existe un mode d'acquisition par l'exercice comme le veut le professeur de Diego, illustre sous tant de rapports, quand cela reviendrait à affirmer que l'on exerce une chose que l'on n'a pas encore acquise, un droit que l'on ne possède pas encore? (Long murmure d'approbation.)

Le type d'à côté demandait :

— Tu as dû lui mettre le persil?

— Non, je l'avais préparé, et puis elle a fait toute seule. Regarde, il m'a fallu acheter une boîte de sardines; ta mère m'avait dit que l'huile de sardines, c'est bon pour ça.

— Bon, t'en fais pas, on en sera quittes pour les manger

ce soir. Ce truc de l'huile de sardines, c'est bien de ma mère!

Le mari et la femme se sourient tendrement, s'enlacent et s'embrassent. Il y a des jours où tout va bien. La constipation de la petite n'était plus un sujet d'inquiétude.

Don Ibrahim pensa que, devant ce long murmure d'approbation, il se devait de marquer une pause légère, en baissant le front et en considérant, négligemment, le sous-main et le verre d'eau.

— Je ne crois pas utile de souligner, messieurs les Académiciens, qu'il convient de ne pas oublier que l'usage de l'objet — non point l'usage ou l'exercice du droit d'user de l'objet, puisqu'il n'existe pas encore — qui conduit, par prescription, à sa possession à titre de propriétaire de la part de l'occupant, est une situation de fait, mais jamais un droit. (Très bien.)

Don Ibrahim sourit d'un air triomphant, et demeura quelques instants sans penser à rien. Au fond — et à la surface aussi — don Ibrahim était un homme heureux. On ne faisait pas attention à lui? Et après? Et l'Histoire, à quoi servait-elle?

« C'est elle, un jour ou l'autre, qui rend justice à tous. Et si en ce bas-monde on ne prend pas le génie en considération, à quoi bon s'en faire puisque dans cent ans nous serons tous pareils? »

Des coups de sonnette violents, tonitruants, déchaînés, vinrent tirer don Ibrahim de sa douce torpeur.

— Quels sauvages! En voilà des façons de faire du boucan! Vous parlez d'une éducation! Il ne manquerait plus que ce soit une erreur!

La femme de don Ibrahim, qui tricotait des chaussettes, assise auprès du brasero, tandis que son mari pérorait, se leva et alla ouvrir.

Don Ibrahim tendit l'oreille. Celui qui avait sonné, c'était le voisin du quatrième.

— Est-ce que votre mari est là?

— Oui, Monsieur, il est en train de répéter son discours.

— Est-ce qu'il pourrait me recevoir?

— Mais comment donc!

La femme éleva la voix :

— Ibrahim! C'est le voisin du dessus.

Don Ibrahim répondit :

— Qu'il entre, femme, qu'il entre! ne le laisse pas comme ça!

Don Leoncio Maestre était pâle.

— Voyons, mon cher voisin, qu'est-ce qui vous amène à mon modeste foyer?

La voix de don Leoncio tremblait :

— Elle est morte!

— Hein?

— Je vous dis qu'elle est morte!

— Quoi?

— Oui, Monsieur, elle est morte! Je lui ai touché le front et il est froid comme la glace!

La femme de don Ibrahim ouvrit des yeux grands comme ça.

— Qui?

— La femme d'à côté!

— La femme d'à côté?

— Oui!

— Doña Margot?

— Oui!

Don Ibrahim intervint.

— La maman du pédé?

Pendant que don Leoncio disait oui, la femme réprimanda son mari :

— Pour Dieu! Ibrahim, ne parle pas comme ça!

— Et elle est morte, tout à fait morte?

— Oui, don Ibrahim, tout à fait morte! On l'a étranglée avec une serviette...

— Avec une serviette?

— Oui, Monsieur, avec une serviette-éponge!

— Quelle horreur!

Don Ibrahim commença à lancer des ordres, à aller d'un côté et de l'autre, et à recommander le calme.

— Genoveva, décroche le téléphone et appelle la police!

— Quel est le numéro?

— Qu'est-ce que j'en sais, moi, ma fille, regarde dans l'annuaire! Et vous, ami Maestre, mettez-vous en faction dans l'escalier, que personne ne monte ou ne descende! Vous avez une canne au portemanteau! Moi je vais prévenir le médecin!

Chez le médecin, quand on lui ouvrit, don Ibrahim demanda d'un air tout à fait serein :

— Le docteur est-il là?

— Oui, Monsieur, voulez-vous attendre un peu?

Don Ibrahim savait déjà que le médecin était chez lui. Lorsque celui-ci parut, afin de savoir ce qu'il désirait, don Ibrahim, ne sachant par où commencer, lui sourit.

— Et la petite? ça va mieux, son petit ventre?

Après dîner, don Mario de la Vega invita Eloy Rubio Antofagasta, le bachelier du programme de 1903, à prendre le café. Cela devenait presque excessif.

— Un petit cigare, ça vous tente?

— Oui, Monsieur, je vous remercie bien.

— Caramba, amigo, vous ne vous refusez rien!

Eloy Rubio Antofagasta sourit humblement.

— Non, Monsieur.

Puis il ajouta :

— C'est que je suis bien content d'avoir trouvé du travail, vous savez!

— Et d'avoir dîné, hein?

— Oui, Monsieur, d'avoir dîné aussi.

M. Suárez était en train de fumer un petit cigare que Pepe, l'Echalas, lui avait offert.

— Oh! quelle saveur! Il a ton parfum...

M. Suárez regarda son ami dans les yeux.

— On va prendre un verre? Je n'ai pas envie de dîner, quand je suis avec toi j'en perds l'appétit!

— Bon, allons-nous-en.

— Tu me laisses t'offrir ça?

La Photographe et l'Echalas s'en allèrent en se prenant gentiment par le bras et remontèrent la rue du Prado, par le trottoir de gauche sur lequel donnent les salles de billard. En les voyant, les gens se retournaient légèrement.

— On entre là un moment, histoire de voir les poses?

— Non, laisse tomber, l'autre jour on a failli me flanquer une queue de billard dans la bouche!

— Quelles brutes! Il y a vraiment des gens sans éducation, faut voir! Quels sauvages! Tu as dû avoir une belle frayeur, pas vrai, mon petit Echalas?

Pepe, l'Echalas, se mit en colère.

— Ecoute, tu vas me faire le plaisir de ne plus m'appeler ton petit Echalas, garde donc ça pour ta mère!

M. Suárez eut une crise.

— Oh! Ma petite maman! Oh! Qu'est-ce qui a pu lui arriver? Oh! Mon Dieu!

— Tu vas te taire?

— Pardonne-moi, Pepe, je ne te parlerai plus de ma maman... Oh! Pauvre petite maman! Dis, Pepe, tu m'achètes une fleur? Je veux que tu m'achètes un camélia rouge; comme je suis avec toi, il faut mettre le petit écriteau : « chasse gardée »...

Pepe, l'Echalas, sourit avec fierté, et acheta à M. Suárez un camélia rouge.

— Mets-le à la boutonnière.

— Où tu voudras.


Le docteur, après avoir constaté que la dame était morte et bien morte, s'occupa de don Leoncio Maestre qui, le pauvre, était en proie à une crise de nerfs, presque sans connaissance, et distribuait des ruades de tous les côtés.

— Ah! Docteur! Voyez pas à présent qu'il passe aussi, celui-là!

Doña Genoveva Cuadrado de Ostolaza était bien embarrassée.

— Ne vous inquiétez pas, Madame, il n'a rien de grave, une belle peur et c'est tout.

Don Leoncio, assis dans un fauteuil, faisait les yeux blancs et avait de l'écume à la bouche. Don Ibrahim, pendant ce temps, avait organisé militairement les locataires.

— Du calme, surtout du calme. Que chaque chef de famille fouille consciencieusement son domicile. Servons la cause de la justice en lui prêtant l'appui et la collaboration dont nous sommes capables.

— Oui, Monsieur, fort bien dit! En ce moment, le mieux c'est que quelqu'un commande et que les autres obéissent!

Les habitants de la maison du crime, qui, tous, étaient espagnols, y allèrent tous plus ou moins de leur phrase lapidaire.

— Préparez-lui une tasse de tilleul.

— Oui, docteur.


Don Mario et le bachelier Eloy convinrent d'aller se coucher de bonne heure.

— Bon, mon ami, demain on s'y attelle, hein?

— Oui, Monsieur, vous verrez que vous serez content de moi.

— Mais j'espère bien. Demain, à neuf heures, vous aurez l'occasion de me démontrer vos talents. De quel côté allez-vous?

— Mais chez moi, où irais-je donc? Je vais me coucher. Vous vous couchez tôt, vous aussi?

— Toujours. Je suis un homme aux mœurs rangées.

Eloy Rubio Antofagasta éprouva le besoin de lécher. Etre lécheur, c'était là, probablement, sa vocation.

— Eh bien, si vous n'y voyez pas d'inconvénient, monsieur Vega, je vais d'abord vous accompagner.

— Comme il vous plaira, ami Eloy, et soyez-en remercié. On voit bien que vous êtes sûr de gagner une deuxième cigarette!

— Ce n'est pour ça, monsieur Vega, veuillez bien le croire!

— Allons, ne faites pas l'idiot! mon garçon, ce n'est pas à un vieux singe qu'on apprend à faire la grimace!

Don Mario et son nouveau correcteur, bien que la nuit fût plutôt froide, s'en allèrent en se promenant, le col de leur pardessus relevé. Quand on le laissait parler de ce qui lui plaisait, ni le froid, ni la chaleur, ni la faim n'avaient de prise sur don Mario.

Après avoir marché quelque peu, don Mario et Eloy Rubio Antofagasta tombèrent sur un groupe de gens qui stationnaient à l'entrée d'une rue. Deux agents étaient là qui empêchaient de passer.

— Qu'est-ce que c'est?

Une femme se retourna.

— Je ne sais pas, il paraît que c'est un crime, deux vieilles dames qu'on a tuées à coups de poignard.

— Fichtre!

Un homme se mêla à la conversation.

— N'exagérez pas, Madame; ce n'est pas deux dames, c'est une seule.

— Et ça vous semble peu?

— Non, Madame, ça me semble trop. Mais ça me semblerait plus grave s'il y en avait eu deux!

Un jeune garçon s'approcha du groupe.

— Qu'est-ce qui se passe?

Une autre femme le renseigna.

— Il paraît qu'il y a eu un crime, qu'on a étouffé une jeune fille avec une serviette-éponge. On dit que c'était une artiste.

Les deux frères, Mauricio et Hermenegildo, décidèrent de faire la bombe.

— Ecoute, veux-tu que je te dise? Eh bien, aujourd'hui il fait une belle nuit pour courir le jupon. Si on te donne ton truc, on l'aura fêté d'avance, et sinon, que veux-tu, ça nous servira de consolation et ce sera pour une autre fois. Si on ne sort pas un peu, tu vas passer la nuit à retourner ça dans ta tête. Toi, tu as fait tout ce que tu avais à faire; alors maintenant il n'y a plus qu'à attendre ce que feront les autres.

Hermenegildo était soucieux.

— Oui, je crois que tu as raison; et puis comme ça toute la journée à penser à la même chose, je ne fais que m'énerver. Allons où tu voudras, tu connais Madrid mieux que moi.

— Ça te va qu'on aille prendre un verre?

— Bon, allons-y; mais on y va comme ça, sans filles?

— On trouvera toujours quelque chose. A cette heure-ci, des gonzesses, il y en a à revendre.

Mauricio Segovia et son frère Hermenegildo allèrent prendre des verres dans les bars de la rue Echegaray. Mauricio dirigeait. Hermenegildo obéissait et payait.

— On va faire comme si on fêtait mon succès! C'est moi qui paie!

— Bon; si tu es à court pour retourner au patelin, préviens-moi et je te donnerai ce qu'il faut.

Hermenegildo, dans un tripot de la rue Fernández y González, poussa Mauricio du coude.

— Regarde-moi ces deux-là ce qu'ils s'en paient!

Mauricio tourna la tête.

— Ah! dis donc! Et t'as vu la Marguerite Gautier? Elle a l'air malade, la pauvre. Vise-moi le camélia rouge qu'elle porte à la boutonnière! Non, mais tu te rends compte d'un cinéma!

Une grosse voix rugit à l'autre bout de l'établissement.

— Te gaspille pas, la Photographe, laisses-en pour tout à l'heure!

Pepe, l'Echalas, se leva.

— Y a peut-être quelqu'un qui va se retrouver dans la rue!

Don Ibrahim disait à M. le Juge :
— Voyez-vous, monsieur le Juge, nous autres nous n'avons rien pu tirer au clair. Chacun a fouillé sa maison et on n'a rien trouvé de particulier.

Un locataire de l'immeuble, don Fernando Cazuela, avoué auprès du Tribunal, baissa les yeux; lui, il avait trouvé quelque chose.

Le juge interrogea don Ibrahim.
— Procédons par ordre. La défunte avait-elle de la famille?
— Oui, monsieur le Juge, un fils.
— Où est-il?
— Oh là là, allez donc savoir, monsieur le Juge! C'est un garçon qui a de mauvaises mœurs.
— Coureur?
— Eh bien non, monsieur le Juge, pas coureur.
— Joueur peut-être?
— Eh bien non, pas que je sache.

Le juge regarda don Ibrahim.
— Buveur?
— Non, non, pas buveur non plus.

Le Juge esquissa un petit sourire gêné.
— Dites-moi donc, mais qu'appelez-vous de mauvaises mœurs? Collectionner des timbres?

Don Ibrahim se piqua.
— Non, monsieur le Juge, j'appelle mauvaises mœurs beaucoup de choses; par exemple, être pédéraste!
— Ah, bon! Le fils de la défunte est pédéraste.
— Oui, monsieur le Juge, et un drôle de pédéraste!
— Je vois! Eh bien, Messieurs, merci à tous. Regagnez vos appartements, je vous prie. Si j'ai besoin de vous, je vous ferai appeler.

Les locataires, obéissants, s'en retournèrent chez eux. Don Fernando Cazuela, en arrivant au palier de droite, trouva sa femme baignant dans les larmes.
— Oh Fernando! Tue-moi si tu veux! Mais que notre petit n'apprenne rien!
— Non, ma fille, tu t'imagines que je vais te tuer avec le Tribunal dans l'immeuble! Allons, va te mettre au lit... Il

ne manquerait plus maintenant que ton amant soit l'assas-
sin de doña Margot!

Pour distraire le groupe de badauds qui comprenait déjà
plusieurs centaines de personnes, un petit gitan d'environ
six ans chantait son flamenco tout en claquant dans ses
mains. C'était un petit gitan sympathique que nous connaissons bien...

> *Y avait une fois un tailleur*
> *Qui coupait des pantalones.*
> *Passe un petit gitan moqueur*
> *Qui vendait des camarones...*

Lorsqu'on sortit le corps de doña Margot pour le diriger
sur la Morgue, l'enfant se tut, respectueusement.

# CHAPITRE III

Après le déjeuner, don Pablo se rend à un café tranquille de la rue San Bernardo où il va faire sa partie d'échecs avec don Francisco Robles y López-Patón, puis, vers cinq heures ou cinq heures et demie, il va chercher doña Pura pour faire un tour avec elle et atterrit ensuite au café de doña Rosa, où il goûte en prenant son petit chocolat qui lui paraît toujours un peu clair.

A une table voisine, à côté d'une fenêtre, quatre hommes jouent aux dominos : don Roque, don Emilio Rodríguez Ronda, don Tesifonte Ovejero et le señor Ramón.

Don Francisco Robles y López-Patón, médecin pour maladies honteuses, a une fille, la Amparo, qui est mariée avec don Emilio Rodríguez Ronda, médecin également. Don Roque est le mari de doña Visi, la sœur de doña Rosa; don Roque Moisés Vásquez, d'après sa belle-sœur, est le pire des individus. Don Tesifonte Ovejero y Solana, capitaine vétérinaire, est un brave señorito de province, pas très dégourdi, qui porte une bague ornée d'une émeraude. Le señor Ramón, enfin, est le propriétaire d'une boulangerie assez importante qui se trouve tout près de là.

Ces six amis se réunissent chaque après-midi : ce sont des gens tranquilles, sérieux, qui font quelques petits écarts, sans conséquence, vivent en bonne intelligence, ne se disputent pas et bavardent de table en table, par-dessus la tête des joueurs, dont ils n'écoutent guère les propos.

Don Francisco vient de perdre un fou.

— Ça va mal!

— Mal! Moi, à votre place, j'abandonnerais.

— Moi pas.

Don Francisco regarde du côté de son gendre qui fait équipe avec le vétérinaire.

— Dis donc, Emilio, comment va la petite?

La petite, c'est la Amparo.

— Bien, tout à fait bien, demain je la ferai lever.

— Allons, tant mieux! Cet après-midi la mère passera vous voir.

— Très bien. Et vous, vous viendrez!

— Je ne sais pas, on verra si on peut.

La belle-mère de don Emilio s'appelle doña Soledad, doña Soledad Castro de Robles.

Le señor Ramón s'est débarrassé du double cinq qui lui était resté sur les bras. Don Tesifonte lui sort la plaisanterie habituelle :

— Heureux au jeu...

— Et inversement, mon capitaine. A bon entendeur...

Don Tesifonte fait une sale tête tandis que les amis se mettent à rire. Don Tesifonte, il est vrai, n'a de chance ni avec les femmes, ni avec les dominos. Il passe ses journées cloîtré et ne sort que pour faire sa petite partie.

Don Pablo, qui a la partie gagnée, est distrait, et ne s'intéresse pas aux échecs.

— Dis donc, Roque, elle était de mauvais poil, hier, ta belle-sœur.

Don Roque prend un air suffisant, l'air de quelqu'un qui est revenu de tout.

— Elle l'est toujours, je suppose qu'elle a dû naître de mauvais poil. Ma belle-sœur est une sombre bourrique! Si c'était pas pour les petites, il y a belle lurette que je l'aurais mouchée! Mais enfin, patience et longueur de temps... Ces grosses pouffiasses à moitié saoules, ça ne fait jamais long feu.

Don Roque pense qu'en restant assis à attendre, le café « La Delicia », entre autres, appartiendra un jour à ses filles. Tout compte fait, don Roque n'avait pas tort, et de plus cela valait le coup d'attendre, fût-ce pendant cinquante ans. Paris vaut bien une messe.

Doña Matilde et doña Asunción se réunissent chaque après-midi, aussitôt après déjeuner, dans une crémerie de la rue Fuencarral dont la patronne, une amie à elles, doña Ramona Bragado, une vieille aux cheveux teints mais pleine d'esprit, avait été artiste au temps du général Prim [1]. Doña Ramona avait reçu à la suite d'un énorme scandale un legs

1. Homme d'Etat espagnol (1814-1870) *(N. d. T.)*.

de dix mille douros du marquis de Casa Peña Zurana —
en son temps sénateur et deux fois sous-secrétaire aux
Finances —, qui l'avait couchée sur son testament après
avoir couché avec elle pendant plus de vingt ans, et elle
avait fait preuve de quelque bon sens car, au lieu de
dépenser la galette, elle avait pris la gestion d'une crémerie
qui marchait assez bien et avait une clientèle assurée. En
outre, doña Ramona, qui ne perdait pas le nord, se livrait
à tous les trafics possibles et était capable de faire sortir des
pesetas des fers d'une mule; un des commerces qui lui
réussissaient le mieux, c'était de jouer les intrigantes et
les entremetteuses, derrière le rideau de sa crémerie, en
soufflant de beaux mensonges dorés aux oreilles de la petite
jeune fille qui voulait s'acheter un sac, et en tendant ensuite
la main près du coffre-fort de quelque señorito indolent,
de ceux-là qui aiment mieux ne pas se déranger et se faire
servir à domicile. Il faut savoir donner à chaque bête de son
foin.

Ce jour-là, la réunion de la crémerie était gaie.

— Apportez-nous donc quelques petites brioches, doña
Ramona, c'est moi qui paie.

— Mais, ma fille, vous avez donc gagné à la loterie!

— Il y a loterie et loterie, doña Ramona! J'ai reçu de
Bilbao une lettre de la Paquita. Regardez ce qu'elle dit.

— Voyons! Voyons!

— Lisez vous-même, moi j'y vois de moins en moins :
lisez donc, tenez, là en bas.

Doña Ramona enfourcha ses besicles et lut :

— « La femme de mon fiancé est morte d'anémie perni-
cieuse. » Eh bien, doña Asunción, ça c'est une chance!

— Continuez, continuez!

— « Et mon fiancé dit qu'on n'a plus besoin de rien et
que si je tombe enceinte on se mariera. » Mais, ma fille,
vous êtes vernie, vous alors!

— Oui, grâce à Dieu, j'ai assez de chance avec cette
fille-là.

— Et le fiancé, c'est le professeur?

— Oui, don José María de Samas, professeur de psychologie, de logique et de morale.

— Eh bien, ma chère, toutes mes félicitations! Vous
l'avez bien casée!

— Oui, pas mal!

Doña Matilde avait aussi sa bonne nouvelle à raconter; ce n'était pas une nouvelle définitive, comme pouvait l'être celle de la Paquita, mais c'était, sans aucun doute, une bonne nouvelle. Son petit, le Florentino de la Mare Nostrum, avait obtenu un contrat fort avantageux à Barcelone, pour travailler dans une salle du Parallèle qui avait monté un spectacle select qui s'appelait « Mélodies de la « Race », et comme il y avait du patriotique là-dessous, on espérait qu'il serait patronné par les autorités.

— Moi ça me rassure de le voir travailler dans une grande ville; dans les villages, les gens sont à moitié sauvages, et quelquefois on leur jette des pierres à ces artistes-là... Comme s'ils n'étaient pas comme les autres! Une fois, à Jadraque, la Garde civile a dû même intervenir; si elle n'était pas arrivée à temps, ils auraient étripé mon pauvre petit, ces êtres sans âme et sans culture qui ne pensent qu'à faire du vacarme et à dire des grossièretés aux vedettes! Pauvre cher ange, quelle frayeur ils lui ont donnée!

Doña Ramona acquiesçait.

— Oui, oui, dans une grande ville comme Barcelone, il est beaucoup mieux; on y apprécie mieux son art, on le respecte davantage, enfin tout!

— Oh, oui! Moi, quand il me dit qu'il part en tournée dans les villages, mon sang ne fait qu'un tour. Mon pauvre petit Florentin, sensible comme il est, forcé de travailler devant un public si arriéré, et comme il dit, si plein de préjugés! Quelle horreur!

— Oui, vraiment! Mais enfin, maintenant ça va...

— Oui, si ça pouvait durer!

Laurita et Pablo ont l'habitude d'aller prendre le café dans un de ces bars de luxe où le passant n'ose pas même entrer, un bar qui se trouve derrière la Gran Vía. Pour parvenir aux tables — une demi-douzaine, pas plus, chacune avec son petit napperon et un vase au milieu — il faut passer devant le bar, presque désert, où se tiennent un couple de demoiselles qui sifflent du cognac et quatre ou cinq jeunes étourneaux qui jouent aux dés les billets de papa.

— Salut, Pablo, tu ne dis plus bonjour? Bien sûr, depuis que t'es amoureux...

— Salut, Mari Tere. Et Alfonso?

— Avec la famille, mon vieux, il est très rangé depuis quelque temps!

Laurita fronça le sourcil; quand ils s'assirent sur le divan, elle ne prit point les mains de Pablo, comme elle le faisait à l'ordinaire. Pablo, dans le fond, en éprouva un certain soulagement.

— Dis donc, qui est-ce cette fille?

— Une amie.

Laurita prit un air triste et roué à la fois.

— Une amie comme moi?

— Mais non, mon petit...

— Comme tu dis une amie!

— Bon, une relation.

— Oui, une relation... Ecoute, Pablo!

Les yeux de Laurita se remplirent soudain de larmes.

— Quoi?

— J'ai beaucoup de chagrin.

— Pourquoi?

— A cause de cette femme.

— Ecoute, mon petit, tais-toi et ne me casse pas les pieds!

Laurita soupira.

— Naturellement! Et, par-dessus le marché, tu m'engueules.

— Mais non, mon petit, ni par-dessus, ni par-dessous. Mais ne force pas la dose!

— Tu vois?

— Je vois, quoi?

— Tu vois que tu m'engueules?

Pablo changea de tactique.

— Mais non, ma poupée, je ne t'engueule pas; mais ces petites scènes de jalousie m'ennuient, qu'est-ce que tu veux que j'y fasse! Et c'est tout le temps la même comédie!

— Avec toutes tes fiancées? la même?

— Non, Laurita, tantôt plus, tantôt moins...

— Et avec moi?

— Avec toi beaucoup plus qu'avec personne!

— Naturellement! Parce que tu ne m'aimes pas! On n'est jaloux que si on aime beaucoup, beaucoup, comme moi je t'aime!

Pablo considéra Laurita de l'air dont on observe un insecte étrange. Laurita se fit câline.

— Ecoute-moi, Pablito...

— Ne m'appelle pas Pablito! Qu'est-ce que tu veux?

— Bon Dieu, quel chardon!

— Oui, mais ne me le répète pas, change un peu, je l'ai déjà assez entendu!

Laurita sourit.

— Mais moi ça m'est complètement égal que tu sois un chardon! Moi tu me plais comme ça, comme tu es, seulement je suis d'une jalousie! Ecoute, Pablo, si un jour tu ne m'aimes plus, tu me le diras?

— Oui.

— Comme si on pouvait vous croire, vous autres! Vous êtes tous tellement menteurs!

Pablo Alonso, tout en buvant son café, commença à se rendre compte qu'il s'ennuyait auprès de Laurita. Très mignonne, très séduisante, très affectueuse, très fidèle même, mais si monotone!


Chez doña Rosa, comme dans tous les établissements, le public de l'heure du café n'a rien à voir avec le public de l'heure du goûter. Ce sont tous des habitués, c'est certain, et ils s'asseyent tous sur les mêmes divans, boivent tous dans les mêmes verres, prennent le même bicarbonate, paient avec les mêmes pesetas et supportent les mêmes impertinences de la patronne, mais pourtant, allez donc savoir pourquoi, les gens de trois heures de l'après-midi n'ont rien à voir avec les gens qui arrivent après sept heures et demie; il se pourrait que leur seul point commun fût la conviction, qu'ils ont tous au fond du cœur, qu'ils constituent, eux, réellement, la vieille garde du café. Les autres, ceux d'après le déjeuner pour ceux du goûter, et ceux du goûter pour ceux d'après le déjeuner, ne sont que des intrus que l'on tolère mais que l'on ignore. Non mais des fois! Les deux groupes, individuellement ou collectivement, sont incompatibles, et si un client de l'heure du café a la fantaisie de muser un peu et d'arriver en retard, les autres, ceux de l'heure du goûter, qui arrivent, le regardent d'un mauvais œil, tout comme les gens de l'heure du café regardent avec suspicion les clients qui viennent goûter en avance. Dans un café bien organisé, dans un café qui serait quelque chose dans le genre de la République de Platon, il devrait y avoir de toute évidence une trêve d'un quart d'heure afin que ceux qui entrent et ceux qui partent ne puissent pas même se croiser dans la porte à tambour.

Au café de doña Rosa, après déjeuner, la seule personne connue qu'il y ait, en dehors de doña Rosa et des garçons, c'est Mlle Elvira qui est devenue, en réalité, une sorte de meuble supplémentaire.

— Comment va, Elvirita, bien reposée?

— Oui, doña Rosa, et vous?

— Ben, moi, tout doucement, ma fille, et encore! J'ai passé ma nuit à aller aux waters; j'ai dû manger quelque chose qui m'a fait mal et ça m'a mis le ventre en capilotade.

— Oh, mon Dieu! Et vous allez mieux?

— Oui, on dirait, mais j'ai toujours le corps en piteux état.

— Ça ne m'étonne pas, la diarrhée ça vous met à plat.

— Comme vous dites! Mais c'est tout vu; si d'ici à demain je vais pas mieux, je fais venir le docteur! Comme ça je peux pas travailler, je peux rien faire, et ces choses-là, vous savez bien, si on est pas dessus...

— Naturellement.

Padilla, le *cerillero*, essaie de convaincre un monsieur que les cigarettes qu'il vend au détail ne sont pas faites de mégots.

— Tenez, Monsieur, le tabac de mégots ça se voit toujours; on a beau le laver, il a toujours un goût un peu drôle. D'ailleurs, le tabac de mégots sent le vinaigre à cent lieues, et là vous pouvez y mettre le nez que vous sentirez rien de drôle. Je vais pas vous jurer que ces cigarettes sont roulées avec du tabac de Gener, moi je veux pas tromper mes clients; celles-ci sont roulées avec du tabac de la régie, mais du tabac bien tamisé et sans bûches. Et comment elles sont faites, vous voyez ça vous-même; ici pas de machine, ici tout est fait à la main, tâtez-les si vous voulez.

Alfonsito, le gamin qui fait les commissions, reçoit des instructions d'un monsieur qui a laissé une voiture devant la porte.

— Voyons si tu comprends bien, n'allons pas faire de gaffe. Tu montes, tu sonnes et tu attends. Si la demoiselle vient t'ouvrir, tiens, repère-la bien sur cette photo, elle est grande et blonde, tu lui diras : « Napoléon Bonaparte », retiens bien, et si elle te répond : « Il est mort à Waterloo », tu peux y aller et tu lui donnes la lettre. Tu saisis, oui?

— Oui, Monsieur.

— Bon. Retiens le truc de Napoléon et ce qu'on doit te répondre, et tu te le répètes en chemin. Et alors, elle, quand elle aura lu la lettre, elle te dira une heure, sept heures, six heures, une heure quelconque, et toi tu t'en souviendras bien et tu viendras en courant me la dire. Tu comprends?

— Oui, Monsieur.

— Bon, eh bien vas-y. Si tu fais bien la commission je te donnerai un douro.

— Oui, Monsieur. Dites, et si c'est pas la demoiselle qui m'ouvre?

— Ah! C'est vrai! Si c'est une autre personne qui t'ouvre, ben rien tu dis que tu t'es trompé; tu lui demandes : « C'est ici qu'habite M. Pérez? » et comme on te dira que non, tu fiches le camp et voilà tout. C'est clair?

— Oui, Monsieur.

Consorcio López, le gérant, a été appelé au téléphone par Marujita Ranero, oui, parfaitement, son ancienne fiancée, la maman des petits jumeaux.

— Mais qu'est-ce que tu fais à Madrid?

— Eh bien, mon mari est venu se faire opérer.

López était un peu pris de court; c'était un homme de ressources, mais cet appel, en vérité, l'avait pris un peu au dépourvu.

— Et les gosses?

— C'est déjà des petits hommes. Cette année ils vont entrer au lycée.

— Comme le temps passe!

— Eh oui, eh oui!

La voix de Marujita chevrotait légèrement.

— Dis.

— Quoi?

— Tu ne veux pas me voir?

— Mais...

— Evidemment, tu dois penser que je suis plus qu'une ruine.

— Mais non, voyons, que tu es bête; c'est que maintenant...

— Non, pas maintenant, ce soir, quand tu sortiras. Mon mari passe la nuit à la clinique et moi je suis dans une pension.

— Laquelle?

— A « La Colladense », dans la rue de la Magdalena.

Les tempes de López battaient comme des coups de feu.

— Dis, et comment est-ce que j'y entrerai?

— Ben par la porte, je t'ai déjà pris une chambre, le numéro 3.

— Dis, et comment est-ce que je te retrouverai?

— Allons! ne fais pas l'idiot! Je te chercherai, va!

Lorsque López raccrocha le téléphone et se retourna vers le comptoir, il fit tomber d'un coup de coude toute une étagère, celle des liqueurs : Cointreau, Calisay, Bénédictine, Curaçao, Crème de Café et Pippermint. Du beau travail!

Petrita, la bonne de Filo, est allée chercher un siphon au bar de Celestino Ortiz parce que Javierín avait des renvois. Ça lui arrive quelquefois d'avoir des renvois, le pauvre petit, et ça ne lui passe qu'au siphon.

— Dis donc, Petrita, sais-tu que le frère de ta patronne a un certain culot?

— Laissez-le tranquille, monsieur Celestino, c'est qu'il en a, des ennuis, le pauvre! Il vous doit encore quelque chose?

— Ben oui, vingt-deux pesetas!

Petrita se dirigea vers l'arrière-boutique.

— Je vais prendre un siphon, allumez-moi la lumière.

— Tu sais bien où elle est.

— Non, allumez-la-moi, des fois ça électrise.

Au moment où Celestino Ortiz entra dans l'arrière-boutique pour allumer la lumière, Petrita l'aborda.

— Dites donc, est-ce que je vaux vingt-deux pesetas, moi?

— Hein?

— Je vous demande si je vaux vingt-deux pesetas?

Le sang monta à la tête de Celestino Ortiz.

— Toi! Mais tu vaux un empire!

— Et vingt-deux pesetas?

Celestino Ortiz se jeta sur la fille.

— Payez-vous les cafés du señorito Martín!

Dans l'arrière-boutique du bar de Celestino Ortiz, un ange passa, un ange qui, de ses ailes, eût soulevé un ouragan.

— Et toi, pourquoi tu fais ça pour le señorito Martín?

— Ben parce que ça me chante et que je l'aime plus que tout au monde! Et je le dis à qui veut l'entendre, à mon fiancé le premier!

Petrita, le feu aux joues, la poitrine palpitante, la voix rauque, les cheveux en bataille et les yeux tout luisants, avait une beauté étrange, comme une lionne jeune mariée.

— Et lui, il te rend ça?

— Je lui laisse pas...

A cinq heures, la réunion du café de la rue San Bernardo prend fin et, vers cinq heures et demie, ou même avant, chacun est à son poste. Don Pablo et don Roque, chacun chez soi; don Francisco et son gendre, à la consultation; don Tesifonte étudie, et le señor Ramón regarde lever le rideau de sa boulangerie, sa mine d'or.

Au café, à une table un peu à l'écart, deux hommes sont restés et fument presque en silence; l'un s'appelle Ventura Aguado, et prépare son notariat.

— Donne-moi une cigarette.

— Prends.

Martín Marco allume sa cigarette.

— Elle s'appelle Purita et c'est un amour de femme, douce comme une petite fille, délicate comme une princesse. Chienne de vie!

Pura Bartolomé, à la même heure, est en train de goûter en compagnie d'un riche fripier, dans une gargote de Cuchilleros. Martín se souvient de ses dernières paroles :

— Au revoir, Martín; alors tu sais, je suis à la pension tout l'après-midi, tu n'as qu'à m'appeler par téléphone. Mais ne m'appelle pas cet après-midi, j'ai rendez-vous avec un ami.

— Bon.

— Au revoir, fais-moi un baiser.

— Mais... ici?

— Mais oui, bêta, les gens croiront qu'on est mari et femme...

Martín Marco tira sur sa cigarette, presque majestueusement, puis il respira fort.

— Enfin... Dis, Ventura, prête-moi deux douros, aujourd'hui j'ai pas mangé.

— Mais voyons, mon vieux, tu ne peux pas vivre comme ça!

— Je le sais bien, va!

— Et tu ne trouves rien par là?

— Rien, les deux articles prévus, deux cents pesetas avec neuf pour cent de retenues.

— Eh ben t'es beau! Bon, prends toujours ça, tant que j'en aurai! Maintenant mon père a serré les cordons de la bourse. Prends-en cinq, qu'est-ce que tu vas faire avec deux douros?

— Merci bien; laisse-moi t'inviter avec ton argent.

Martín Marco appela le garçon.

— Deux cafés noirs?

— Trois pesetas.

— Payez-vous s'il vous plaît.

Le garçon mit la main dans sa poche et lui rendit la monnaie : vingt-deux pesetas.

Martín Marco et Ventura Aguado sont amis de longue date, bons amis; ils ont été camarades d'études, à la faculté de Droit, avant la guerre.

— On s'en va?

— Bon, comme tu voudras. On a plus rien à faire ici.

— En vérité, mon vieux, moi je n'ai pas grand-chose à faire ailleurs non plus. Toi, où tu vas?

— Ben je n'en sais rien, je vais aller faire un tour, histoire de passer le temps.

Martín Marco sourit.

— Attends, je vais prendre un peu de bicarbonate. Pour les digestions difficiles, rien de tel que le bicarbonate.

Julián Suárez Sobrón, dit la Photographe, âgé de cinquante-trois ans, naturel de Vegadeo, province d'Oviedo, et José Giménez Figueras, dit l'Echalas, âgé de quarante-six ans, et naturel de Puerto de Santa María, province de Cádiz, sont là, la main dans la main, dans les sous-sols de la Direction générale de la Sécurité, attendant qu'on les emmène en prison.

— Oh! Pepe, comme ça ferait du bien un petit café, à cette heure-ci!

— Oui, et un petit verre de triple-sec; demande-le voir si on te le donne.

M. Suárez est plus soucieux que Pepe, l'Echalas; on voit bien que Giménez Figueras est plus habitué à ces sortes d'affaires.

— Dis, pourquoi peut-on bien nous garder ici?

— J'en sais rien. Tu n'aurais pas plaqué par hasard quelque vertueuse demoiselle après lui avoir fait un enfant?

— Oh! Pepe, tu fais de l'esprit en ce moment?

— Esprit ou pas, mon garçon, de toute façon ça reviendra au même.

— Eh oui, c'est vrai! Moi, ce qui me fait le plus de peine, c'est de n'avoir pas pu prévenir ma petite maman.

— Tu remets ça?

— Non, non.

On a arrêté les deux amis la nuit précédente dans un bar de la rue Ventura de la Vega. Les policiers qui sont allés les cueillir sont entrés dans le bar, ont regardé un peu à la ronde et, pan! sont allés droit sur eux, comme une balle. Quels types, ce que c'est que l'habitude!

— Suivez-nous!

— Oh! Pourquoi est-ce qu'on m'arrête? Moi je suis un honnête citoyen qui ne se mêle des affaires de personne, j'ai mes papiers en règle.

— Très bien. Tout ça vous l'expliquerez quand on vous le demandera. Enlevez cette fleur!

— Oh! Et pourquoi? Je n'ai pas à vous accompagner, je ne fais rien de mal.

— Pas de scandale, s'il vous plaît! Regardez donc par là...

M. Suárez regarda. Il aperçut, sortant de la poche du policier, les cercles argentés des menottes.

Pepe, l'Echalas, s'était déjà levé.

— Allons avec ces messieurs, Julián, tout ça s'éclaircira, va!

— On y va, on y va, mais tout de même, quelles façons!

À la Direction de la Sécurité, on n'a pas eu besoin de leur faire de fiche, ils en possédaient déjà une; il a suffi d'y ajouter une date et trois ou quatre petits mots qu'ils n'ont pas pu lire.

— Pourquoi est-ce qu'on nous a arrêtés?

— Vous ne le savez pas?

— Non, je n'en sais rien, qu'est-ce que vous voulez que je sache?

— On vous le dira, allez!

— Ecoutez, est-ce que je ne pourrais pas prévenir que je suis arrêté?

— Demain, demain.

— C'est que ma maman est très âgée, la pauvre, elle va se faire du mauvais sang.

— Votre mère?

— Oui, elle a soixante-seize ans.

— Bon, moi je ne peux rien faire, et rien dire non plus. Demain les choses s'éclairciront.

Dans la cellule où on les a enfermés, une pièce immense, carrée, basse de plafond, mal éclairée au moyen d'une ampoule de quinze bougies logée dans une cage grillagée, au début on n'y voyait rien. Puis, au bout d'un moment, quand leur vue commença à s'habituer, M. Suárez et Pepe, l'Echalas, aperçurent des visages connus, tapettes sans le sou, voleurs à la tire, maîtres chanteurs, tapeurs professionnels, qui tous passaient leur vie à faire la culbute, comme des toupies, sans jamais relever la tête.

— Oh! Pepe, comme ça ferait du bien, un petit café, à cette heure-ci!

Ça sentait bien mauvais, là-dedans, il y avait une petite odeur rance, pénétrante, qui faisait des chatouilles dans le nez.


— Tiens, tu rentres bien tôt aujourd'hui! Où étais-tu?

— Comme toujours, au café avec les amis.

Doña Visi embrasse le crâne chauve de son mari.

— Si tu savais comme je suis contente quand tu rentres si tôt!

— Allons, bon! Tu retombes en enfance!

Doña Visi sourit. Doña Visi, la pauvre, sourit toujours.

— Sais-tu qui va venir, cet après-midi?

— Encore une perruche! Je vois ça d'ici!

Doña Visi ne se fâche jamais.

— Non, mon amie Montserrat.

— Belle recrue!

— Elle est si bonne!

— Elle ne t'a pas raconté un nouveau miracle du curé de Bilbao?

— Tais-toi donc, ne fais pas le mécréant! Pourquoi faut-il que tu dises toujours des choses que tu ne penses pas?

— Comme ça!

Au fur et à mesure que les jours passent, don Roque est de plus en plus convaincu que sa femme est stupide.

— Tu resteras avec nous?

— Non.

— Ah! Mon ami!

La sonnette retentit et l'amie de doña Visi entra au moment où le perroquet du second disait des incongruités.

— Ecoute, Roque, ça devient intenable! Si ce perroquet ne se tait pas, moi je porte plainte!

— Mais voyons, ma fille, est-ce que tu te rends compte de la rigolade que tu vas déclencher au commissariat si tu viens porter plainte contre un perroquet?

La bonne fait passer doña Montserrat au salon.

— Je vais prévenir Madame, veuillez vous asseoir.

Doña Visi accourut en hâte dire bonjour à son amie, et don Roque, après avoir jeté un coup d'œil à travers les rideaux, s'assit auprès du brasero et prit son jeu de cartes.

« Si le valet de trèfle sort dans les cinq premières, bon signe. Si c'est l'as qui sort, c'est trop pour moi; je ne suis plus un jeune homme. »

Don Roque a ses règles de cartomancie à lui.

Le valet de trèfle sortit en troisième position.

« Pauvre Lola, qu'est-ce qui t'attend! Je te plains, ma fille! Enfin... »

Lola est la sœur de Josefa López, une ancienne bonne de M. et Mme Robles, avec laquelle don Roque a eu quelques contacts, et qui, maintenant qu'elle a pris du poids et des ans, a été supplantée par sa sœur cadette. Lola est bonne à tout faire chez doña Matilde, la veuve qui a un fils imitateur de vedettes.

Doña Visi et doña Montserrat parlent à bâtons rompus. Doña Visi est aux anges; on a publié son nom et celui de ses trois filles en dernière page du « Chérubin Missionnaire », revue qui paraît deux fois par mois.

— Vous allez voir de vos propres yeux que ce ne sont pas

des inventions à moi, que c'est la vérité vraie. Roque!
Roque!

De l'autre bout de la maison, don Roque crie :

— Qu'est-ce que tu veux?

— Donne à la petite la feuille où on publie le truc des
Chinois!

— Hein?

Doña Visi commente à son amie :

— Ah! Saint Dieu! les hommes ça n'entend jamais rien!
Elevant la voix, elle s'adressa de nouveau à son mari :

— Je te dis de donner à la petite... Tu m'entends?

— Oui!

— Eh bien je te dis de donner à la petite la feuille où on
publie l'histoire des Chinois!

— Quelle feuille?

— Celle des Chinois, mon ami! Celle des petits Chinois
des Missions!

— Hein? Je ne te comprends pas! Qu'est-ce que tu
racontes des Chinois?

Doña Visi sourit à doña Montserrat.

— Mon mari est bien brave, mais il n'est jamais au courant de rien... Je vais chercher moi-même cette feuille, j'en
ai à peine pour une demi-minute. Veuillez m'excuser un
instant.

En entrant dans la pièce où don Roque, assis à une petite
table, faisait des réussites, doña Visi demanda à son mari :

— Mais voyons, mon ami, tu ne m'avais donc pas
entendue?

Don Roque ne leva pas les yeux de son jeu de cartes.

— Tu t'imagines que j'allais me lever pour tes Chinois,
non mais qu'est-ce que tu crois?

Doña Visi fouilla dans la corbeille à ouvrage, retrouva
le numéro du « Chérubin Missionnaire » qu'elle y cherchait
et, en marmottant à voix basse, s'en retourna au salon, où
l'on pouvait à peine se tenir, tant il y faisait froid.

La corbeille à ouvrage, après le remue-ménage de doña
Visi, resta ouverte et, parmi le coton à repriser et la boîte
à boutons — une boîte de pastilles contre la toux datant de
la polka —, une autre revue de doña Visi dépassait timide-
ment.

Don Roque se pencha en arrière sur sa chaise et s'en
empara.

— Ah! le voilà celui-là!

« Celui-là », c'est le curé aux miracles de Bilbao.

Don Roque se mit à lire la revue.

« Rosario Quesada (Jaén), pour une de ses sœurs guérie d'une forte colite, 5 pesetas. »

« Ramón Hermida (Lugo), pour diverses faveurs obtenues dans ses activités commerciales, 10 pesetas. »

« María Luisa del Valle (Madrid), pour la disparition sans recours à l'oculiste d'une petite grosseur qu'elle avait à l'œil, 5 pesetas. »

« Guadalupe Gutiérrez (Ciudad Real), pour la guérison d'un bébé de dix-neuf mois, d'une blessure occasionnée en tombant d'un balcon de l'entresol, 25 pesetas. »

« Marina López Ortega (Madrid), pour un animal domestique devenu plus sociable, 5 pesetas. »

« Une veuve grande dévote (Bilbao), pour avoir retrouvé un pli de valeurs égaré par un employé de la maison, 25 pesetas. »

Don Roque reste soucieux.

« Qu'on ne vienne pas me raconter d'histoires; ça, c'est pas sérieux! »

Doña Visi se sent quasiment dans l'obligation de s'excuser auprès de son amie.

— Vous n'avez pas froid, Montserrat? Il y a des jours où cette maison est glaciale...

— Mais non, mon Dieu, Visitación! On est très bien ici! Vous avez une maison très agréable, avec tout le confort, comme disent les Anglais.

— Merci, Montserrat. Toujours aussi aimable.

Doña Visi sourit et commença à chercher son nom sur la liste. Doña Montserrat, grande, hommasse, osseuse, déhanchée, moustachue, un peu précieuse dans sa façon de parler et myope de surcroît, ajusta son face-à-main.

Effectivement, comme l'assurait doña Visi, en dernière page du « Chérubin Missionnaire », on publiait son nom et celui de ses trois filles.

« Doña Visitación Leclerc de Moisés, pour baptiser deux petits Chinois, en leur donnant les prénoms de Ignacio et Francisco Javier, 10 pesetas. La señorita Julita Moisés Leclerc, pour baptiser un petit Chinois en lui donnant le prénom de Ventura, 5 pesetas. La señorita Visitación Moisés Leclerc, pour baptiser un petit Chinois en lui donnant le

prénom de Manuel, 5 pesetas. La señorita Esperanza Moisés
Leclerc, pour baptiser un petit Chinois en lui donnant le
prénom de Agustín, 5 pesetas. »

— Hein? Qu'est-ce que vous en dites?

Doña Montserrat approuve obséquieusement.

— Mais tout cela me semble très bien, mais très bien. Il
y a tellement à faire! C'est effrayant quand on pense aux
millions d'infidèles qu'il reste à convertir! Les pays des
infidèles, ça doit être bourré comme des fourmilières!

— Je vous crois! Et si mignons, avec ça, ces petits bébés
chinois! Si nous ne nous privions pas de quelques petites
choses, ils iraient tous aux limbes tête la première! Mais
malgré nos pauvres efforts, les limbes doivent forcément
être bondés de Chinois, ne croyez-vous pas?

— Eh oui! Eh oui!

— Rien que d'y penser ça fait mal au cœur... C'est vraiment une malédiction, vous savez, qui pèse sur les Chinois!
Tous enfermés là-dedans, à se promener sans savoir que
faire...

— C'est épouvantable!

— Et les tout petits, ma chère, ceux qui ne savent pas
marcher, qui doivent être là, sans pouvoir bouger, comme
des petits vers?

— Oui, vraiment...

— Nous pouvons rendre grâces à Dieu d'être nées Espagnoles. Si nous étions nées en Chine, au besoin nos enfants
iraient aux limbes sans rémission. Avoir des enfants pour
ça! Avec ce qu'on souffre pour les avoir, et ce qu'ils en font
voir quand ils sont tout petits!

Doña Visi soupire avec tendresse.

— Mes pauvres filles, qu'elles sont loin de connaître le
danger qu'elles ont couru! Heureusement qu'elles sont nées
en Espagne, mais voyez s'il leur était arrivé de naître en
Chine! Cela aurait pu tout aussi bien leur arriver, n'est-ce
pas?

Les voisins de la défunte doña Margot sont tous réunis
chez don Ibrahim. Il ne manque que don Leoncio Maestre,
détenu sur ordre du juge; le locataire de l'entresol D, don
Antonio Jareño, employé des « Wagons-Lits », qui est en
voyage; celui du 2ᵉ B, don Ignacio Galdácano qui, le pauvre,
est fou, et le fils de la trépassée, don Julián Suárez, dont nul

nc sait où il peut bien être. Dans le bâtiment A, il y a une
Académie où n'habite personne. Personne ne manque par
ailleurs; ils sont tous très impressionnés par ce qui est
arrivé et ont tous répondu sur-le-champ à l'invitation de
don Ibrahim à se réunir pour un échange d'impressions.

La maison de don Ibrahim n'était pas grande, et conte-
nait à peine tous les gens, qui durent pour la plupart rester
debout, en s'appuyant aux murs, ou aux meubles, comme
dans les veillées funèbres.

— Messieurs — commença don Ibrahim —, je me suis
permis de vous prier d'assister à cette réunion, car dans
l'immeuble que nous habitons il s'est passé quelque chose
qui sort des limites de la normale.

— Loué soit Dieu! — interrompit doña Teresa Corrales,
la veuve du 4ᵉ B.

— Et grâces Lui soient rendues! — répliqua solennellement don Ibrahim.

— Amen — ajoutèrent quelques-uns à voix basse.

— Hier soir — poursuivit don Ibrahim de Ostolaza —,
lorsque notre voisin don Leoncio Maestre, dont nous souhai-
tons tous que l'innocence éclate bientôt, intense et aveu-
glante comme la lumière solaire...

— On ne doit pas entraver l'action de la Justice! —
clama don Antonio Pérez Palenzuela, un monsieur qui était
employé aux Syndicats et habitait au 1ᵉʳ C. Il faut s'abstenir
de donner son avis prématurément! Je suis le chef de cet
immeuble et il est de mon devoir d'éviter toute action de
nature à nuire au pouvoir judiciaire!

— Taisez-vous donc, mon cher — lui dit don Camilo
Pérez, pédicure, locataire du bâtiment D, laissez continuer
don Ibrahim.

— Bien, don Ibrahim, continuez donc, je ne veux pas
interrompre la réunion, je demande seulement que l'on
respecte les dignes autorités judiciaires et que l'on prenne
en considération leur labeur en faveur d'un ordre...

— Chut!... Chut!... Laissez continuer!

Don Antonio Pérez Palenzuela se tut.

— Comme je disais donc, hier soir, lorsque don Leoncio
Maestre est venu me faire part de la triste nouvelle de
l'accident survenu à la personne de doña Margot Sobrón de
Suárez, que Dieu ait son âme, je n'ai pas manqué de prier
aussitôt notre bon ami le docteur don Manuel Jorquera, ici

présent, de bien vouloir établir un diagnostic exact et précis
de l'état de notre voisine. Le docteur Jorquera, avec une
célérité qui en dit long et témoigne hautement de son
honneur professionnel, s'est mis à ma disposition et nous
sommes entrés au domicile de la victime.

Don Ibrahim prit de plus en plus l'air d'un tribun.

— Je me permets donc de vous inviter à voter des remer-
ciements à l'illustre docteur Jorquera et au non moins
illustre docteur don Rafael Masasana (que sa modestie, en
ce moment, nous cache à demi derrière ce rideau) car ils
nous honorent tous deux de leur présence.

— Très bien — dirent en même temps don Exuperio
Estremera, le prêtre du 4ᵉ C, et don Lorenzo Sogueiro, le
propriétaire du bar « El Fonsagradino » situé au rez-de-
chaussée de l'immeuble.

Les regards élogieux de tous ceux qui étaient là réunis
allaient d'un médecin à l'autre; cela ressemblait assez à
une corrida de toros, lorsque le matador qui a eu du succès
est rappelé et entraîne avec lui le camarade qui a eu moins
de chance avec le bétail et moins de succès.

— Or, Messieurs — s'exclama don Ibrahim —, lorsque
j'ai pu voir que les secours de la science étaient désormais
inefficaces devant le monstrueux crime perpétré, je n'ai eu
que deux soucis que j'ai remis, en bon croyant, entre les
mains de Dieu : que personne d'entre nous — et je prie ce
cher monsieur Pérez Palenzuela de ne point voir dans
mes paroles l'ombre la plus légère de la moindre action
de nature à nuire à quiconque —, que personne d'entre
nous, disais-je donc, ne se trouvât mêlé à cette laide et
déshonorante affaire, et que doña Margot ne se vît point
privée des honneurs funèbres que, le cas échéant, nous
souhaiterions tous pour nous-mêmes et pour nos parents
et alliés.

Don Fidel Utrera, l'infirmier de l'entresol A, qui était fort
mal embouché, fut sur le point de crier « Bravo! »; il l'avait
déjà au bout de la langue, mais, par bonheur, il put faire
marche arrière.

— Je propose donc, chers voisins, dont la présence donne
éclat et lustre à mes humbles murs...

Doña Juana Entrena, veuve Sisemón, la locataire du 1ᵉʳ B,
regarda don Ibrahim. Quelle façon de s'exprimer! Quelle
beauté! Quelle précision! On dirait un livre ouvert! Son

regard rencontrant celui de M. Ostolaza, doña Juana
détourna les yeux du côté de Francisco López, le patron du
salon de coiffure pour dames « Cristi and Quico », installé
à l'entresol C, qui avait été tant de fois son confident et son
soutien.

Les deux regards, en se croisant, tinrent un bref dialogue,
un dialogue instantané.

— Hein? Qu'en dites-vous?

— Sublime, Madame!

Impassible, don Ibrahim poursuivait.

— ... que nous nous chargions, individuellement, de
recommander doña Margot dans nos prières, et collectivement, d'assurer les frais des sacrements funéraires pour le
repos de son âme.

— Je suis d'accord — dit don José Leciñena, le propriétaire du 2ᵉ D.

— Tout à fait d'accord — corrobora don José María
Olvera, un capitaine d'Intendance qui habitait au 1ᵉʳ A.

— Est-ce que tout le monde est du même avis?

Don Arturo Ricote, employé à la banque hispano-améri-
caine et locataire du 4ᵉ D, dit de sa petite voix fêlée.

— Oui, Monsieur.

— Oui, oui — votèrent don Julio Maluenda, le retraité
de la Marine marchande du 2ᵉ C, dont l'appartement ressemblait à une boutique de brocanteur, rempli de cartes, de
gravures, et de maquettes de navires, et don Rafael Sáez, le
jeune contremaître du 3ᵉ D.

— Sans aucun doute, M. Ostoloza a raison; nous devons
venir en aide à notre voisine disparue — opina don Carlos
Luque, commerçant, locataire du 1ᵉʳ D.

— Moi, je ferai comme tout le monde, tout me paraît
bien.

Don Pedro Pablo Tauste, le patron de l'atelier de réparations de chaussures « La clinique de l'escarpin », ne voulait
pas aller contre l'opinion générale.

— C'est une idée pertinente et plausible, soutenons-la —
fit don Fernando Cazuela, avoué près le Tribunal, de
l'immeuble B, qui, la nuit précédente, alors que tous les
locataires recherchaient le criminel sur l'ordre de don
Ibrahim, était tombé sur l'amant de sa femme qui se
tenait caché, tout recroquevillé, dans la corbeille à linge
sale.

— Je dis de même — acheva don Luis Noalejo, représentant à Madrid des « Filatures Veuve et Fils de Casimir Pons », et habitant l'immeuble C.

— Je vous remercie, Messieurs, je vois que nous sommes donc tous d'accord; nous avons tous parlé et exprimé nos points de vue qui se trouvent coïncider. Je recueille votre aimable adhésion et la remets entre les mains du pieux abbé don Exuperio Estremera, notre voisin, afin qu'il organise les cérémonies conformément à ses solides connaissances en droit canon.

Don Exuperio prit un air imposant.

— J'accepte votre mandat.

L'affaire était arrivée à son terme, et la réunion prit fin peu à peu. Certains locataires avaient quelque chose à faire; d'autres, les moins nombreux, songeaient que celui qui devait avoir quelque chose à faire, probablement, c'était don Ibrahim, et les autres, car il faut de tout pour faire un monde, s'en allèrent parce qu'ils étaient fatigués d'être restés une bonne heure debout. Don Gumersindo López, employé à la « Campsa » et locataire de l'entresol C, le seul des assistants qui n'eût point parlé, se demandait tout en descendant pensivement les escaliers :

— Et c'est pour ça que j'ai demandé une permission au bureau?


Doña Matilde, rentrant de la crémerie de doña Ramona, s'adresse à la bonne.

— Demain vous rapporterez du foie pour le déjeuner, Lola. Don Tesifonte dit que c'est très sain.

Don Tesifonte est l'oracle de doña Matilde. C'est aussi son pensionnaire.

— Du foie bien tendre pour le faire en ragoût avec des rognons, un peu de vin et un hachis de petits oignons.

Lola dit oui à tout; ensuite, du marché, elle rapporte la première chose qui lui tombe sous la main, ou bien ce qui lui passe par la tête.


Seoane sort de chez lui. Chaque après-midi, à six heures et demie, il commence à jouer du violon au café de doña Rosa. Sa femme reste dans sa cuisine à repriser chaussettes et tricots. Le ménage habite dans un sous-sol humide et malsain de la rue de Ruiz; heureusement que c'est à deux pas du café, et ainsi Seoane n'a-t-il jamais à dépenser un sou en tramways.

— Adieu, Sonsoles, à tout à l'heure !

La femme ne lève même pas les yeux de son ouvrage.

— Adieu, Alfonso, donne-moi un baiser.

Sonsoles a la vue faible, elle a les paupières toutes rouges; on dirait toujours qu'elle vient de pleurer. La pauvre, Madrid ne lui réussit pas. Jeune mariée, elle était belle, grasse, pétillante, ça faisait plaisir de la voir, mais à présent, bien qu'elle ne soit pas vieille, ce n'est plus qu'une ruine. Elle s'est trompée dans ses calculs, elle a cru qu'à Madrid on attachait les chiens avec des saucisses, elle s'est mariée avec un Madrilène, et maintenant qu'il est trop tard, elle s'est rendu compte qu'elle avait fait erreur. Dans son village, à Navarredondilla, province d'Avila, c'était une señorita et elle mangeait à sa faim; à Madrid, ce n'était plus qu'une pauvre malheureuse qui allait au lit la plupart du temps sans avoir dîné.

Macario et sa fiancée, se tenant gentiment par la main, sont assis sur un banc, dans la turne de Mme Fructuosa, tante de Matildita et concierge dans la rue Fernando VI.

— A toi pour toujours...

Matildita et Macario parlent dans un murmure.

— Adieu, mon petit oiseau; je vais travailler.

— Adieu, mon amour, à demain. Je ne ferai que penser à toi.

Macario étreint longuement la main de sa fiancée et se lève; un tremblement lui parcourt l'épine dorsale.

— Au revoir, madame Fructuosa, merci beaucoup.

— Au revoir, mon garçon, et de rien.

Macario est un garçon très poli qui remercie tous les jours Mme Fructuosa. Matildita a les cheveux comme des épis de maïs et la vue un peu courte. Elle est toute petite et gracieuse, bien qu'assez moche, et elle donne, quand elle peut, des leçons de piano. Elle fait apprendre par cœur des tangos aux petites filles, ce qui fait beaucoup d'effet.

Chez elle, elle donne toujours un coup de main à sa mère et à sa sœur Juanita, qui font des travaux de broderie.

Matildita a trente-neuf ans.

Les filles de doña Visi et de don Roque, comme le savent déjà les lecteurs du « Chérubin Missionnaire », sont au nombre de trois : toutes trois jeunes, toutes trois jolies, toutes trois assez hardies et dévergondées.

L'aînée s'appelle Julita, elle a vingt-deux ans et les cheveux décolorés. Avec sa chevelure floue et ondulée, elle ressemble à Joan Harlow.

La cadette s'appelle Visitación, comme sa mère, elle a vingt ans, des cheveux châtains, des yeux profonds et rêveurs.

La petite s'appelle Esperanza. Elle a un fiancé officiel, qui est reçu à la maison et parle politique avec son père. Esperanza prépare son trousseau et vient d'avoir dix-neuf ans.

Julita, l'aînée, est actuellement fort amourachée d'un candidat au Notariat qui lui a mis la tête à l'envers. Le fiancé s'appelle Ventura Aguado Sans, et il y a sept ans, sans compter les années de guerre, qu'il se présente au Notariat sans aucun succès.

— Mais voyons, mon gars, présente-toi donc en même temps à l'Enregistrement, a coutume de lui dire son père, un récolteur d'amandes de Riudecols, dans la plaine de Tarragona.

— Non, papa, c'est moche.

— Mais tu vois bien, mon fils, qu'il faudrait un miracle pour que tu réussisses!

— Un miracle? Quand je voudrai! Seulement voilà, si c'est pour ne pas avoir Madrid ou Barcelone, ça n'en vaut pas la peine! J'aime mieux me retirer, c'est plus digne. Dans le Notariat, papa, le prestige est une chose importante...

— Oui, mais... Et Valence? Et Séville? Et Saragosse? Ça doit être également assez bien, enfin il me semble!

— Non, papa, tu envisages mal le problème. Moi j'ai tracé mes plans. Si tu veux, je laisse tomber...

— Mais non, mon gars, mais non, bouleverse pas tout! Continue donc! Enfin, puisque t'as commencé! Toi, là-dessus, t'en sais plus long que moi...

— Merci, papa, tu es un homme intelligent. C'est pour moi une chance d'avoir un père comme toi!

— C'est possible. N'importe quel autre père t'aurait envoyé paître ça fait déjà un bout de temps. Bon, mais voilà ce que je me dis, moi, et si un jour t'arrives à être notaire!

— On n'a pas pris Zamora en une heure, papa!

— Non, mon fils, mais vois donc, en sept ans et un peu plus on aurait eu le temps de bâtir une autre Zamora à côté! Hein?

Ventura sourit.

— J'arriverai à être notaire à Madrid, papa, n'en doute pas! Une Lucky?

— Hein?

— Une blonde?

— Oh là là! Non, laisse ça, j'aime mieux du mien!

Don Ventura Aguado Despujols pense que son fils, en fumant des blondes, comme une demoiselle, n'arrivera jamais à être notaire. Tous les notaires qu'il connaît, des gens sérieux, posés, prudents et bien assis, fument du gris.

— Tu sais déjà le Castan par cœur?

— Non, pas par cœur, ça fait mauvais effet!

— Et le Code?

— Oui, demande-moi ce que tu voudras en commençant par où tu voudras!

— Non, c'était juste par curiosité...

Ventura Aguado Sans fait de son père ce qu'il veut, il l'étourdit avec ce truc du plan qu'il s'est tracé et de l'erreur dans la façon d'envisager le problème.

La deuxième des filles de doña Visi, Visitación, vient de se brouiller avec son fiancé; il y avait un an qu'ils se fréquentaient. Son ex-fiancé s'appelle Manuel Cordel Esteban et il est étudiant en médecine. A présent, depuis une semaine, la fille sort avec un autre garçon, également étudiant en médecine. Le roi est mort, vive le roi!

Visi possède une profonde intuition de l'amour. Le premier jour, elle a permis à son nouveau cavalier de lui serrer la main, sans exagération, au moment où ils se séparaient sur le pas de sa porte; ils avaient pris chez Garibay du thé et des gâteaux. Le deuxième, elle s'est laissé prendre le bras pour traverser les rues; ils avaient dansé et avaient pris un cocktail au Casablanca. Le troisième, elle abandonna sa main, qu'il retint tout l'après-midi; ils allèrent écouter de la musique en se regardant en silence au café María Cristina.

— C'est bien normal, quand un homme et une femme

commencent à s'aimer — se risqua-t-il à dire après avoir longuement hésité.

Le quatrième, la fille n'opposa pas de résistance à se laisser prendre par le bras; elle faisait semblant de ne pas s'en apercevoir.

— Non, pas au cinéma. Demain.

Le cinquième, au cinéma, il l'embrassa furtivement, sur une main. Le sixième, dans le parc du Retiro, par un froid épouvantable, elle donna l'excuse qui n'en est pas une, l'excuse de la femme qui baisse pavillon.

— Non, non, je t'en prie, laisse-moi, je t'en supplie, je n'ai pas apporté mon rouge, et puis on peut nous voir...

Elle était cramoisie et les ailes de son nez frémissaient quand elle respirait. Il lui en coûta énormément de se refuser, mais elle pensa que ça faisait mieux comme ça, que c'était plus élégant.

Le septième, dans une loge du cinéma Bilbao, la prenant par la taille, il lui soupira à l'oreille :

— Nous sommes seuls, Visi... ma Visi chérie... ma vie...

Elle, inclinant la tête sur son épaule, fit entendre un filet de voix, un petit filet de voix tout ténu et brisé, chargé d'émotion.

— Oui, Alfredo, que je suis heureuse!

Les tempes d'Alfredo Angulo Echevarría palpitèrent vertigineusement, comme s'il avait la fièvre, et son cœur commença à battre à une vitesse inaccoutumée.

— Les surrénales! Voilà les surrénales en train de lâcher leur décharge d'adrénaline!

La troisième des petites, Esperanza, est légère comme une hirondelle, timide comme une colombe. Elle a ses petites ruses, comme tout un chacun, mais elle sait que son rôle de future épouse lui sied bien, et elle parle peu, d'une voix douce, et dit à tout le monde :

— Comme tu voudras, moi je ferai ce que tu voudras.

Son fiancé, Agustín Rodríguez Silva, de quinze ans son aîné, est propriétaire d'une droguerie dans la calle Mayor.

Le père de la petite est enchanté, son futur gendre lui paraît un homme plein d'avantages. La mère l'est également.

— Oui. Du savon « Lézard », du savon d'avant-guerre, de ce savon que personne ne peut se procurer, et tout, mais tout, à peine je l'ai demandé qu'il me l'apporte.

Ses amies la regardent avec une certaine envie. Quelle veinarde! Du savon « Lézard » !

Doña Celia est en train de repasser des draps quand retentit le téléphone.

— Allo?

— Doña Celia, c'est vous? Ici don Francisco!

— Ah! Bonjour, don Francisco! Que dites-vous de beau?

— Ben, vous voyez, pas grand-chose... Vous serez chez vous tout à l'heure?

— Oui, oui, je ne bouge pas d'ici, vous savez bien!

— Bien, je viendrai vers neuf heures.

— Quand vous voudrez, vous savez que je suis à votre disposition. J'appelle...?

— Non, n'appelez personne!

— Bien, bien...

Doña Celia raccrocha le téléphone, fit claquer ses doigts et se fourra dans sa cuisine pour s'envoyer un petit verre d'anis. Il y avait des jours où tout tournait bien. L'ennui, c'est qu'il s'en présentait aussi où les choses foiraient et où on ne bazardait finalement rien du tout.

Doña Ramona Bragado, lorsque doña Matilde et doña Asunción quittèrent la crémerie, mit son manteau et se rendit rue de la Madera, où elle cherchait à convaincre une petite jeune fille qui était empaqueteuse dans une imprimerie.

— Victorita est là?

— Oui, la voilà.

Victorita, derrière une longue table, était occupée à préparer des paquets de livres.

— Salut, Victorita, ma fille! Tu veux bien passer à la crémerie tout à l'heure? Mes nièces vont venir faire une manille; je crois qu'on passera un bon moment et qu'on s'amusera.

Victorita devint rouge.

— Bon; oui, Madame, comme vous voudrez.

Il s'en fallut d'un rien que Victorita ne se mît à pleurer; elle savait fort bien à quoi elle s'engageait. Victorita avait dans les dix-huit ans, mais elle était très développée et avait l'air d'une femme de vingt ou vingt-deux ans. La petite avait un fiancé qu'on avait renvoyé de la caserne parce qu'il était tuberculeux; il ne pouvait pas travailler, le pauvre, et il passait sa vie au lit, n'ayant la force de rien faire, attendant que Victorita vînt le voir en sortant de son travail.

— Comment te sens-tu?

— Mieux.

Victorita, dès que la mère de son fiancé sortait de la chambre, s'approchait du lit et l'embrassait.

— Ne m'embrasse pas, je vais te coller ça!

— Ça m'est bien égal, Paco! Tu n'aimes pas m'embrasser, toi?

— Bien sûr!

— Alors, le reste a pas d'importance, moi je serais capable de n'importe quoi pour toi...

Un jour que Victorita était pâle et avait les traits tirés, Paco lui demanda :

— Qu'est-ce qui t'arrive?

— Rien, j'ai réfléchi.

— A quoi t'as réfléchi?

— Ben, j'ai réfléchi... que tout ça te passerait avec des médicaments et en mangeant à ta faim.

— Ça se peut, mais tu vois bien!

— Moi je peux en trouver de l'argent!

— Toi?

La voix de Victorita devint pâteuse, comme si elle avait bu.

— Moi, oui... Une femme jeune, si laide qu'elle soit, elle vaut toujours de l'argent.

— Qu'est-ce que tu dis?

Victorita était très calme.

— Ben ce que t'entends! Si ça pouvait te sauver, je me collerais avec le premier type riche qui me prendrait pour maîtresse...

Les couleurs montèrent un peu aux joues de Paco, et ses paupières tremblèrent légèrement. Victorita fut un peu surprise quand Paco lui dit :

— Bon.

Mais au fond, elle ne l'en aima que davantage.

Au café, doña Rosa crachait des flammes. L'engueulo qu'elle avait passé à López au sujet des bouteilles de liqueur, avait été épique; des savons comme celui-là, on n'en voyait pas souvent.

— Calmez-vous, Madame, je paierai les bouteilles!

— Mais je pense bien! Ça, alors, ce serait le comble si par-dessus le marché j'en étais de ma poche! Mais c'est pas seulement ça... Et le chahut que ça a fait? Et la frayeur des clients? Et le mauvais effet que ça produit, tout ça qui se promène par terre? Hein? Comment qu'on le paie, ça? Qui me le paiera, à moi? Animal! C'est tout ce que t'es, un animal et un sale communiste, et ça vous prend des airs! Mais c'est bien ma faute, aussi, pour pas vouloir tous vous dénoncer! Soyez bonne avec les gens! Mais où qu' t'as les yeux! A quelle tordue que tu pensais? Vous êtes pareils que des bœufs! Toi et tous les autres! Vous savez même pas où vous mettez les pieds!

Consorcio López, blanc comme un linge, cherchait à la calmer.

— Ç'a été une malchance, Madame; je l'ai fait sans le vouloir!

— Tiens, pardi! Il manquerait plus que tu l'ayes fait exprès! Ça serait le bouquet! Que dans mon café, à mon nez et à ma barbe, un merdeux de gérant comme toi me casse les choses comme ça, pour son bon plaisir! Non, mais on aura tout vu! Ça je le sais! Mais c'est pas vous autres qui le verrez! Le jour que j'en aurai marre, vous irez tous en prison, l'un après l'autre! Toi le premier, parce que t'es qu'un jean-foutre! Ah! si je voulais! Si j'avais le sang pourri comme vous autres!

En plein vacarme, dans le café muet de stupeur et attentif aux cris de la patronne, entra une dame grande et un peu forte, pas très jeune mais bien conservée, ayant belle mine et paradant quelque peu, qui s'assit à une table, en face du comptoir. En l'apercevant, López sentit s'écouler le peu de sang qui lui restait : Marujita, avec dix ans de plus, s'était transformée en une femme splendide, regorgeant de santé et débordant de puissance. Dans la rue, n'importe qui à la voir eût reconnu ce qu'elle était, une richarde de province, bien mariée, bien vêtue et bien nourrie, habituée à commander en chef et à toujours faire sa sainte volonté.

Marujita appela le garçon.

— Apportez-moi un café!

— Au lait?

— Non, noir. Qui est-ce cette femme qui crie?

— Ben, la femme de la maison; enfin, la patronne...

— Dites-lui de venir, si elle veut bien.

Le pauvre garçon avait son plateau qui tremblait.

— Mais, il faut que ce soit tout de suite?

— Oui, dites-lui donc de venir, que je la demande.

Le garçon, avec la mine d'un criminel marchant à la potence, s'approcha du comptoir.

— López, un noir, un! Dites, Madame, vous permettez?

Doña Rosa se retourna.

— Qu'est-ce que tu veux?

— Moi rien, c'est cette dame, là-bas, qui vous demande.

— Laquelle?

— Celle à la bague... Celle qui regarde par ici.

— Elle me demande, moi?

— Oui, elle m'a dit la patronne; je ne sais pas ce qu'elle peut vouloir, on dirait une dame importante, une dame qui a des moyens... Elle m'a dit, comme ça, dites à la patronne de venir si elle veut bien.

Doña Rosa, les sourcils froncés, s'approcha de la table de Marujita. López se passa la main sur les yeux.

— Bonsoir. Vous me demandez?

— Vous êtes la patronne?

— Elle-même.

— Eh bien, oui, c'est vous que je voulais voir. Permettez-moi de me présenter : je suis la señora de Gutiérrez, doña María Ranero de Gutiérrez, voici ma carte, l'adresse est dessus. Mon époux et moi habitons à Tomelloso, dans la province de Ciudad Real, où se trouve notre hacienda, quelques petites propriétés dont nous vivons.

— Ah! Ah!

— Oui, mais maintenant nous en avons assez de la campagne, nous voulons liquider tout ça et venir vivre à Madrid. Depuis la guerre, tout va mal, il y a partout de l'envie, de la mauvaise volonté, vous savez bien.

— Oui, oui...

— Alors voilà. Et puis les enfants sont déjà grandets, et vous savez ce qui se passe, et ce sont les études, et après la profession, toujours la même histoire : si nous ne les amenons pas avec nous, c'est les perdre pour toujours.

— Bien sûr, bien sûr. Vous avez beaucoup d'enfants?

Mme Gutiérrez était assez menteuse.

— Oui, nous en avons cinq. Les deux aînés vont avoir dix ans, ce sont déjà des petits hommes. Ces jumeaux sont de mon premier mariage, je suis restée veuve toute jeune. Regardez-les.

Elle ne pouvait se rappeler quoi, doña Rosa, mais ils lui disaient quelque chose ces deux garçonnets en premiers communiants.

— Et comme de juste, tant qu'à venir à Madrid, nous voulons voir plus ou moins ce qu'on peut faire.

— Oui, oui...

Doña Rosa s'était progressivement calmée, elle n'était plus la même que quelques minutes avant. Doña Rosa, comme tous les gens qui crient beaucoup, se transformait en pâte de guimauve dès qu'on la prenait de vitesse.

— Mon mari avait pensé qu'au besoin un café ça ne serait pas mal; si on travaille, on doit pouvoir y trouver son bénéfice.

— Hein?

— Ben oui, alors voilà, nous songeons à acheter un café, si le propriétaire se montre raisonnable.

— Moi je vends pas.

— Mais, Madame, personne ne vous a rien dit. D'ailleurs on ne peut jamais dire ça. Tout dépend. Ce que je vous demande, c'est d'y réfléchir. En ce moment, mon mari est malade, on va l'opérer d'une fistule à l'anus, mais nous avons l'intention de rester quelque temps à Madrid. Quand il sera rétabli, il viendra vous en parler; l'argent est à tous les deux, mais enfin, c'est lui qui dirige les affaires. Vous, pendant ce temps, réfléchissez-y si vous voulez bien. Cela n'engage à rien, on n'a signé aucun papier.

Le bruit courut, comme une traînée de poudre, à toutes les tables, que cette dame voulait acheter le café.

— Laquelle?

— Celle-là.

— Ça a l'air d'une femme riche.

— Mon cher, pour acheter un café, elle ne doit pas vivre d'une pension.

Lorsque la nouvelle parvint au comptoir, López, qui en était au stade de l'agonie, fit tomber une autre bouteille. Doña Rosa se retourna, avec chaise et tout. Sa voix tonna comme un coup de canon.

— Animal! Tu es un animal!

Marujita profita de l'occasion pour sourire un peu à López.

Elle le fit de façon si discrète que nul ne s'en aperçut;
López, probablement non plus.

— Tenez, si vous achetez un café, vous faudra être drôlement forts, vous et votre mari! avec de pareilles brutes!

— Ils font beaucoup de casse?

— Tout ce que vous leur laissez sous la main. Pour moi
ils le font exprès, c'est cette sacrée jalousie qui leur ronge
les sangs.

Martín bavarde avec Nati Robles, une camarade à lui du
temps de la F. U. E. Il l'a rencontrée dans la Red de San
Luis. Martín était en train de regarder l'étalage d'une bijouterie et Nati était à l'intérieur, elle était allée y faire réparer
la fermeture d'un bracelet. Nati est méconnaissable, on
dirait une autre femme. La fille maigrichonne, débraillée,
à l'aspect de suffragette, en souliers à talons plats et sans
maquillage, du temps de la Faculté, était maintenant une
demoiselle élancée, élégante, bien vêtue et bien chaussée,
parée avec coquetterie et même avec art. C'est elle qui
l'a reconnu.

— Marco!

Martín la dévisagea craintivement, Martín regarde toujours avec une certaine appréhension les visages qu'il lui
semble connaître mais qu'il n'arrive pas à identifier. Il croit
toujours qu'on va lui tomber sur le dos à bras raccourcis
et qu'on va se mettre à lui dire des choses désobligeantes;
s'il mangeait mieux, cela ne lui viendrait probablement pas
à l'idée.

— C'est moi, Robles, tu ne te rappelles pas, Nati Robles?

Martín resta cloué, stupéfait.

— Toi?

— Oui, mon vieux, moi!

Martín fut inondé de joie.

— Tu es du tonnerre, Nati! Comme te voilà! T'as l'air
d'une duchesse!

Nati se mit à rire.

— Eh bien, mon garçon, je n'en suis pas une; ne crois
pas que c'est l'envie qui m'en manque, mais tu vois, pas
mariée et sans engagement, comme toujours! Tu es pressé?

Martín hésita un moment.

— Ma foi non, vraiment, tu sais bien qu'un homme
comme moi n'est jamais pressé.

Nati le prit par le bras.

— Toujours aussi bête!

Martin se sentit un peu gêné et tenta de s'esquiver.

— On va nous voir...

Nati éclata de rire, d'un rire qui fit tourner la tête aux gens. Nati avait une voix très belle, haute, musicale, une voix de fête, chargée d'allégresse, une voix qui ressemblait à un joli carillon.

— Pardon, mon vieux, je ne savais pas que tu avais un rendez-vous!

Nati poussa Martin de l'épaule sans lâcher prise; au contraire, elle le serra de plus près.

— Tu es bien toujours le même!

— Non, Nati, je crois être pire.

La jeune fille se mit à marcher.

— Allons, ne nous casse pas les pieds! Il me semble que ce qui te ferait du bien, c'est qu'on te dégourdisse un peu. Tu fais toujours des vers?

Martin eut un peu honte de faire toujours des vers.

— Ma foi oui, et il n'y a plus guère d'espoir de guérison.

— Plus guère, en effet!

Nati se mit à rire.

— Quel drôle de mélange tu fais! Il y a en toi du cynique, du bohème, du timide et du travailleur.

— Je ne te comprends pas.

— Moi non plus. Tiens, on va entrer quelque part, il faut fêter notre rencontre.

— Bon, comme tu voudras.

Nati et Martin entrèrent au café Gran Vía, où il y a des glaces partout. Nati, en souliers à talons hauts, était un peu plus grande que lui.

— On s'assied là?

— Oui, très bien, où tu voudras...

Nati le regarda dans les yeux.

— Que tu es galant, mon vieux, on dirait que je suis ta dernière conquête!

Nati sentait merveilleusement bon...


Rue Santa Engracia, sur la gauche, tout près de la place de Chamberí, habite doña Celia Vecino, veuve Cortés.

Son mari, don Obdulio Cortés López, commerçant, était mort après la guerre, des suites — comme disait le faire-part de l'A. B. C. — des souffrances endurées sous la domination rouge.

Don Obdulio avait été, toute sa vie, un homme exemplaire, droit, honnête, d'une conduite irréprochable, ce qu'on appelle un modèle de caballero. Il s'était toujours beaucoup intéressé aux pigeons voyageurs et, lorsqu'il mourut, dans une revue spécialisée, on lui rendit un émouvant et affectueux hommage, une photo de lui, encore jeune, au bas de laquelle on pouvait lire : « Don Obdulio Cortés López, illustre héraut de la colombophilie hispanique, auteur des paroles de l'hymne « Vole à tire-d'aile, colombe de la paix », ex-Président de *la Real Sociedad Colombófila de Almería*, et Directeur-Fondateur de l'ancienne grande revue « Pigeons et Pigeonniers » (Bulletin mensuel contenant des informations du monde entier), à qui nous rendons, à l'occasion de son décès, le plus fervent hommage d'admiration endeuillée. » La photo était entourée d'un gros liséré noir. C'était don Leonardo Cascajo, maître d'école, qui avait rédigé la légende.

Sa femme, la pauvre, tâche de joindre les deux bouts en louant à des amis de confiance des petits boudoirs selects, de style cubiste et peints en orange et en bleu, dans lesquels le confort, moins que moyen, est remplacé, dans la mesure où il peut l'être, par la bonne volonté, la discrétion, et un grand désir d'être agréable et de rendre service à la clientèle.

Dans la chambre de devant, qui est la chambre la plus digne, celle que l'on réserve pour les meilleurs clients, du haut d'un cadre doré, don Obdulio, la moustache retroussée et le regard doux, protège, tel un malveillant et coquin petit dieu de l'amour, le secret qui permet à sa veuve de manger.

La maison de doña Celia suinte de la tendresse par tous les pores; une tendresse parfois un peu acide et, à l'occasion, peut-être un tantinet vénéneuse. Doña Celia a chez elle deux enfants en bas âge, qu'elle a recueillis il y a quatre ou cinq mois lorsque leur mère, une petite nièce à elle, est morte en partie par suite de chagrins et de déboires, en partie par manque de vitamines. Quand il arrive un couple, les enfants crient en jubilant dans le couloir : « Chic! chic! un autre monsieur qui monte! » Ils savent, les petits anges, que l'entrée d'un monsieur avec une demoiselle à son bras signifie manger chaud le lendemain.

La première fois que Ventura se présenta chez elle avec sa fiancée, doña Celia lui dit :

— Voyez-vous, tout ce que je vous demande, c'est de la décence, beaucoup de décence, car il y a des enfants. Pour l'amour de Dieu, ne me faites pas de chambard!

— Soyez sans crainte, Madame, ne vous inquiétez pas... On sait vivre!...

Ventura et Julita avaient coutume d'entrer dans la chambre à trois heures et demie ou quatre heures et n'en sortaient pas avant huit heures sonnées. On ne les entendait même pas parler; comme ça, c'était un plaisir.

Le premier jour, Julita fut beaucoup moins empotée qu'il n'est d'usage; elle remarquait tout alentour et sur tout elle avait un commentaire à faire.

— Quel horrible lustre, non mais regarde, on dirait une pomme d'arrosage!

Ventura ne voyait pas précisément la ressemblance.

— Mais non, mon petit, quelle idée de comparer ce lustre à une pomme d'arrosage! Allons, ne fais pas l'idiote, assieds-toi à côté de moi.

— Me voilà.

Don Obdulio, du haut de son portrait, considérait le couple avec une certaine sévérité.

— Dis donc, qui ça peut être celui-là?

— Qu'est-ce que j'en sais? Il a une tête de mort, il est sûrement mort celui-là!

Julita continuait de se promener dans la pièce. C'était peut-être la nervosité qui la faisait aller d'un côté à l'autre; mais c'en était la seule manifestation.

— Drôle d'idée de mettre des fleurs en cretonne! On les plante dans du son parce qu'on pense que ça fait plus joli, pas vrai?

— Oui, ça se peut.

Julita n'arrêtait pas. Il eût fallu un miracle.

— Regarde, regarde ce petit mouton, il est borgne! Le pauvre!

Effectivement, il manquait un œil au petit mouton brodé sur un des coussins du divan.

Ventura devint sérieux, l'histoire menaçait de durer.

— Tu veux bien rester tranquille?

— Oh! Que tu es brusque, mon ami!

Julita songeait dans son for intérieur :

— C'est pourtant si délicieux d'arriver à l'amour sur la pointe des pieds!

Julita était très artiste, beaucoup plus artiste, sans aucun doute, que son fiancé.

Lorsque Marujita Ranero sortit du café, elle s'engouffra dans une boulangerie pour téléphoner au père de ses petits jumeaux.

— Je t'ai plu?

— Oui. Ecoute, Marujita, mais tu es folle!

— Mais non! Penses-tu comme je suis folle! J'y suis allée pour que tu me voies, je ne voulais pas te prendre en traître et que ce soir tu sois déçu!

— Oui, oui...

— Dis, c'est vrai que je te plais toujours?

— Encore plus qu'avant, je te jure, et avant tu me plaisais déjà plus que le pain chaud!

— Dis, et si je pouvais, tu te marierais avec moi?

— Eh bien...

— Ecoute, avec mon mari j'ai pas eu d'enfants...

— Mais lui?

— Lui, il a un cancer comme une maison, le docteur m'a dit qu'il ne peut pas s'en tirer!

— Je vois, je vois... Ecoute!

— Quoi...

— C'est vrai que tu penses acheter le café?

— Si tu veux, oui. Dès qu'il sera mort et qu'on pourra se marier. Tu le veux comme cadeau de mariage?

— Allons, voyons!

— Oui, mon petit, j'ai beaucoup appris. Et puis je suis riche et je fais ce qui me passe par la tête. Il me laisse tout, il m'a montré le testament. Dans quelques mois, je ne me laisserai pas couper le cou pour cinq millions.

— Hein?

— Je dis que dans quelques mois, tu m'entends, je ne me laisserai pas couper le cou pour cinq millions!

— Oui, oui...

— Tu as les photos des petits dans ton portefeuille?

— Oui.

— Et les miennes?

— Non, pas les tiennes. Quand tu t'es mariée je les ai brûlées, ça m'a paru préférable.

— Ça te regarde. Ce soir je t'en donnerai quelques-unes.
A quelle heure tu viendras, à peu près?

— Quand on fermera, à une heure et demie, deux heures
moins le quart.

— Ne tarde pas, hein? Viens directement!

— Oui.

— Tu te rappelles l'endroit?

— Oui, « La Colladense », rue de la Magdalena.

— C'est ça, chambre 3.

— Oui. Écoute, je raccroche, voilà la tordue qui se
ramène.

— Adieu, à tout à l'heure. Je te fais un baiser?

— Oui.

— Tiens, prends-les tous, en voilà mille millions...

La pauvre boulangère était un brin effarouchée. Lorsque
Marujita la quitta en la remerciant, la femme fut même
incapable de lui répondre.


Doña Montserrat a mis un terme à sa visite.

— Au revoir ma chère Visitación, s'il ne tenait qu'à moi,
je passerais ici toute la sainte journée à écouter votre
agréable conversation.

— Je vous remercie beaucoup.

— Ce n'est pas une flatterie, c'est la pure vérité. Mais
voilà, je vous l'ai dit, aujourd'hui je ne veux pas manquer
le saint sacrement.

— Ah! Si c'est pour cela!

— Oui, je l'ai déjà manqué hier.

— Moi je suis devenue laïque. Enfin, que Dieu me pardonne!

Déjà sur le pas de la porte, doña Visitación songe à dire
à doña Montserrat.

— Voulez-vous qu'on se tutoie? Moi je crois que nous
devrions nous tutoyer, tu ne trouves pas?

Doña Montserrat est bien sympathique, elle eût été
enchantée et aurait dit oui.

Doña Visitación pense lui dire aussi :

— Et si nous nous tutoyons, le mieux c'est que moi je
t'appelle Monse et que toi tu m'appelles Visi, pas vrai?

Doña Montserrat aurait également accepté. Elle est très
complaisante, et, tout bien considéré, elles sont déjà presque
de vieilles amies. Mais voilà ce que sont les choses! La porte

ouverte, doña Visitación se risqua seulement à dire :

— Au revoir, ma chère Montserrat, ne vous faites donc pas si rare!

— Non, non, à présent je tâcherai de venir un peu plus souvent.

— Puissiez-vous dire vrai!

— Mais oui. Dites-moi, Visitación, n'oubliez surtout pas que vous m'avez promis deux morceaux de savon « Lézard » à bon prix!

— Non! non, n'ayez crainte!

Doña Montserrat, qui était entrée chez doña Visi au moment où le perroquet du second disait des insanités, est saluée au départ par le même concert.

— Quelle horreur! Qu'est-ce que c'est que ça?

— Ne m'en parlez pas, ma chère, un perroquet qui est le diable en personne!

— Quelle honte! Ça ne devrait pas être permis!

— Assurément. Moi je ne sais plus que faire...

Rabelais est un perroquet tout ce qu'il y a de louche, un perroquet éhonté et sans principes, un perroquet ingrat dont personne ne peut venir à bout. Il arrive qu'il se tienne tranquille quelque temps, en disant « chocolat » et « Portugal » et d'autres mots qui sont le fait d'un perroquet bien élevé, mais comme il n'a pas de conscience, au moment où on s'y attend le moins, et où, si ça se trouve, sa maîtresse reçoit une visite de politesse, le voilà qui s'oublie, et se met à proférer des grossièretés et des jurons de sa voix fêlée de vieille fille. Angelito, un garçon fort pieux du voisinage, a bien cherché à ramener Rabelais dans le droit chemin, mais il n'a rien obtenu, ses efforts restèrent vains et il s'évertua en pure perte. Sur quoi il se découragea et se désintéressa peu à peu de la question, et Rabelais, désormais sans précepteur, passa une quinzaine de jours à faire rougir de honte ceux qui l'entendaient parler. A tel point qu'un monsieur de l'immeuble, don Pío Navas Pérez, contrôleur des chemins de fer, en fit même l'observation à sa maîtresse!

— Ecoutez, Madame, votre perroquet commence à passer les bornes! Je ne pensais rien vous en dire, mais vraiment ça devient intolérable! Songez que j'ai une fillette en âge de fréquenter et qu'il n'est pas convenable qu'elle entende ces choses-là! Enfin, moi je vous le dis comme ça!

— Oui, don Pío, vous avez entièrement raison! Excusez-moi, je le rappellerai à l'ordre! Ce Rabelais est incorrigible!

Alfredo Angulo Echevarría dit à sa tante, doña Lolita Echevarría de Cazuela :

— Visi est une fille charmante, tu verras. C'est une fille moderne, elle a bon genre, elle est intelligente, jolie, enfin tout. Je crois que je l'aime beaucoup.

Sa tante Lolita a l'air d'être ailleurs. Alfredo commence à croire que sa tante ne fait pas le moindre cas de lui.

— On dirait, tante, que ça t'est complètement égal ce que je te raconte là au sujet de mes relations avec Visi!

— Mais non, mais non, que tu es sot! Comment cela me serait-il égal?

Mme Cazuela commença alors à se tordre les mains et à faire une drôle de mine, et elle finit par pousser un cri violent, pathétique, théâtral. Alfredo eut peur.

— Qu'est-ce qui t'arrive?

— Rien, rien, laisse-moi!

Alfredo essaya de la consoler.

— Mais voyons, tante, qu'est-ce que tu as? J'ai fait une gaffe?

— Mais non, mais non, laisse-moi, laisse-moi pleurer...

Alfredo voulut plaisanter un peu, histoire de voir si elle se remettait.

— Allons! tante, pas de crise d'hystérie, tu n'as plus dix-huit ans! A te voir on jurerait que tu as un chagrin d'amour...

Il ne pouvait mieux dire. Mme Cazuela pâlit, fit les yeux blancs et pouf!... s'étala face contre terre. L'oncle Fernando n'était pas là; il était à une réunion que tenaient les locataires parce que la nuit précédente il y avait eu un crime dans l'immeuble, et on voulait échanger des impressions et se mettre d'accord sur quelques points. Alfredo assit donc la tante Lolita dans un fauteuil et lui aspergea le visage avec un peu d'eau; quand elle fut remise, Alfredo dit aux bonnes de lui préparer une tasse de tilleul.

Lorsque doña Lolita put parler, elle regarda Alfredo et lui dit d'une voix lente et voilée :

— Sais-tu qui m'achèterait la panière à linge sale?

Alfredo fut un peu étonné par la question.

— Je ne sais pas, le premier chiffonnier venu!

— Si tu te charges de la faire sortir de la maison, je t'en fais cadeau; moi je ne veux plus la voir! Ce qu'on t'en donnera, ce sera pour toi...

— Bon.

Une certaine inquiétude s'empara d'Alfredo. Lorsque son oncle rentra, il l'appela à l'écart et lui dit :

— Ecoute, oncle Fernando, je crois que tu devrais emmener tante chez le médecin, il me semble qu'elle fait une grande dépression nerveuse. Et puis elle a des idées bizarres; elle m'a dit d'emporter la panière à linge sale, qu'elle ne voulait plus la voir.

Don Fernando Cazuela ne s'émut point, il resta aussi froid que si de rien n'était. Le voyant si calme, Alfredo pensa qu'après tout ça les regardait, que le mieux c'était de ne point s'en mêler.

« Après tout — se dit-il —, si elle est cinglée, qu'elle le reste. Moi je l'ai dit bien clairement; s'ils ne m'écoutent pas, tant pis pour eux! Après, on se lamentera, et on s'arrachera les cheveux, mais ce sera trop tard. »

La lettre est sur la table. Le papier porte un en-tête avec ces mots : « AGROSIL. Parfumerie et droguerie. Calle Mayor. 20. Madrid. » La lettre est écrite d'une belle écriture de copiste, surchargée de paraphes, de fioritures et de festons. Elle est terminée, et dit :

*Mère chérie,*

*Je prends la plume pour vous écrire ces quelques lignes afin de vous communiquer une nouvelle qui va vous faire un grand plaisir. Avant de vous la dire, j'ose espérer que vous êtes en parfaite santé, comme je le suis moi-même en ce moment, grâce à Dieu, et je souhaite que vous en jouissiez encore de nombreuses années en compagnie de ma bonne sœur Paquita, de son époux et de ses enfants.*

*Donc, mère chérie, ce que j'ai à vous dire, c'est que je ne suis plus seul au monde en dehors de vous autres, et que j'ai trouvé la femme qui pourra m'aider à fonder une famille et à constituer un foyer, et aussi me seconder dans mon travail et me rendre heureux s'il plaît à Dieu, grâce à ses vertus de bonne chrétienne. Espérons que vous voudrez bien, l'été prochain, venir voir ce fils qui vous regrette tant, et faire ainsi sa connaissance. Mère chérie, j'ai aussi à vous*

*dire de ne pas vous préoccuper pour les frais du voyage;
rien que pour vous voir, vous savez bien que je paierais
encore plus cher. Vous verrez comme ma fiancée vous
paraîtra un ange. Elle est bonne et laborieuse, et aussi
honnête que jolie. Son prénom lui-même, qui est Esperanza,
semble permettre d'espérer que tout ira pour le mieux.
Priez bien Dieu pour notre bonheur futur qui sera aussi le
flambeau qui éclairera vos vieux jours.*

*Ne voyant pas autre chose à vous dire, je vous envoie,
mère chérie, les plus tendres baisers de votre fils qui vous
aime beaucoup et ne vous oublie pas.*

*Tinin* [1].

Après l'avoir écrite, l'auteur de la lettre se leva, alluma
une cigarette et relut à haute voix.

— Je crois que je m'en suis pas mal tiré. Cette fin avec
le flambeau n'est pas mal du tout.

Puis il s'approcha de la table de nuit et embrassa, galant
et épris comme un chevalier de la Table Ronde, une photographie dans un petit cadre en peau avec une dédicace qui
disait : « A Agustín de ma vie, avec tous les baisers de son
Esperanza. »

— Bon, si ma mère vient, je la mettrai dans un tiroir [1].

Un après-midi, vers six heures, Ventura ouvrit la porte
et appela la dame à voix basse.

— Madame!

Doña Celia posa la casserole où elle était en train de se
préparer une tasse de café pour goûter.

— J'arrive tout de suite! Vous désirez quelque chose?

— Oui, s'il vous plaît.

Doña Celia baissa un peu le gaz, afin que le café ne se
mît pas à bouillir, et se présenta, empressée, en rejetant
son tablier par derrière et en s'essuyant les mains à son
peignoir.

— Vous m'avez appelée, monsieur Aguado?

— Oui, voulez-vous me prêter le jeu de l'oie?

1. La lettre d'Agustín Rodriguez Silva était écrite avec des points,
mais sans virgules; en la recopiant ici, on en a mis quelques-unes.
On a également corrigé quelques petites fautes d'orthographe. (*Note
de l'Editeur.*)

Doña Celia prit le jeu de l'oie dans le buffet de la salle
à manger, le passa aux amoureux et se mit à réfléchir.
Ça lui fait de la peine, à doña Celia, et ça fait aussi un
peu peur à sa bourse, de penser que la tendresse des tourte-
reaux puisse se refroidir, et que les choses puissent mal
tourner.

« Non, c'est peut-être pas ça — se disait doña Celia,
tâchant toujours de voir les choses du bon côté —, il se
peut aussi que la petite ne soit pas bien... »

Doña Celia, les affaires mises à part, est une femme qui
s'attache aux gens dès qu'elle les connaît; doña Celia est
très sentimentale, c'est une patronne de maison de rendez-
vous très sentimentale.

Il y a déjà une bonne heure que Martín et sa camarade
de Faculté sont en train de bavarder.

— Et tu n'as jamais pensé à te marier?

— Ben non, mon vieux, pas pour le moment. Je me
marierai quand il se présentera un bon parti; tu comprends,
se marier pour ne pas sortir de la pauvreté, ça n'en vaut
pas la peine. Je me marierai bien, va, je crois qu'il y a un
temps pour tout.

— Que tu es heureuse! Moi je crois qu'il n'y a de
temps pour rien; s'il y a du temps de reste, c'est parce qu'il
est si court que nous ne savons quoi en faire.

Nati fronça gracieusement le nez.

— Ah! Martín, mon garçon! Ne commence pas à débiter
des phrases profondes!

Martín se mit à rire.

— Pas de mise en boîte, Nati!

La jeune fille le dévisagea d'un air presque égrillard,
ouvrit son sac et en tira un étui à cigarettes émaillé.

— Cigarette?

— Oui, merci, je n'ai pas de tabac. Quel joli étui!

— Oui, pas vilain, un cadeau.

Martín fouille dans ses poches.

— J'avais une boîte d'allumettes...

— Tiens, voilà du feu, on m'a également offert un briquet.

— Fichtre!

Nati fume d'un air très européen, jouant des mains avec
aisance et élégance. Martín se mit à la regarder.

— Dis, Nati, je crois que nous faisons un couple très drôle, toi tirée à quatre épingles, sans une faille, et moi, vêtu comme un clochard, couvert de taches, avec les coudes qui dépassent...

La jeune fille haussa les épaules.

— Bah! Laisse tomber! Et puis, tant mieux! Comme ça les gens ne sauront pas à quoi s'en tenir...

Martín devint triste peu à peu, d'une façon presque imperceptible, tandis que Nati le regardait avec une tendresse infinie, avec une tendresse que, pour rien au monde, elle n'aurait voulu que l'on remarquât.

— Qu'est-ce qui t'arrive?

— Rien. Tu te rappelles quand les copains t'appelaient Natacha?

— Oui.

— Tu te rappelles quand Gascón [1] t'a fichue à la porte de la classe de Droit administratif?

Nati devint également un peu triste.

— Oui.

— Tu te rappelles l'après-midi où je t'ai embrassée au parc de l'Ouest?

— Je savais que tu allais me le demander. Oui, je m'en souviens aussi. J'ai souvent pensé à cette soirée-là, tu es le premier homme que j'aie embrassé sur la bouche... Que de temps a passé! Dis, Marco.

— Quoi?

— Je te jure que je ne suis pas une poule.

Martín éprouva une légère envie de pleurer.

— Mais voyons, petit, qu'est-ce qui te fait dire ça?

— C'est que, tu vois, Marco, je te dois toujours un petit peu de fidélité, ne serait-ce que pour te raconter les choses.

Martín, la cigarette aux lèvres, et les mains croisées sur les jambes, regarde une mouche qui tourne sur le rebord d'un verre. Nati poursuivit.

— J'ai beaucoup pensé à cette soirée-là. Je me figurais alors que jamais je n'aurais besoin d'un homme à mes côtés, et que la vie pouvait être assez remplie avec la politique et la philosophie du Droit. Quelle sottise! Mais ce soir-là, je n'ai rien appris; je t'ai embrassé, mais je n'ai rien appris.

---

1. José Gascón y Marín, jurisconsulte espagnol contemporain.

Au contraire, j'ai cru que les choses étaient comme ça, comme elles étaient entre toi et moi, et après je me suis aperçue que non, qu'elles n'étaient pas comme ça...

La voix de Nati tremble un peu.

— ... qu'elles étaient autrement, bien pires...

Martin fit un effort.

— Excuse-moi, Nati. Il est déjà tard, il faut que je me sauve, mais voilà, je n'ai même pas un douro pour t'inviter. Tu me prêtes un douro pour t'inviter?

Nati fouilla dans son sac et, par-dessous la table, chercha la main de Martin.

— Tiens, en voilà dix, avec la monnaie tu me feras un cadeau.

# CHAPITRE IV

Il y a déjà une heure que le gardien de la paix Julio García Morrazo se promène dans la rue Ibiza. A la lueur des réverbères, on le voit qui marche de long en large, sans toutefois trop s'éloigner. L'homme avance lentement, comme s'il méditait profondément, et on dirait qu'il compte ses pas, quarante dans un sens, quarante dans l'autre, puis il recommence. Parfois il fait quelques pas de plus et arrive jusqu'au coin de la rue.

Le gardien de la paix Julio García Morrazo est de la Galice. Avant la guerre, il ne faisait rien, il accompagnait son père aveugle dans les guinguettes, en chantant les louanges de San Sibrán tout en jouant de la guitare. Quelquefois, quand le vin était de la partie, Julio jouait du piston, mais le plus souvent il aimait mieux danser et laisser le piston à d'autres.

Lorsque survint la guerre et qu'on l'appela sous les drapeaux, le gardien de la paix Julio García Morrazo était un homme plein de vie, comme un jeune taureau; il avait envie de faire des gambades et des cabrioles comme un poulain sauvage; il aimait les sardines à grosse tête, les filles à gros nichons et le vin du Ribero. Sur le front des Asturies, un jour de poisse, il reçut une balle dans le côté et, depuis lors, Julio García Morrazo commença à maigrir et ne releva plus la tête; pour comble de malchance, la blessure n'était pas assez grave pour qu'on le jugeât inapte, et l'homme dut retourner à la guerre et ne put se remettre d'aplomb.

Lorsque la guerre prit fin, Julio García Morrazo se mit en quête d'une recommandation et devint gardien de la paix.

— Tu n'es plus bon pour la terre — lui dit son père —, et puis d'ailleurs t'aimes pas travailler. Si on te prenait dans les carabiniers!

Le père de Julio García Morrazo se trouvait vieux et fatigué, et il ne voulait plus courir les guinguettes.

— Moi je reste chez moi. Avec ce que j'ai d'économies je peux m'en sortir, mais y en a pas pour deux.

Julio passa quelques jours à réfléchir, tournant et retournant la chose dans sa tête, et à la fin, voyant que le père insistait, il se décida.

— Non; carabinier, c'est trop difficile, pour les carabiniers il y a des caporaux et des sergents qui s'inscrivent; moi, gardien de la paix, ça me suffirait.

— Bon, c'est pas mal non plus. Moi, tout ce que je te dis, c'est qu'ici y en a pas pour deux. Ah! s'y en avait!

— Bien sûr!

La santé du gardien de la paix Julio García Morrazo se rétablit sensiblement et, peu à peu, il regagna même une demi-arrobe [1] de poids. Il ne redevint pas, il est vrai, l'homme qu'il avait été, mais il ne se plaignait pas non plus; d'autres, à ses côtés, étaient restés étendus le ventre en l'air sur le champ de bataille : son cousin Santiaguiño, sans aller plus loin, qui avait reçu une balle dans le sac où il portait ses grenades. Le plus gros morceau qu'on avait retrouvé de lui ne faisait pas quatre doigts.

Le gardien de la paix Julio García Morrazo était satisfait de son métier; monter à l'œil dans les tramways était un privilège qui, au début, ne le laissait pas indifférent.

« Bien sûr — pensait-il —, quand on est une autorité! »

A la caserne, tous les chefs l'aimaient bien, parce qu'il était obéissant et discipliné et qu'il s'en tenait strictement à son rôle, sans faire comme d'autres gardiens de la paix qui se croyaient lieutenants généraux. L'homme faisait ce qu'on lui ordonnait, ne rechignait devant rien, et trouvait tout bien; il savait, lui, qu'il n'avait pas autre chose à faire, et il n'allait pas chercher plus loin.

« Si j'exécute les ordres — se disait-il —, on aura jamais rien à me dire. Et puis, ceux qui commandent c'est sacré : c'est pour ça qu'ils ont des galons et des étoiles, et moi j'en ai pas. »

L'homme était de bonne composition et d'ailleurs il n'aimait pas les complications.

« Tant qu'on me donnera à manger chaud tous les

1. L'arrobe équivaut à un poids de onze kilos et demi (N. d. T.).

jours et que mon boulot sera de me promener derrière les vendeuses à la sauvette... »

Au moment de dîner, Victorita s'est disputée avec sa mère.

— Quand vas-tu laisser tomber ce tubard? Pour ce que tu vas en retirer!

— Moi j'en retire ce qui me plaît!

— Oui, des microbes, et un de ces jours le ballon!

— Je sais ce que je fais, et ce qui m'arrivera c'est mon affaire!

— Toi? Qu'est-ce que tu sais, toi! T'es qu'une morveuse et t'en sais pas plus long que le bout de ton nez!

— Je sais ce qu'il me faut savoir!

— Oui, mais n'oublie pas : s'il te met enceinte, tu ne remets pas les pieds ici!

Victorita devint blanche.

— C'est la grand-mère qui t'a dit ça?

La mère se leva et lui appliqua deux torgnioles de toute son âme. Victoria ne broncha pas.

— Gourgandine! Mal élevée! T'es qu'une gourgandine! On parle pas comme ça à une mère!

Victorita essuya avec son mouchoir un peu de sang qu'elle avait sur les dents.

— Et à une fille non plus! Si mon fiancé est malade, il est assez malheureux comme ça sans que tu passes toute la journée à le traiter de tubard!

Victorita se leva brusquement et quitta la cuisine. Le père, pendant tout ce temps, s'était tenu coi.

— Laisse-la donc aller au lit! Et puis c'est pas juste de lui parler comme ça! Elle aime ce garçon? Bon, eh bien laisse-la l'aimer, plus tu lui en diras, plus mal ça ira. D'ailleurs pour ce qu'il lui reste à vivre, le pauvre!

De la cuisine, on entendait vaguement les sanglots entrecoupés de la jeune fille qui s'était jetée sur son lit.

— Eteins la lumière, petite! Pour dormir on a pas besoin de lumière!

Victorita chercha la poire, à tâtons, et éteignit.

Don Roberto sonne à la porte de chez lui, il avait laissé ses clefs dans l'autre pantalon; il lui arrive chaque fois la même chose, et pourtant il se répétait sans arrêt : « Chan-

ger les clefs de poche, changer les clefs de poche. » Sa
femme vient lui ouvrir.

— Soir, Roberto!

— Soir!

La femme tâche de le ménager et d'être gentille; l'homme
travaille comme un nègre pour les maintenir à flot.

— Tu dois arriver gelé, mets tes pantoufles, je te les ai
tenues au chaud à côté du gaz.

Don Roberto mit ses pantoufles et sa vieille veste d'intérieur, une veste râpée, qui avait été marron, avec une petite
rayure blanche qui faisait très élégant, très select.

— Et les gosses?

— Ça va, déjà couchés; le petit a fait un peu des siennes
pour s'endormir, je me demande s'il n'est pas légèrement
souffrant.

Le ménage se dirigea vers la cuisine; la cuisine est le
seul endroit de la maison où l'on puisse se tenir en hiver.

— Il est venu ici, le sauteur?

La femme éluda la question, ils s'étaient peut-être croisés
sur la porte, et elle risquait de gaffer. Quelquefois, pour
tout arranger et éviter les complications, on gaffe et ça
fait des histoires de tous les diables.

— Je t'ai fait de la friture pour dîner.

Don Roberto se montra fort content, les poissons frits
sont une des choses qu'il aime le plus.

— Très bien.

La femme lui sourit, câline.

— Et avec les quelques sous que j'ai grattés par-ci par-
là au marché, je t'ai rapporté une demi-bouteille de vin. Tu
travailles beaucoup, et un peu de vin, de temps en temps,
ça te fera du bien.

Cet abruti de González, comme l'appelait son beau-frère,
était un pauvre homme, un honnête père de famille, plus
inoffensif qu'un panier, qui s'attendrissait immédiate-
ment.

— Que tu es bonne, ma fille! J'y ai souvent pensé : il y
a des jours où, sans toi, je me demande ce que je ferais.
Enfin un peu de patience, le plus dur c'est ces premières
années, jusqu'à ce que j'arrive à faire mon trou, ces dix
premières années. Après tout ira sur des roulettes, tu verras.

Don Roberto embrassa sa femme sur la joue.

— Tu m'aimes bien?

— Beaucoup, Roberto, tu sais bien.

Le ménage dîna d'une soupe, de poissons frits et d'une banane. Après le dessert, don Roberto regarda fixement sa femme.

— Qu'est-ce que tu veux que je t'offre demain?

La femme sourit, comblée de bonheur et de reconnaissance.

— Oh! Roberto! Quelle joie! J'ai cru que tu n'allais pas te rappeler cette année non plus...

— Tais-toi, sotte! Pourquoi ne me serais-je pas rappelé? L'année dernière c'était différent, mais cette année...

— Roberto! Je suis si peu de chose!

Si elle avait continué, seulement quelques instants, à penser à son inanité, ses yeux se seraient remplis de larmes.

— Dis, qu'est-ce que tu veux que je t'offre?

— Allons donc, dans la situation où nous sommes!

Don Roberto baissa un peu la voix tout en regardant son assiette.

— J'ai demandé un acompte à la boulangerie.

La femme le regarda, affectueusement, presque avec tristesse.

— Que je suis bête! Tout en parlant, j'ai oublié de te donner ton verre de lait.

Tandis que sa femme allait au garde-manger, don Roberto poursuivit.

— On m'a donné aussi dix pesetas pour acheter quelque babiole aux enfants.

— Que tu es bon, Roberto!

— Mais non, ma fille, c'est des idées à toi; je suis comme tous, ni meilleur, ni pire.

Don Roberto but son verre de lait, sa femme lui donne toujours un verre de lait pour le suralimenter.

— Pour les enfants, j'ai pensé leur acheter une balle. S'il reste quelque chose, je me paierai un apéritif. Je ne voulais rien te dire, mais tu vois bien, je ne sais pas garder un secret!

Doña Ramona Bragado a été appelée au téléphone par don Mario de la Vega, l'imprimeur. L'homme voulait avoir des nouvelles d'une affaire qu'il avait en tête depuis quelques jours.

— Et d'ailleurs, vous avez le même métier, la petite travaille dans une imprimerie, je crois qu'elle n'a pas encore terminé son apprentissage.

— Ah oui? Dans laquelle?

— Une imprimerie qui s'appelle « Typographie l'Avenir », dans la rue de la Madera.

— Ah! oui. Eh bien, tant mieux, comme ça, ça reste dans la corporation. Dites-moi, et vous croyez que... hein?

— Oui, n'ayez crainte, j'en fais mon affaire. Demain, quand vous baisserez le rideau, passez donc à la crémerie me dire bonjour sous un prétexte quelconque.

— Oui, oui.

— Alors voilà. Je la ferai venir, je trouverai bien un motif. La chose m'a l'air toute mûre et prête à tomber. La petite en a par-dessus la tête de la misère, et si elle tient encore le coup, c'est parce que nous le voulons bien. Et puis son fiancé est malade et elle veut lui acheter des médicaments; ces amoureuses, c'est les plus faciles, vous verrez, c'est du tout cuit.

— Puissiez-vous dire vrai!

— Vous verrez ce que je vous dis. Dites, don Mario, sur ça, je ne rabats pas un sou, hein? Je me suis montrée bien assez raisonnable!

— Bon, ma chère, on en causera.

— Non, pas d'on en causera, c'est tout dit! Vous savez, autrement, y a rien de fait.

— Bon, bon...

Don Mario se mit à rire, de l'air d'un homme qui en a vu d'autres. Doña Ramona voulait attacher solidement tous les fils.

— D'accord?

— Mais oui, d'accord.

Lorsque don Mario regagna sa table, il dit à l'autre :

— Vous débuterez avec un salaire de seize pesetas, entendu?

Et l'autre lui répondit :

— Oui, Monsieur, entendu.

L'autre, c'est un pauvre garçon qui avait fait quelques études, mais qui n'arrivait à se caser nulle part. Il n'avait pas de chance, et pas de santé non plus. Dans sa famille, il y avait des germes de tuberculose; on avait renvoyé, de la caserne, un de ses frères qui s'appelait Paco, parce qu'il n'avait plus la force de se tenir debout.

On a fermé les portes des maisons depuis un bon moment, mais la foule des noctambules continue de s'écouler, goutte à goutte, de plus en plus lentement, dans la direction de l'autobus.

La rue, à mesure que la nuit s'épaissit, prend un air affamé et mystérieux à la fois, tandis qu'un petit vent qui court comme un loup siffle entre les maisons.

Les hommes et les femmes qui, à ces heures, vont vers Madrid, sont les noctambules authentiques, ceux qui sortent pour sortir, ceux qui veillent par la force de l'habitude : les clients riches des cabarets, des cafés de la Gran Vía, remplis de provocantes femmes parfumées qui portent les cheveux teints et d'impressionnants manteaux de fourrure noire parsemés, de-ci, de-là, par quelque petit poil blanc; ou bien les oiseaux de nuit décavés, qui discutent le coup dans une réunion d'amis, ou vont boire un dernier verre de bistrot en bistrot. Tout, sauf rester chez soi.

Les autres, les noctambules occasionnels, les clients des cinémas, qui ne sortent que de loin en loin, toujours à coup sûr et jamais au hasard, sont passés depuis un bon moment, avant qu'on ne ferme les portes. D'abord les clients des cinémas du centre, pressés, mieux vêtus, qui cherchent à attraper un taxi : les clients du Callao, du Capitole, du Palais de la Musique, qui prononcent à peu près correctement les noms des artistes, et dont quelques-uns, de temps en temps, sont même invités à aller voir des films à l'Ambassade d'Angleterre, dans la salle de la rue d'Orfila. Ils en savent long sur le cinéma et, au lieu de dire, comme les habitués des cinémas de quartier : « C'est un film formidable de Joan Crawford », ils disent, comme s'ils s'adressaient toujours à des initiés : « C'est une aimable comédie, bien française, de René Clair », ou bien : « C'est un grand drame de Frank Capra. » Nul ne sait au juste ce que signifie « bien français », mais ça ne fait rien; nous vivons à l'époque de toutes les hardiesses, et le monde est un spectacle que des hommes au cœur pur contemplent, ahuris, du premier rang de l'orchestre, sans trop comprendre ce qui se passe, qui est pourtant très clair.

Les clients des cinémas de quartier, les hommes qui ne savent jamais qui est le metteur en scène, passent, peu après, quand les portes sont déjà closes, sans grande hâte, moins bien vêtus, moins soucieux aussi, du moins à cette

heure-là. Ils vont, tout en faisant une petite promenade,
jusqu'au Narváez, à l'Alcalá, au Tívoli, au Salamanca, où
ils voient des films déjà célèbres, d'une célébrité passablement flétrie par plusieurs semaines au Gran Vía, des films
aux beaux titres pleins de poésie qui posent aux hommes
de terribles énigmes, qu'ils ne déchiffrent pas toujours.

Les clients des cinémas de quartier devront attendre
encore quelque temps pour voir « Soupçon » ou « Les
Aventures de Marco Polo » ou « Si le jour ne se levait pas ».

Le gardien de la paix Julio García Morrazo, un soir qu'il
avait poussé jusqu'au coin de la rue, s'est mis à penser à
Celestino, le type du bar.

— Ce Celestino, c'est le diable en personne, il a de ces
idées! Mais c'est pas un imbécile, c'est un homme qui a lu
une montagne de livres!

Celestino Ortiz, après s'être souvenu du chapitre sur la
colère aveugle et l'animalité, prit son livre, son unique
livre, qui reposait sur les bouteilles de vermouth, et le ran-
gea dans le tiroir. Il en arrive des choses! Martín Marco
n'est pas sorti du bar avec la tête en morceaux, grâce à
Nietzsche. Si Nietzsche voyait ça!

Derrière les rideaux de son entresol, doña María Morales
de Sierra, sœur de doña Clarita Morales de Pérez, la femme
de don Camilo, le pédicure qui habitait dans le même
immeuble que don Ignacio Galdácano, le monsieur qui ne
pourra assister à la réunion de don Ibrahim parce qu'il
est fou, parle à son mari don José Sierra, conducteur de
Travaux publics.

— Tu as remarqué cet agent? Il ne fait qu'aller d'un côté
et de l'autre, comme s'il attendait quelqu'un.

Le mari ne lui répond même pas. Quand il lit son journal,
il est absent comme s'il vivait dans un monde muet et
étranger, bien loin de sa femme. Si don José Sierra n'avait
pas une si parfaite faculté d'abstraction, il ne pourrait pas
lire son journal chez lui.

— Le voilà maintenant qui revient par ici. Ce que je
donnerais pour savoir ce qu'il fait! Et encore, ça c'est un
quartier tranquille, de gens rangés. Si c'était là-bas derrière, du côté des terrains vagues des Arènes où c'est tout
noir comme dans la gueule d'un loup!

Les terrains vagues des anciennes Arènes sont à une douzaine de pas de l'entresol de doña María.

— Par là ce serait autre chose, là ils sont même capables de vous attaquer à main armée, mais par ici! Grâce à Dieu, par ici, tout est d'un calme! Personne ne bouge, par ici!

Doña María se retourna, souriante. Son mari, qui lisait toujours, ne put voir son sourire.

Il y a un long moment que Victorita est en train de pleurer et, dans sa tête, les projets se bousculent les uns les autres : de prendre le voile à faire le trottoir, tout lui semble préférable à rester chez elle. Si son fiancé pouvait travailler, elle lui proposerait bien de fuir ensemble; en travaillant tous les deux, ce serait bien le diable qu'ils ne puissent réunir de quoi manger. Mais son fiancé, la chose était bien claire, n'était bon qu'à rester au lit toute la journée, sans rien faire et quasiment sans parler. Quelle fatalité, aussi! Le mal de son fiancé, tout le monde le dit, des fois ça se guérit avec de la suralimentation et des piqûres; si l'on n'en guérit pas tout à fait, du moins s'en remet-on assez bien, et on peut durer de nombreuses années, et se marier, et mener une existence normale. Mais Victorita ne sait comment se procurer de l'argent. Pour mieux dire, si, elle le sait, mais elle ne parvient pas à se décider; si Paco venait à l'apprendre, il la quitterait sur-le-champ, il ne rigole pas! Il l'avait déjà prévenue depuis le coup du monsieur qui voulait qu'ils la lui sucent tous les deux. Et si Victorita se décidait à commettre quelque mauvaise action, ce ne serait que pour Paco et pour nul autre que lui. Il y a des moments où Victorita pense que Paco va lui dire : « Bon, fais ce que tu voudras, ça ne me regarde pas », mais bientôt elle se rend compte que non, que Paco ne va pas lui dire cela. Victorita ne peut plus rester chez elle, elle en est bien convaincue; sa mère lui rend la vie intenable, tout le long du jour avec le même sermon. Mais voilà, se lancer comme ça, à la grâce de Dieu, sans personne qui lui donne un coup de main, c'est bien risqué. Victorita avait déjà fait ses calculs et elle avait vu que la chose avait ses avantages et ses inconvénients; si tout allait bien, c'était du billard, seulement les choses ça ne va jamais tout à fait bien, et des fois ça va même très mal. La question c'était d'avoir de la chance et que quelqu'un se souvienne de vous;

mais qui allait donc se souvenir de Victorita? Elle ne connaissait personne qui eût dix douros de côté, personne qui ne vécût d'un salaire. Victorita est bien lasse, à l'imprimerie elle est debout toute la journée, elle trouve que l'état de son fiancé empire de jour en jour, sa mère est un dragon qui ne fait que glapir, son père est un mollasson sans cesse entre deux vins sur lequel on ne peut compter pour rien. Celle qui a eu de la chance, c'est la Pirula, qui était à l'imprimerie avec Victorita, à faire des paquets, elle aussi, et qu'un monsieur a tirée de là, un monsieur qui, non content de l'entretenir comme une reine et de satisfaire tous ses caprices, l'aime et la respecte. Si elle lui demandait de l'argent, la Pirula ne le lui refuserait pas; seulement voilà, la Pirula pourrait lui donner vingt douros, mais elle n'avait aucune raison de lui en donner davantage. La Pirula, à présent, menait une vie de duchesse, tout le monde l'appelait señorita, elle était bien habillée et avait un appartement avec radio. Victorita l'a aperçue, un jour, dans la rue; en un an avec ce monsieur, faut voir le changement qui s'était opéré, on n'aurait pas dit la même femme, on aurait même dit qu'elle avait grandi et tout. Victorita n'en demandait pas tant...

Le gardien de la paix Julio García Morrazo parle avec le *sereno* [1] Gumersindo Vega Calvo, un pays à lui.

— Sale nuit!

— Y en a de pires!

Le gardien de la paix et le *sereno* poursuivent depuis déjà plusieurs mois une conversation qui leur plaît beaucoup à tous les deux, une conversation à laquelle ils reviennent soir après soir, avec une patiente délectation.

— Alors, comme ça, vous dites que vous êtes du côté de Porriño?

— C'est ça, tout à côté; moi c'est comme si j'étais de Mos.

— Ben moi j'ai une sœur qu'est mariée à Salvatierra, Rosalía qu'elle s'appelle.

— La femme du Burelo, celui des clous?

— Celle-là même, oui, Monsieur.

— Elle est bien, celle-là, hein?

1. Veilleur de nuit.

— Je vous crois, celle-là elle s'est bien casée.

La femme de l'entresol en est toujours à ses conjectures, elle aime assez les cancans.

— Le voilà maintenant qui rejoint le *sereno*, il doit sûrement lui demander des renseignements sur un voisin, tu ne crois pas?

Don José Sierra lisait toujours, avec un stoïcisme et une résignation exemplaires.

— Les *serenos* sont toujours très au courant de tout, pas vrai? Des choses qu'on ne sait pas, nous autres, eux ils les savent depuis belle lurette!

Don José Sierra a achevé de lire un article sur la prévoyance sociale et s'est plongé dans un autre qui traite du fonctionnement et des prérogatives des Cortès traditionnelles espagnoles.

— Si ça se trouve, dans chacune de ces maisons-là, il y a un franc-maçon camouflé. Comme ça n'est pas écrit sur leur figure!

Don José Sierra émit avec sa gorge un son bizarre, un son qui pouvait aussi bien signifier oui, que non, que peut-être, que qui sait. Don José est un homme qui, à force d'être obligé de supporter sa femme, avait réussi à vivre des heures entières, parfois même des jours entiers, sans dire, de loin en loin, autre chose, que hum! Et puis au bout d'un moment, hum! Et ainsi de suite. C'était une façon très discrète de laisser entendre à sa femme que c'était une imbécile, mais sans le lui dire nettement.

Le *sereno* est content des noces de sa sœur Rosalía; les Burelo sont des gens fort considérés dans toute la contrée.

— Elle a déjà neuf mômes et elle en est au dixième.

— Ça fait longtemps qu'elle est casée?

— Oui, ça fait assez; on l'a casée voici tantôt dix ans.

Le gardien de la paix met du temps à faire le calcul. Le *sereno*, sans lui laisser le temps d'achever, reprend le fil de la conversation.

— Nous autres, on est plutôt du côté de la Cañiza, nous autres on est de Covelo. Vous avez pas entendu parler des *Pelones* [1]?

— Non, Monsieur.

— Ben, ceux-là, c'est nous.

1. « Pelés » (*N. d. T.*).

Le gardien de la paix Julio García Morrazo se voit dans l'obligation de rendre la pareille.

— Moi et mon père on nous appelle les *Raposos* [1].

— Tiens!

— Nous on a pas de raison de prendre ça mal, tout le monde nous appelle comme ça.

— Dame.

— Celui qui se foutait en rogne, c'était mon frère Telmo, un qu'est mort de la typhoïde, La Teigne qu'on l'appelait.

— Y a des personnes qu'ont très mauvais caractère, pas vrai?

— Oh là là! Y en a qui vous ont le démon dans le sang! Mon frère Telmo, il souffrait pas qu'on lui marche sur les pieds!

— Ceux-là ils finissent toujours mal.

— C'est ce que je dis.

Le gardien de la paix et le *sereno* parlent toujours en castillan; ils tiennent à se montrer l'un à l'autre qu'ils ne sont pas des rustres.

Le gardien de la paix Julio García Morrazo, à cette heure-là, commence à devenir élégiaque.

— Ça, oui, c'est un beau pays! Hein?

Le *sereno* Gumersindo Vega Calvo est un Galicien de l'autre bord, un Galicien assez sceptique à qui la richesse fait toujours un peu honte.

— L'est pas mal!

— Comment pas mal! Là on y vit au moins! Hein?

— Oui, oui.

D'un bar ouvert sur le trottoir d'en face s'échappent, dans la rue froide, les accents d'un fox lent fait pour être écouté, ou dansé, dans l'intimité.

Un homme qui rentre chez lui appelle le sereno.

— *Sereno!*

Le sereno ne bouge pas. Il se souvient.

— Là-bas, ce qu'y a de mieux, c'est les patates et le maïs; du côté qu'on est, nous autres on fait aussi du vin.

L'homme qui rentre l'appelle de nouveau, plus familièrement.

— Sindo!

— On y va!

1. « Renards. »

En arrivant à la bouche de métro Narváez, à quelques pas de l'angle de la rue d'Alcalá, Martín a rencontré son amie l'Uruguayenne qui était avec un monsieur. D'abord il fit mine de rien, il fit semblant de ne pas la voir.

— Salut, Martín, eh! méduse!

Martín tourna la tête. Il était fait.

— Salut, Trinidad, je ne t'avais pas vue!

— Tiens, viens, je vais vous présenter...

Martín se rapprocha.

— Un ami à moi; Martín, un écrivain.

L'Uruguayenne est une grue vulgaire, sans grâce, sans éducation, sans coquetterie; une grue de la pire espèce, une femme répugnante, au corps farci de boutons, de pustules violettes — comme son âme, probablement.

On l'appelle l'Uruguayenne, parce qu'elle est de Buenos Aires.

— Celui-là, tel que tu le vois — dit-elle à l'ami —, il fait des vers. Mais voyons, allons, dites-vous bonjour, moi j'ai fait les présentations!

Les deux hommes obéirent et se serrèrent la main.

— Enchanté, comment allez-vous?

— J'ai très bien dîné, merci.

L'homme qui accompagne l'Uruguayenne est de ceux qui se croient drôles.

Le couple commença à rire aux éclats. L'Uruguayenne avait les dents de devant cariées et noires.

— Dis, prends donc le café avec nous!

Martín resta indécis, il pensait que peut-être ça n'allait pas faire plaisir à l'autre.

— Enfin... je crois que...

— Mais si, mon cher, venez donc avec nous! Je vous en prie!

— Bon, je vous remercie bien, juste un moment...

— Vous avez tout votre temps, mon cher, tout le temps que vous voudrez! La nuit est longue! Restez donc, moi les poètes m'amusent beaucoup!

Ils s'assirent à un café du coin, et le serin commanda du café et du cognac pour tout le monde.

— Dites au *cerillero* de venir!

— Bien, Monsieur.

Martín s'assit en face du couple. L'Uruguayenne avait un peu bu, il n'y avait qu'à la voir.

— Dis donc, vieux, fais gaffe avec ta chérie.

— Quelle chérie?

— Oui, tu sais bien qui je veux dire, la Marujita, cette mijaurée qui veut être artiste et qui sait même pas faire la putain!

— Elle est malade?

— Oui, il me semble qu'elle va pas bien du tout, pour moi elle l'a chopée!

— Tu crois?

— Tiens, si je le crois! Je le sais!

Martín prit un air un peu soucieux.

— Pauvre fille!

— Oui, drôle de gonzesse! Et elle veut rien dire, et pas moyen qu'elle reste une semaine chez elle! Si doña Jesusa apprend ça! Ben elle est jolie! La Marujita, pourvu qu'elle dise qu'il faut que sa mère mange et qu'elle a le collège de son fils à payer, avec ça elle arrange tout! Comme ça on peut y aller! Comme si les autres on avait pas aussi ses obligations! Et laisse-la donc crever, ta mère! Pour ce que ça va lui rapporter!

Le *cerillero* s'approcha.

— Bonsoir m'sieur Flores, ça fait un bout d'temps que vous vous faisiez pas voir!... Vous désirez quelque chose?

— Oui, donne-nous deux petits cigares, des bons. Dis donc, l'Uruguayenne, tu as des cigarettes?

— Non, j'en ai presque plus; achète-m'en un paquet!

— Donne-lui aussi un paquet de blondes à celle-là!

L'Uruguayenne continuait d'expliquer à Martín.

— Ce qui lui arrive à la Marujita je le sais bien, moi! On a qu'à demander au Ramón, le chauffeur de taxi qui remise à Goya, on verra bien s'il en sait quelque chose, lui!

M'sieur Flores intervint :

— Allons, tais-toi donc, qu'est-ce que ça peut te faire? Ces affaires-là ça ne regarde que la Marujita!

— Mais non, mon vieux, c'est que celui-là c'est un bon copain!

Le bar de Celestino Ortiz est vide. Le bar de Celestino Ortiz est un bar tout petit, à la façade vert foncé, qui s'appelle « Aurore — Vins et restauration. » De restaura-

tion, pour l'heure, il n'y a en a point. Celestino installera le
service de restauration lorsque ses affaires s'arrangeront
un peu. On ne peut tout faire en un jour.

Au comptoir, le dernier client, un agent, boit son méchant
petit verre d'anis.

— Ben tout ça c'est comme je vous le dis, moi qu'on
ne me raconte pas d'histoires à dormir debout.

Dès que l'agent s'en ira, Celestino va baisser le rideau,
dresser sa paillasse et se coucher; Celestino est un
homme qui n'aime pas veiller, il préfère se coucher tôt
et mener une vie saine, pour le moins aussi saine que
possible.

— Ben, vous savez, pour ce que ça peut me faire!

Celestino couche dans son bar pour deux raisons : parce
que ça lui revient meilleur marché, et parce que, de cette
façon, il évite qu'on le dévalise, la nuit où il s'y attendrait
le moins.

— Là où est le mal c'est en haut lieu! Et non par ici,
pour sûr!

Celestino a vite appris à faire son lit — d'où il lui arrive
de dégringoler de temps à autre — en installant un maigre
matelas de crin sur huit ou dix chaises rassemblées.

— Cette manie d'attraper les vendeuses à la sauvette
dans les bouches de métro, ça me paraît une injustice! Il
faut que les gens mangent, et s'ils ne trouvent pas de travail,
ben il faut qu'ils se débrouillent comme ils peuvent. La vie
est hors de prix, ça vous le savez tout comme moi, et ce
qu'on donne au ravitaillement, c'est rien, il y en a même
pas de quoi boucher une dent creuse! Je ne veux pas vous
offenser, mais moi je crois que ce n'est pas parce que
quelques femmes vendent des cigarettes ou des miches de
pain qu'il faut que vous autres, les agents, vous leur couriez
au derrière!

L'agent au petit verre d'anis n'était pas un dialecticien.

— Moi, je ne fais qu'obéir.

— Je le sais bien. Je sais faire la part des choses, mon
ami!

Quand l'agent s'en va, Celestino, après avoir dressé
l'échafaudage sur lequel il dort, se couche et se met à lire
un moment; il aime bien se changer un peu les idées en
lisant avant d'éteindre la lumière et de s'endormir. Ce que
Celestino lit ordinairement, une fois couché, ce sont des

poésies du « Romancero » et des strophes de cinq vers.
Nietzsche il le garde pour la journée. L'homme en a tout
un tas et il y a des passages entiers qu'il sait par cœur,
de A à Z. Ils sont tous beaux, mais ceux qui lui plaisent le
plus, ce sont ceux qui portent des titres comme : « L'Insur-
rection à Cuba » et « Récit des Crimes que commirent les
deux fidèles amants don Jacinto del Castillo et doña Leonor
de la Rosa pour tenir leurs promesses d'amour ». Ce dernier
est un « romance » classique, un de ceux qui commencent
par une invocation :

> Sainte Vierge Marie
> Flambeau du Ciel Divin,
> Fille du Père Eternel,
> Mère du Fils Suprême
> et de l'Esprit l'Epouse,
> car en toute vertu, et de par sa puissance
> en ton ventre virginal
> Il conçut l'être le plus tendre,
> et au bout de neuf mois,
> naquit l'Auteur le plus divin
> pour la rédemption de l'Homme,
> de chair humaine revêtu,
> et ton Sein demeura intact,
> chaste, éclatant, et pur.

Ces « romances » anciens étaient ses préférés. Parfois,
pour se justifier un peu, Celestino se mettait à parler de la
sagesse du peuple et d'autres sornettes du même genre.
Celestino aimait beaucoup, également, les paroles du caporal
Pérez devant le peloton d'exécution :

> Soldats, puisque mon sort
> m'a mis dans ces ennuis,
> je vous remets quatre douros
> pour que m'accordiez bonne mort.
> Pérez ne vous demande
> que de viser bien droit,
> bien que nul délit n'ait commis
> pour une telle boucherie,
> que de tirer bien droit,
> deux dans le crâne et deux au cœur.

— Quels types! Avant il y avait des hommes, ça oui! — dit Celestino à haute voix, un peu avant d'éteindre la lumière.

Au fond du salon à demi obscur, un violoniste chevelu et gonflé de littérature joue, passionnément, les czardas de Monti.

Les clients boivent. Les hommes du whisky, les femmes du champagne; celles qui étaient concierges il y a quinze jours à peine boivent du pippermint. Dans l'établissement, il y a encore beaucoup de tables libres, il est encore un peu tôt.

— Que j'aime ça, Pablo!
— Eh bien, régale-toi, Laurita, tu n'as que ça à faire!
— Dis, c'est vrai que ça excite?

Le *sereno* s'est rendu là où on l'appelait.
— Bonsoir, señorito!
— Soir...

Le *sereno* a sorti la clé et a poussé la porte. Après quoi, sans attacher autrement d'importance à son geste, il a tendu la main.

— Merci bien.

Le *sereno* a allumé la lumière des escaliers, refermé le portail, et il s'en est revenu, tout en frappant de son bâton sur le sol, poursuivre son entretien avec le gardien de la paix.

— Celui-là il vient tous les soirs à cette heure-ci, et il s'en va guère avant quatre heures. Il a une demoiselle rudement bien, là-haut, au dernier étage, Mlle Pirula qu'elle s'appelle.

— Pourquoi pas?

La femme de l'entresol ne les quitte pas des yeux.

— Et ils doivent bien parler de quelque chose! Regarde ça, quand le *sereno* a une porte à ouvrir, il y a l'agent qui l'attend!

Le mari abandonna son journal.

— Faut-il que tu en aies une envie de t'occuper de ce qui ne te regarde pas! Il doit être en train d'attendre quelque bonne...

— Oui, bien sûr, tu arranges tout tout de suite, toi!

Le monsieur qui a une maîtresse là-haut au dernier étage se débarrassa de son pardessus et le posa sur le sofa du hall. Le hall est tout petit, il n'a pour tous meubles qu'un sofa et, en face, une console en bois surmontée d'une glace dans un cadre doré.

— Qu'est-ce qu'il y a, Pirula?

Mlle Pirula était sortie sur la porte, dès qu'elle avait entendu le bruit de la clé.

— Rien, Javierchou; pour moi, tout ce qu'il y a, c'est toi.

Mlle Pirula est une fille jeune qui paraît très distinguée et très polie, et qui, il n'y a guère plus d'un an, disait « foutre », « et ta sœur » et « merde ».

D'une pièce du fond, doucement éclairée par une lumière tamisée, parvenait, discret, le son de la radio : un exquis, un langoureux, un confortable fox lent, composé de toute évidence pour être écouté et dansé dans l'intimité.

— Mademoiselle, vous dansez?

— Je vous remercie, caballero, je suis un peu lasse, j'ai dansé toute la soirée.

Le couple se mit à rire aux éclats, pas des éclats de rire comme ceux de l'Uruguayenne et du señor Flores, bien sûr, et puis ils s'embrassèrent.

— Pirula, tu es une petite fille!

— Et toi un collégien, Javier!

Se tenant tous deux par la taille, ils se rendirent à la petite pièce du fond, comme s'ils se promenaient dans une avenue d'acacias en fleurs.

— Cigarette?

Le rite est le même chaque soir, et les mots qu'ils se disent, sont aussi plus ou moins les mêmes. Mlle Pirula a un instinct conservateur fort averti, elle fera probablement son chemin. D'ailleurs, pour le moment, elle ne peut se plaindre : Javier l'entretient comme une reine, il l'aime, il la respecte...

Victorita n'en demandait pas tant. Elle ne demandait qu'à manger et à continuer d'aimer son fiancé, s'il arrivait jamais à guérir. Victorita n'éprouvait aucune envie de faire la vie; mais la misère est mauvaise conseillère. La fille n'avait jamais couru, elle n'avait jamais couché qu'avec son fiancé. Victorita avait de la volonté et, bien qu'elle eût du tempérament, elle tâchait de se retenir. Avec Paco, elle s'était toujours bien conduite et ne l'avait pas trompé une seule fois.

— Moi tous les hommes me plaisent — lui dit-elle un jour, avant qu'il ne tombe malade —, voilà pourquoi je ne couche qu'avec toi. Si je commençais, ça serait comme dans les mille et une nuits.

Elle était rouge et son aveu la faisait mourir de rire, mais le fiancé ne goûta pas du tout la plaisanterie.

— Si ça t'est égal que ce soit moi ou un autre, fais ce que tu voudras, tu peux faire ce qui te plaira.

Une fois, c'était déjà pendant la maladie du fiancé, un monsieur fort bien habillé la suivit dans la rue.

— Dites, Mademoiselle, où allez-vous donc si vite?

Les façons du monsieur plurent à la fille; c'était un monsieur poli, à l'air galant, qui savait se présenter.

— Laissez-moi, je vais travailler.

— Mais, Mademoiselle, pourquoi vous abandonnerais-je? Que vous alliez travailler, cela me paraît très bien; c'est signe que bien que jeune et jolie vous êtes honnête. Mais quel mal peut-il y avoir à ce que nous échangions quelques mots?

— Tant que ça ne sera que ça!

— Et qu'est-ce que cela pourrait être d'autre?

La fille sentit les mots lui échapper.

— Ça pourrait être ce que je voudrais...

Le monsieur bien habillé ne se troubla point.

— Naturellement, voyons! Vous comprenez, Mademoiselle, que l'on n'est quand même pas manchot et que l'on fait ce qu'on sait faire.

— Et ce qu'on vous laisse faire!

— Ben, évidemment, et ce qu'on nous laisse faire!

Le monsieur accompagna Victorita un moment. Un peu avant d'atteindre la rue de la Madera, Victorita lui signifia son congé.

— Au revoir, maintenant laissez-moi. Quelqu'un de l'imprimerie pourrait nous voir.

Le monsieur fronça un peu les sourcils.

— Vous travaillez dans une imprimerie du quartier?

— Oui, là, dans la rue de la Madera. Voilà pourquoi je vous disais de me laisser, on se verra une autre fois.

— Attends une minute.

Le monsieur, s'emparant de la main de la fille, sourit.

— Tu veux bien?

Victorita sourit aussi.

— Et vous?

Le monsieur la regarda droit dans les yeux.

— A quelle heure sors-tu ce soir?

Victorita baissa les yeux.

— A sept heures. Mais ne venez pas m'attendre, je suis fiancée.

— Et il vient te chercher?

La voix de Victorita se fit un peu triste.

— Non, il ne vient pas me chercher. Adieu.

— A tout à l'heure?

— Bon, comme vous voudrez, à tout à l'heure.

A sept heures, lorsque Victorita quitta son travail, en sortant de l'imprimerie « L'Avenir », elle retrouva le monsieur qui l'attendait au coin de la rue de l'Escorial.

— Juste un moment, Mademoiselle, je comprends parfaitement que vous devez voir votre fiancé.

Victorita s'étonna qu'il la vouvoyât de nouveau.

— Je ne voudrais pas être un obstacle dans vos relations avec votre fiancé, vous comprendrez que je ne puis y avoir aucun intérêt.

Le couple descendit jusqu'à la rue San Bernardo. Le monsieur était très correct, il ne lui prenait point le bras, pas même pour traverser les rues.

— Je me réjouis beaucoup que vous soyez très heureuse avec votre fiancé. S'il ne dépendait que de moi, demain même vous vous marieriez avec votre fiancé.

Victorita regarda le monsieur du coin de l'œil. Le monsieur lui parlait sans la regarder, comme s'il se parlait à lui-même.

— Que peut-on souhaiter de plus, pour une personne que l'on estime, si ce n'est qu'elle soit très heureuse?

Victorita avançait comme dans un nuage. Elle était confusément heureuse, d'un bonheur vague, à peine perceptible, d'un bonheur qui était aussi un peu triste, un peu lointain et impossible.

— Nous allons entrer là, il fait froid pour se promener.

— Bon.

Victorita et le monsieur entrèrent au café San Bernardo et s'assirent à une table du fond, l'un en face de l'autre.

— Que voulez-vous que nous commandions?

— Un café bien chaud.

Quand le garçon s'approcha, le monsieur lui dit :

— Pour la demoiselle, apportez un express-crème et un croissant; moi, donnez-moi un café noir.

Le monsieur sortit un paquet de blondes.

— Vous fumez?

— Non, je ne fume presque jamais.

— Qu'est-ce à dire presque jamais?

— Bon, eh bien que je fume de temps en temps, pour Noël...

Le monsieur n'insista pas, alluma sa cigarette et remit le paquet dans sa poche.

— Alors voilà, Mademoiselle, s'il ne dépendait que de moi, vous et votre fiancé, vous vous marieriez demain même.

Victorita le regarda.

— Et pourquoi voulez-vous donc nous marier? Qu'est-ce que ça peut vous rapporter?

— Ça ne me rapportera rien, Mademoiselle. Moi, comme vous le comprendrez, cela me fait ni chaud ni froid que vous vous mariez ou restiez célibataire. Si je vous le disais, c'est parce que je me figurais que cela vous ferait plaisir de vous marier avec votre fiancé.

— Mais oui, ça me ferait plaisir. Pourquoi irais-je vous mentir?

— Vous faites bien, c'est en causant que l'on arrive à s'entendre. Pour ce dont je veux vous parler, il n'importe aucunement que vous soyez mariée ou célibataire.

Le monsieur toussa un petit peu.

— Nous sommes dans un établissement public, entourés de gens et séparés par cette table.

Le monsieur effleura légèrement, de ses jambes, les genoux de Victorita.

— Je puis vous parler en toute liberté?

— Bon. Tant que vous ne manquerez pas de respect...

— On ne manque jamais de respect, Mademoiselle, quand on expose clairement les choses. Ce que je vais vous proposer est une sorte de marché, que vous pouvez conclure ou rejeter, il n'y a là aucun engagement.

La fille était un peu perplexe.

— Je puis vous parler?

— Oui.

Le monsieur changea de position.

— Eh bien, tenez, Mademoiselle, allons au fait. Pour le moins vous reconnaîtrez que je ne cherche pas à vous tromper, que je vous présente les choses telles qu'elles sont.

Le café était lourd de fumée, il faisait chaud et Victorita rejeta un peu en arrière son petit manteau de coton.

— Toujours est-il que je ne sais comment commencer... Vous m'avez fait une forte impression, Mademoiselle.

— Je me doutais bien de ce que vous vouliez me dire.

— Il me semble que vous vous trompez. Ne m'interrompez pas, vous parlerez à la fin.

— Bon, continuez.

— Bien. Je vous disais, Mademoiselle, que vous m'avez beaucoup impressionné : votre démarche, votre visage, vos jambes, votre taille, vos seins...

— Oui, je comprends, tout.

La fille sourit, juste un moment, avec un certain air de supériorité.

— Exactement : tout. Mais ne souriez pas, je vous parle sérieusement.

Le monsieur lui frôla de nouveau les genoux et lui prit une main que Victorita laissa aller, complaisamment, presque savamment.

— Je vous jure que je vous parle tout à fait sérieusement. Tout me plaît, chez vous, je m'imagine votre corps, ferme et tiède, d'une couleur tendre...

Le monsieur étreignit la main de Victorita.

— Je ne suis pas riche et ne puis que peu vous offrir...

Le monsieur s'étonna que Victorita ne retirât point sa main.

— Mais ce que je vais vous demander n'est pas beaucoup non plus.

Le monsieur toussa un petit peu plus.

— Je voudrais vous voir nue, rien que vous voir.

Victorita étreignit la main du monsieur.

— Il faut que je m'en aille, il se fait tard.

— Vous avez raison. Mais répondez-moi, avant. Je voudrais vous voir nue, je vous promets de ne pas même vous toucher un doigt, de ne pas même frôler un fil de votre linge. Demain j'irai vous chercher. Je sais que vous êtes une fille honnête, que vous n'êtes pas une poule... Tenez, mettez cela dans votre sac, je vous en prie. Quelle que soit votre décision, acceptez donc ceci pour vous acheter un petit rien qui vous tienne lieu de souvenir.

Par-dessous la table, la fille prit un billet que lui donna le monsieur. En le prenant, sa main ne trembla pas.

Victorita se leva et quitta le café. A une des tables voisines, un homme la salua.

— Salut, Victorita, crâneuse, tu dis plus bonjour aux pauvres types depuis que tu fréquentes les marquis?

— Salut, Pepe.

Pepe était un des employés de la typographie « L'Avenir ».

.  .  .  .  .  .  .  .  .  .  .  .  .

Il y a un long moment que Victorita est en train de pleurer. Dans sa tête, les projets se bousculent comme les gens à la sortie du métro. De prendre le voile à faire le trottoir, tout lui semble préférable à continuer de supporter sa mère.


Don Roberto élève la voix.

— Petrita! Apporte-moi mon tabac qui est dans la poche de mon veston!

Sa femme intervient.

— Mais tais-toi donc, voyons! Tu vas réveiller les enfants.

— Penses-tu comme ils vont se réveiller! Ce sont des amours, dès qu'ils s'endorment on peut toujours y aller pour les réveiller!

— Je vais te donner ce qu'il te faut. N'appelle pas Petrita, elle doit être exténuée la pauvre!

— Laisse donc, ces filles-là ne s'en rendent même pas compte! Tu as bien plus de raisons d'être exténuée, toi!

— Et plus d'années sur les épaules!

Don Roberto sourit.

— Allons, Filo, n'exagère pas, elles ne te pèsent pas encore trop lourd!

La bonne entre dans la cuisine avec le tabac.

— Apporte-moi le journal, il est dans le vestibule.

— Oui, Monsieur.

— Dis! Mets-moi un verre d'eau sur la table de nuit.

— Oui, Monsieur.

Filo intervient de nouveau :

— Je te préparerai tout ça, mon ami, laisse-la donc se coucher.

— Se coucher? Si tu lui donnais sa soirée, elle filerait
pour ne rentrer qu'à deux ou trois heures du matin, tu
verrais ça!

— C'est bien vrai, ça aussi!

Mlle Elvira se tourne et se retourne dans son lit, elle est
troublée, inquiète, et ne sort d'un cauchemar que pour
tomber dans un autre. L'alcôve de Mlle Elvira sent le linge
usagé et la femme : les femmes ne sentent pas le parfum,
elles sentent le poisson rance. Mlle Elvira a le souffle hale-
tant et comme entrecoupé, et son rêve violent, tourmenté,
— tête chaude et ventre froid — fait craquer, plaintive-
ment, le vétuste matelas.

Mlle Elvira se réveille subitement et allume la lumière.
Elle a sa chemise trempée de sueur. Elle a froid, se lève
et jette son manteau sur ses pieds. Ses oreilles bourdonnent
un peu, et les bouts de ses seins, comme aux beaux jours,
se montrent rebelles, presque hautains.

Elle se rendort la lumière allumée, Mlle Elvira.


— Ben oui! Et après! Je lui ai donné un acompte de
trois douros, demain c'est l'anniversaire de sa femme.

Le señor Ramón n'arrive pas à se montrer suffisamment
énergique; il a beau faire tous ses efforts, il n'arrive pas à
se montrer suffisamment énergique.

— Comment et après! Tu sais bien ce que je veux dire!
Tu fais l'imbécile? Ça te regarde! Moi je te l'ai toujours
dit, comme ça on en sort pas de la pauvreté. Faire des
économies pour ça, tu me la copieras!

— Mais, bobonne, puisque je les lui retiens ensuite!
Qu'est-ce que ça peut me faire? Encore, si je les lui avais
donnés...

— Oui, oui, tu les lui retiens! Sauf si tu oublies!

— J'ai jamais oublié.

— Oui? Et les fameuses sept pesetas de Mme Josefa?
Où qu'elles sont ces fameuses sept pesetas?

— Elle avait besoin d'un médicament. Et même comme
ça, tu vois bien dans quel état elle est!

— Et nous autres qu'est-ce qu'on y peut si les gens sont
malades? Tu veux me le dire?

Le señor Ramón éteignit son mégot avec le pied.

— Ecoute, Paulina, veux-tu savoir?

— Quoi?

— Pour le fric, c'est moi le maître, tu m'entends? Moi je sais ce que je fais et puis c'est marre!

La señora Paulina bougonna ses derniers arguments à voix basse.

Victorita ne parvient pas à s'endormir; elle est hantée par les propos de sa vache de mère.

— Quand vas-tu laisser tomber ce tubard, petite?

— Jamais je le laisserai tomber, les tubards ça donne plus de plaisir que les ivrognes!

Victorita ne se serait jamais risquée à répondre cela à sa mère. Si seulement le fiancé pouvait guérir... Si seulement il pouvait guérir, le fiancé, Victorita serait capable de faire n'importe quoi, tout ce qu'on lui aurait demandé.

Tout en se retournant dans son lit, Victorita continue de pleurer. La maladie de son fiancé, cela pouvait s'arranger avec quelques douros. C'est connu : les tuberculeux pauvres, ça crève; les tuberculeux riches, s'ils ne guérissent pas tout à fait, au moins ils s'en tirent, ils se défendent. L'argent, c'est pas facile à trouver, Victorita le sait fort bien. Il faut de la chance. Tout le reste on peut l'apporter, mais la chance non; la chance vient s'il lui en prend l'envie, et l'envie ne lui en prend certes presque jamais.

Les trente mille pesetas que lui avait proposées l'autre monsieur étaient à l'eau parce que le fiancé de Victorita était bourré de scrupules.

— Ah non, non! Pour faire ça, je ne marche pas! Ni à trente mille pesetas, ni à trente mille douros!

— Et qu'est-ce que ça peut bien nous faire? — lui disait la fille. Ça laisse pas de traces et personne en sait rien!

— T'oserais, toi?

— Pour toi, mais oui! Tu ne le sais que trop!

Le monsieur aux trente mille pesetas était un usurier dont on avait parlé à Victorita.

— Trois mille pesetas, il te les prêtera bien. T'en auras pour le reste de tes jours à les payer, mais il te les prêtera bien.

Victorita alla le voir; avec trois mille pesetas, ils auraient pu se marier. Le fiancé n'était pas encore malade; il attrapait des rhumes, il toussait, se fatiguait pour un rien, mais il n'était pas encore malade, il n'avait pas encore été obligé de s'aliter.

— De sorte, ma fille, que tu veux trois mille pesetas?

— Oui, Monsieur.

— Et que veux-tu en faire?

— Bien voilà : c'est pour me marier.

— Ah! Amoureuse alors! Hein?

— Ben... oui!

— Et tu l'aimes beaucoup ton fiancé?

— Oui, Monsieur!

— Beaucoup, beaucoup?

— Oui, Monsieur, beaucoup.

— Plus que personne?

— Oui, Monsieur, plus que personne.

L'usurier fit faire deux tours à sa calotte de velours vert : il avait la tête pointue, comme une poire, et les cheveux décolorés, plats et gras.

— Et toi, ma fille, tu es pucelle?

Victorita se mit en colère.

— Et vous, qu'est-ce que ça peut vous foutre?

— Oh rien, fillette, rien! Simple curiosité, vois-tu... Mais en voilà des façons! Dis donc, sais-tu que tu es assez mal élevée?

— Eh! dites! il y a de quoi!

L'usurier sourit.

— Mais non, ma fille, mais non, il n'y a pas de quoi se mettre dans ces états. Après tout, que tu aies ton pucelage ou pas, c'est ton affaire et celle de ton fiancé.

— Je pense bien!

— Alors, c'est bien pour ça!

Les petits yeux de l'usurier brillaient comme ceux d'une chouette.

— Ecoute...

— Quoi?

— Et si au lieu de trois mille pesetas je t'en donnais trente mille, qu'est-ce que tu ferais, toi?

Victorita suffoqua.

— Ce que vous m'ordonneriez!

— Tout ce que je t'ordonnerais?

— Oui, Monsieur, tout!

— Tout?

— Tout, oui, Monsieur!

— Et ton fiancé, qu'est-ce qu'il me ferait?

— Sais pas, si vous voulez je lui demande...

De petites rosaces rouges jaillirent sur les joues pâles de l'usurier.

— Et toi, ma jolie, tu sais ce que je veux?

— Non, Monsieur, mais dites toujours.

L'usurier avait un léger chevrotement dans la voix.

— Dis, sors donc voir tes nénés.

La fille sortit les nénés par l'échancrure de son corsage.

— Sais-tu bien ce que c'est que trente mille pesetas?

— Oui, Monsieur.

— Les as-tu jamais vues réunies?

— Non, Monsieur, jamais.

— Eh bien, moi je vais te les montrer. Il ne tient qu'à toi; à toi et à ton fiancé.

L'usurier tripotait les nénés de la fille. Sa voix s'enroua.

— Ecoute.

— Dites.

Un air abject vola lourdement dans la pièce, rebondissant de meuble en meuble, tel un papillon moribond.

La porte de la maison de doña Maria s'entrouvre, et il en sort une petite jeune fille, presque une enfant, qui traverse la rue.

— Dis donc, dis donc! On dirait qu'elle est sortie de cette maison!

Le gardien de la paix Julio García s'éloigne du *sereno,* Gumersindo Vega.

— Bonne chance!

— Espérons-le!

Le *sereno,* une fois seul, se met à penser au gardien de la paix. Puis il se souvient de Mlle Pirula. Et puis du coup de matraque qu'il a asséné, l'été dernier, dans les reins d'un dégueulasse qui dépassait les bornes. Ça le fait rire, le *sereno.*

— Comment qu'il galopait, le salaud!

Doña María a baissé la persienne.

— Ah! Quelle époque! Faut voir comment sont les gens!

Puis elle s'est tue quelques instants.

— Quelle heure est-il?

— Déjà près de minuit. Allons dormir, tiens, c'est ce qu'on a de mieux à faire.

— On va se coucher?

— Oui, c'est ce qu'on a de mieux à faire.

Filo passe en revue les lits des enfants, leur donnant sa bénédiction. C'est, comment dirions-nous? c'est une précaution qu'elle ne manque jamais de prendre, chaque soir.

Don Roberto rince son dentier et le place dans un verre d'eau. Il recouvre le verre d'un papier hygiénique dont il retourne les bords en un petit ourlet frisé, comme dans les cornets d'amandes. Puis il fume une dernière cigarette. Don Roberto aime bien fumer une cigarette, tous les soirs, une fois au lit et débarrassé de ses fausses dents.

— Ne me brûle pas les draps!

— Mais non...

Le gardien de la paix se rapproche de la fille et la prend par le bras.

— J'ai cru que t'allais pas descendre!

— Vraiment?

— Pourquoi t'as mis si longtemps?

— Ben tu sais! Les gosses qui voulaient pas s'endormir, et puis le señorito : « Petrita, apporte-moi de l'eau! Petrita, apporte-moi mon tabac qu'est dans la poche de mon veston! Petrita, apporte-moi le journal qu'est dans le vestibule! » J'ai cru qu'il allait rester là toute la nuit à me demander des choses!

Petrita et le gardien de la paix disparaissent par une rue de traverse, en direction des terrains vagues des Arènes.

Un petit vent froid grimpe le long des jambes tièdes de la fille.

Javier et Pirula fument une seule cigarette à tous les deux. C'est déjà la troisième de la soirée.

Ils gardent le silence et s'embrassent, de temps en temps, voluptueusement, parcimonieusement.

Renversés sur le divan, leurs visages tout près l'un de l'autre, ils ont les yeux mi-clos et ne pensent à rien ou presque rien. C'est délicieux.

Vient le moment où ils échangent un baiser plus long, plus profond, plus emporté. La respiration de la fille se fait plus haletante, plus plaintive. Javier la prend dans ses bras, comme une enfant, et l'emporte jusqu'à la chambre à coucher.

Le lit est recouvert d'un édredon moiré, sur lequel se reflète un lustre en porcelaine, de couleur mauve, suspendu au plafond. Auprès du lit, ronfle un petit radiateur électrique.

Un souffle chaud grimpe le long des jambes tièdes de la fille.

— C'est dans la table de nuit?

— Oui... Ne parle pas...

Depuis les terrains vagues des Arènes, inconfortable refuge des couples pauvres qui s'en accommodent, — comme les farouches amants si honnêtes de l'Ancien Testament, on entend — clopinants et délabrés, avec leur ferraille qui se dévisse et leurs freins aigres et brutaux — les vieux tramways qui passent, non loin de là, en rentrant au dépôt.

Le terrain de jeu matinal des enfants bruyants et querelleurs qui s'amusent à lancer des pierres toute la sainte journée devient, à partir de l'heure où l'on ferme les portes, un éden assez sale. On n'y danse pas, délicatement, aux accents d'un petit appareil de radio soigneusement dissimulé, presque invisible; on n'y fume pas l'aromatique et délectable cigarette du prélude; on n'y murmure pas, à l'oreille, de faciles plaisanteries d'un effet garanti, absolument garanti. Le terrain des vieux et des vieilles qui, après déjeuner, comme les lézards, viennent se nourrir de soleil, devient, à partir de l'heure où les enfants et les ménages cinquantenaires se couchent et se mettent à rêver, un paradis de la franchise où nulle place n'est réservée à l'évasion, ni au subterfuge, où chacun sait ce qu'il va faire, où l'on s'aime bravement, presque avec dureté, à même le sol tendre sur lequel restent encore tracés les petites raies dessinées par la fillette qui a passé sa matinée à jouer à la marelle, et les ronds, les petits trous parfaits creusés par le gosse qui a dépensé comme un avare ses heures de liberté à jouer aux billes.

— T'as froid, Petrita?

— Non, Julio, je suis bien à côté de toi!

— Tu m'aimes bien?

— Beaucoup, tu peux pas savoir...

Martín Marco erre à travers la ville, il ne veut pas aller
se coucher. Il n'a pas un sou sur lui et aime mieux attendre
que le métro ferme ses grilles, et que se cachent — jaunes
et malades — les derniers tramways de la nuit. Il lui semble
que la ville lui appartient davantage, à lui et à ses semblables qui marchent sans but précis, les mains dans leurs
poches vides — ces poches qui parfois ne sont même pas
chaudes —, la tête vide, les yeux vides, avec, dans le cœur,
sans qu'on puisse l'expliquer, un vide profond et implacable.

Martín Marco monte la rue Torrijos jusqu'à la rue Diego
de León, lentement, presque distraitement, et redescend par
la rue Prince de Vergara, la rue Général Mola, jusqu'à la
place de Salamanca, avec son Marquis de Salamanque au
milieu, vêtu de sa redingote et entouré d'un jardinet vert
entretenu avec tendresse. Martín Marco aime les promenades
solitaires, les longues, les fatigantes randonnées à travers
les rues larges de la ville, ces rues qui, de jour, comme par
miracle, se remplissent — débordantes, comme les tasses
des petits déjeuners honnêtes — des cris des vendeurs, des
refrains naïfs et effrontés des femmes de service, des klaxons
des voitures, des pleurs des petits enfants : ces tendres et
turbulents jeunes loups apprivoisés des grandes villes.

Martín Marco s'assied sur un banc de bois et allume un
mégot qui, avec d'autres mégots, est rangé dans une enveloppe à en-tête du : « Conseil général de la Province de
Madrid — Service des cartes d'identité. »

Les bancs des rues servent de havre à tous les déboires
et à presque toutes les joies : le vieux qui repose son
asthme, le curé qui lit son bréviaire, le mendiant qui
s'épouille, le maçon qui casse la croûte auprès de sa femme,
le tuberculeux qui souffle, le fou aux grands yeux rêveurs,
le musicien ambulant qui tient son cornet à pistons sur ses
genoux, chacun, avec son espérance — grande ou petite —,
laisse sur les planches du banc ce parfum lassé des chairs
qui n'arrivent pas à comprendre tout à fait le mystère de la
circulation du sang. Il y a aussi la jeune fille qui pense aux
suites de la sourde plainte d'un soir, et la dame qui lit un
long roman d'amour, et la femme aveugle qui attend que
passent les heures, et la petite dactylo qui dévore son
sandwich de *butifarra*[1] avec du pain à quatre sous, et la

---

1. Saucisse (*N. d. T.*).

cancéreuse qui supporte sa douleur, et l'idiote à la bouche entrouverte qui bave doucement, et la vendeuse de bricoles qui appuie son plateau sur ses cuisses, et la petite fille qui n'a pas de plus grand plaisir que de voir comment pissent les hommes...

L'enveloppe aux mégots de Martín Marco vient de chez sa sœur : l'enveloppe, d'ailleurs, ne sert plus guère qu'à renfermer des mégots, ou des clous, ou du bicarbonate. Il y a déjà plusieurs mois que l'on a retiré de la circulation les anciennes cartes. A présent on parle de donner de nouvelles cartes d'identité avec photographie, et même avec les empreintes digitales, mais ça, il y en a encore probablement pour un bout de temps. Les choses de l'Etat, ça va pas vite.

Alors, Celestino se tourne vers les troupes et leur dit :

— Du courage, les gars! En avant pour la victoire! Ceux qui ont peur, ils n'ont qu'à rester là! Je ne veux avec moi que de vrais hommes, des hommes capables de se faire tuer pour défendre une idée!

Les troupes sont là, silencieuses, émues, attentives à ses paroles. Dans les yeux des soldats le désir de se battre brille comme une lueur furieuse.

— Nous luttons pour une humanité meilleure! Qu'importe notre sacrifice si nous savons qu'il ne doit pas être stérile, si nous savons que nos enfants cueilleront la récolte de ce que nous semons aujourd'hui!

Sur la tête des troupes vole l'aviation ennemie. Pas un seul ne bronche.

— Et aux tanks de nos ennemis, nous opposerons l'acier trempé de nos cœurs!

Les troupes rompent le silence.

— Bravo!

— Et les faibles, et les pusillanimes, et les malades, il faudra que ça disparaisse!

— Bravo!

— Et les exploiteurs, et les spéculateurs, et les riches!

— Bravo!

— Et ceux qui misent sur la faim de la population ouvrière!

— Bravo!

— Nous répartirons l'or de la Banque d'Espagne!

— Bravo!

— Mais pour atteindre le but tant souhaité de la victoire finale, nous devons sacrifier nos vies sur l'autel de la liberté!

— Bravo!

Celestino était plus loquace que jamais.

— En avant donc, sans défaillances et sans une seule défection!

— En avant!

— Nous luttons pour le pain et pour la liberté!

— Bravo!

— Et c'est tout! Que chacun fasse son devoir! En avant!

Celestino, subitement, éprouva un pressant besoin.

— Un moment!

Les troupes restèrent là, un peu surprises. Celestino se retourna, il avait la bouche sèche. Les troupes commencèrent à s'estomper et à disparaître dans le brouillard...

Celestino Ortiz se leva de sa paillasse, alluma la lumière du bar, avala une gorgée de siphon et alla aux cabinets.


Laurita a déjà bu son pippermint. Pablo a déjà bu un whisky. Le violoniste chevelu en est toujours à gratter, d'un geste dramatique, son violon rempli de czardas sentimentales et de valses viennoises.

Pablo et Laurita sont maintenant seuls.

— Tu ne me quitteras jamais, Pablo?

— Jamais, Laurita.

La fille est heureuse, très heureuse même. Tout là-bas, au fond de son cœur, pourtant, se dessine confusément une légère ombre de doute.

La fille se déshabille, lentement, tout en regardant l'homme avec des yeux tristes de pensionnaire.

— Jamais, c'est bien vrai?

— Jamais, tu verras.

La fille porte une combinaison blanche, brodée de petites fleurs roses.

— Tu m'aimes beaucoup?

— A la folie!

Le couple s'embrasse, debout devant la glace de l'armoire. Les seins de Laurita s'aplatissent un peu contre le veston de l'homme.

— Ça me fait honte, Pablo...

Pablo se met à rire.

— Pauvre petite!

La fille porte un soutien-gorge minuscule.

— Dégrafe-moi là...

Pablo lui embrasse le dos, de haut en bas.

— Aïe!

— Qu'est-ce qui t'arrive?

Lauriía sourit, baissant un peu la tête.

— Que tu es méchant!

L'homme l'embrasse de nouveau sur la bouche.

— Mais, ça ne te plaît pas?

La fille éprouve à l'égard de Pablo une reconnaissance profonde.

— Si, Pablo, beaucoup. Ça me plaît beaucoup, beaucoup...

Martín a froid et songe à aller faire un tour du côté des petits hôtels de la rue Alcántara, de la rue Montesa, de la rue des Nations, qui est une ruelle courte, pleine de mystère, avec des arbres sur ses trottoirs défoncés et des passants pauvres et pensifs qui se distraient en regardant les gens entrer et sortir des maisons de rendez-vous, en essayant de s'imaginer ce qui se passe à l'intérieur, derrière les murs de sombre brique rouge.

Le spectacle, même pour Martín, qui le voit de l'intérieur, ne s'avère pas tellement amusant, mais on tue le temps. Et puis, de maison en maison, on ramasse toujours un peu de chaleur.

Et un peu de tendresse aussi. Il y a des filles bien gentilles, celles à trois douros; elles ne sont pas très jolies, ça c'est vrai, mais elles sont bien braves, et bien aimables, et puis elles ont un enfant chez les augustins ou chez les jésuites, un enfant pour lequel elles font des efforts sans compter afin que ça ne fasse pas un enfant de putain, un enfant qu'elles vont voir, de temps en temps, un dimanche après-midi, avec un petit voile sur la tête et sans maquillage. Les autres, les poules chic, avec leurs prétentions et leur allure de duchesses, elles sont insupportables; elles sont bien foutues, ça oui, mais elles sont méchantes et despotiques, et elles n'ont d'enfant nulle part. Les putains de luxe se font avorter, et si elles échouent, elles étouffent le gosse à sa naissance en lui mettant un oreiller sur la tête et en s'asseyant dessus.

Martín réfléchit et, ce faisant, parfois parle à voix basse.

— Je ne m'explique pas — dit-il — comment il y a encore

des petites bonnes de vingt ans qui gagnent douze douros.

Martín se souvient de Petrita, aux chairs fermes et à la frimousse nette, aux jambes droites et aux seins qui soulèvent sa blouse ou son jersey.

« C'est une fille adorable, elle pourrait faire son chemin et même mettre quelques douros de côté. Enfin, tant qu'elle restera honnête, elle fait bien. Les ennuis commenceront le jour où quelque marchand de poissons ou quelque gardien de la paix la culbutera. C'est alors qu'elle s'apercevra qu'elle a perdu son temps. Mais après tout, ça la regarde. »

Martín débouche de la rue Lista et, comme il arrive à l'angle de la rue Général Pardiñas, on l'arrête, on le fouille et on lui demande ses papiers

Martín avançait en traînant les pieds, en faisant claaac... claaac... sur les pavés du trottoir. C'est une chose qui l'amuse beaucoup...

Don Mario de la Vega est allé se coucher de bonne heure. Il voulait être en forme pour le lendemain, au cas où réussirait la combine que doña Ramona mijotait pour lui.

Le garçon qui allait débuter aux appointements de seize pesetas n'était pas le beau-frère de la petite qui travaillait comme empaqueteuse à la typographie « L'Avenir », dans la rue de la Madera, parce que la tuberculose rongeait son frère Paco.

— Bon, mon garçon, à demain, hein?

— Au revoir, Monsieur. Portez-vous bien. A demain et que Dieu vous protège, je vous suis si reconnaissant!

— De rien, mon vieux, de rien. Le tout c'est que tu saches travailler!

— Je tâcherai, oui, Monsieur!

A l'air de la nuit, Petrita gémit de plaisir, le sang aux joues.

Petrita aime beaucoup le gardien de la paix, c'est son premier amant, l'homme qui s'envoie sa fleur. Là-bas, au village, avant d'en partir, la fille a eu un prétendant, mais la chose n'était pas allée plus loin.

— Aïe, Julio, aïe, aïe! Aïe, tu me fais mal! Petite brute, va!

L'homme mord dans sa gorge rosée, là où l'on sent le battement tiède de la vie.

— Tais-toi donc, bichette! Mais tiens ta langue!

— Aïe, aïe!

— Mais tais-toi donc! Tiens, prends-la toute!

— Aïe, aïe!

— Tais-toi!

— Ah! Je n'en peux plus! Aïe, aïe!

— Ah!

Le gardien de la paix Julio Garcia reste là, sur le dos, le ceinturon de son uniforme débouclé et son pantalon déboutonné, allongé sur le sol, à côté de Petrita qui a les jupes retroussées, les jambes écartées et l'échancrure de sa blouse déchirée.

Les amants restent quelques instants silencieux, sans bouger. Petrita a l'air pensive.

— Julio.

— Quoi.

— Tu m'aimes?

Le *sereno* de la rue Ibiza se réfugie derrière une porte qu'il laisse entrebâillée pour le cas où quelqu'un appellerait. Le *sereno* de la rue Ibiza allume la lumière de l'escalier; puis il souffle, pour les dégourdir, sur ses doigts qui dépassent des mitaines de laine. La lumière de l'escalier s'éteint bientôt. L'homme se frotte les mains et rallume la lumière. Après quoi, il sort sa blague à tabac et roule une cigarette.

Martín parle d'une voix suppliante, apeurée, avec précipitation. Martín tremble comme une feuille.

— Je n'ai pas de papiers sur moi, je les ai laissés chez moi. Je suis écrivain, je m'appelle Martín Marco.

Martín est pris de toux. Puis il se met à rire.

— Hi, hi! Excusez-moi, c'est que je suis un peu enrhumé, c'est ça, un peu enrhumé, hi, hi!

Martín est étonné que le policier ne le reconnaisse pas.

— Je collabore à la presse du Mouvement, vous pouvez demander au Sous-Secrétariat, là-bas, dans la rue de Génova. Mon dernier article a paru il y a quelques jours dans plusieurs journaux de province, dans « Odiel », de Huelva; dans « Proa », de León; dans « Ofensiva », de Cuenca. Il s'intitulait « Raisons de la Permanence spirituelle d'Isabelle la Catholique ».

Le policier tire sur sa cigarette.

— Allez, circulez! Allez vous coucher, il fait froid.

— Merci, merci.

— Pas de quoi. Dites donc?

Martín crut mourir.

— Quoi donc?

— Et que ça ne vous fasse pas perdre l'inspiration!

— Merci, merci, au revoir!

Martín presse le pas et n'ose point tourner la tête. Il a, dans le corps, une peur épouvantable qui ne s'explique pas.


Don Roberto, tout en finissant de lire son journal, caresse, un peu pour la forme, sa femme qui appuie la tête sur son épaule. En cette saison, ils jettent toujours un vieux manteau sur leurs pieds.

— Demain, qu'est-ce que c'est, Roberto, un jour très triste ou un jour très heureux?

— Un jour très heureux, voyons!

Filo sourit. Une de ses dents de devant laisse voir un petit rond profond, noirâtre, de carie.

— Oui, au fond...

La femme, lorsqu'elle sourit franchement, sous l'empire de l'émotion, oublie sa carie et montre ses dents.

— Oui, Roberto, c'est vrai. Quel heureux jour, demain!

— Mais bien sûr, Filo! Et puis rappelle-toi ce que je dis, tant qu'on aura tous la santé!

— Et nous l'avons, Roberto, grâce à Dieu!

— Oui, on ne peut pas se plaindre. Il y en a tant qui sont plus malheureux! Nous autres, tant bien que mal, on s'en tire. Moi je n'en demande pas davantage.

— Moi non plus, Roberto. Vraiment, nous devons rendre grâces à Dieu, tu ne trouves pas?

Filo est toute câline avec son mari. Elle est très reconnaissante; dès qu'on fait attention à elle, la voilà toute joyeuse.

Filo change légèrement de voix.

— Dis, Roberto.

— Quoi?

— Laisse ton journal, allons!

— Si tu veux...

Filo prend don Roberto par le bras.

— Ecoute.

— Quoi?

La femme parle comme une jeune mariée.

— Tu m'aimes bien?

— Mais bien sûr, fifille, naturellement que je t'aime beaucoup! En voilà des idées!

— Beaucoup, beaucoup?

Don Roberto laisse tomber les mots comme pour un sermon; lorsqu'il enfle la voix, pour dire quelque chose de solennel, on dirait un orateur sacré.

— Beaucoup plus que tu n'imagines!

Martín file à fond de train, la poitrine haletante, les temps en feu, la langue collée au palais, la gorge nouée, les jambes flasques, le ventre comme une boîte à musique dont le ressort est cassé, les oreilles bourdonnantes, la vue plus basse que jamais.

Tout en courant, Martín essaie de réfléchir. Les idées se poussent, se battent, se bousculent, tombent et se relèvent dans sa tête qui, maintenant, va comme un train fou: on ne sait comment elle ne se cogne pas aux deux rangées de maisons de la rue.

Martín, au beau milieu du froid, sent dans sa chair une chaleur suffocante, une chaleur qui le laisse à peine respirer, une chaleur humide, presque agréable, une chaleur reliée par mille petits fils invisibles à d'autres chaleurs pleines de tendresse, débordantes de doux souvenirs.

— Maman! Maman! Ce sont les vapeurs d'eucalyptus, les vapeurs d'eucalyptus... donne-moi encore de l'eucalyptus, allons, sois gentille...

Son front lui fait mal et bat sur un rythme implacable, sec, fatal.

— Aïe!

Deux pas.

— Aïe!

Deux pas.

— Aïe!

Deux pas.

Martín porte la main à son front. Il sue comme un bœuf, comme un gladiateur dans le cirque, comme un porc à l'abattoir.

— Aïe!

Deux pas.

Martín commence à penser très vite.

« De quoi ai-je donc peur? Hi, hi! De quoi ai-je donc
peur? De quoi, de quoi? Il avait une dent en or. Hi, hi! De
quoi puis-je bien avoir peur? De quoi, de quoi? Ça m'irait
bien, une dent en or. C'est vachement bien! Hi, hi! Moi je
me mêle de rien! De rien! Qu'est-ce qu'ils peuvent me faire
puisque je me mêle de rien? Hi, hi! Quel type! Ça c'est une
dent en or! Pourquoi ai-je donc peur? Bon sang, quelle
frousse! Hi, hi! Tout d'un coup, vlan! une dent en or!
« Halte, papiers! » Moi j'en ai pas de papiers. Hi, hi! Pas
de dent en or non plus. Hi, hi! Dans ce pays, les écrivains,
on nous connaît pas. Paco, ah là là, si Paco avait une dent
en or! Hi, hi! « Mais oui, collabore, collabore, fais pas l'idiot,
tu verras... » Marrant! Hi, hi! C'est à devenir fou! Ce
monde-là, c'est un monde de fous! De fous à lier! De fous
dangereux! Hi, hi! Il lui faudrait une dent en or, à ma
sœur. Si j'avais de l'argent, demain je lui offrirais une dent
en or, à ma sœur. Hi, hi! Et pas d'Isabelle la Catholique, ni
de Sous-Secrétariat, ni de Permanence spirituelle de personne! C'est clair? Ce que je veux, moi, c'est manger!
Manger! C'est-il que je parle latin? Hi, hi! Ou chinois?
Dites donc, vous, mettez-moi donc une dent en or, là! Tout
le monde comprend ça. Hi, hi! Tout le monde. Manger!
Hein? Manger! Et puis je veux m'en acheter un paquet
entier, et pas fumer les mégots de cet abruti! Hein? Ce
monde-là est une merde! Ici on tire chacun la couverture
à soi! Hein? Tous! Ceux qui crient le plus fort ferment ça
dès qu'on leur donne mille pesetas par mois! Ou une dent
en or! Hi, hi! Et nous autres, les loqueteux crevés, les mal
nourris, faut tenir le coup et tout ça pour être baisés! Très
bien! Mais très bien! Ah! cette envie qui vous prend, de
tout envoyer faire foutre, sacré nom de Dieu! »

Martín crache avec force et s'arrête, le corps adossé au
mur gris d'une maison. Il n'y voit pas clair et il y a des
moments où il ne sait s'il est vivant ou s'il est mort.

Martín est à bout.


La chambre à coucher du ménage González, jadis d'un
éclat agressif, aujourd'hui terne et flétrie, a des meubles
en contre-plaqué : le lit, les deux tables de nuit, une petite
console et l'armoire. On n'a jamais pu fixer la glace de

l'armoire et, à sa place, s'étale le contre-plaqué nu, cru, pâle, accusateur.

Le lustre à globes verts est éteint. Le lustre à globes verts n'a pas d'ampoules, il sert de garniture. La chambre est éclairée par une petite lampe de chevet sans tulipe, posée sur la table de nuit de don Roberto.

A la tête du lit, contre le mur, un chromo de la Vierge du Perpétuel-Secours, cadeau de mariage des collègues de don Roberto au Conseil général, a déjà présidé à cinq heureux accouchements.

Don Roberto abandonne le journal.

Le ménage s'embrasse avec un certain savoir-faire. Au fil des années, don Roberto et Filo ont découvert un monde presque illimité.

— Dis-moi, Filo, tu as regardé le calendrier?

— Qu'est-ce que ça peut nous faire le calendrier, Roberto! Si tu savais comme je t'aime! Tous les jours un peu plus!

— Bon, mais on va faire ça... comme ça?

— Mais oui, Roberto, comme ça...

Filo a les joues légèrement roses, presque rouges.

Don Roberto raisonne en philosophe.

— Bon, après tout, quand il y en a pour cinq, il y en a pour six, tu ne trouves pas?

— Mais bien sûr, mon ami, bien sûr. Que Dieu nous donne la santé, et le reste... que veux-tu! Si on n'est pas plus à l'aise, on est plus à l'étroit, voilà tout!

Don Roberto ôte ses lunettes, les met dans leur étui et les pose sur la table de nuit, à côté du verre d'eau qui contient, tel un mystérieux poisson, son dentier.

— N'enlève pas ta chemise, tu pourrais te refroidir.

— Ça m'est égal, ce que je veux c'est te plaire.

Filo sourit, presque friponne.

— Ce que je veux, c'est plaire beaucoup à mon petit mari...

Filo, toute nue, a encore un certain charme.

— Je te plais encore?

— Beaucoup. Tu me plais tous les jours davantage.

— Dis, Roberto.

— Quoi donc?

La femme se fourre dans le lit et lui parle à l'oreille.

— Mais oui, Filo, ma fifille, prends-la, va, que tu es gentille!

. . . . . . . . . . . .

— Comme ça?

— Oui... comme ça... Rejette tes cheveux en arrière, je veux voir ta figure.

Filo rejette ses cheveux en arrière. De la gorge de don Roberto s'échappe, non dissimulé, un son rauque et souterrain.

Filo s'arrête un instant et relève la tête.

— Qu'est-ce qui te prend?

— Il me semblait qu'un des gosses pleurait.

— Mais non, ma fille, ils dorment, va... continue...

Martín tire son mouchoir de sa poche et se le passe sur les lèvres. Devant une bouche d'arrosage, Martín se baisse et boit. Il croyait qu'il allait boire pendant une heure, mais la soif lui passe bientôt. L'eau était froide, presque glacée, avec un peu de givre sur les bords.

Un *sereno* s'approche de lui, la tête entièrement enveloppée dans une écharpe.

— Alors, comme ça on boit, hein?

— Eh oui, c'est ça... on boit un peu...

— Drôle de nuit, hein?

— Je vous crois, à pas mettre un chien dehors!

Le *sereno* s'éloigne et Martín, à la lueur d'un réverbère, cherche dans son enveloppe un autre mégot en bon état.

« Cet agent était bien gentil, ça c'est vrai, il m'a demandé mes papiers sous un réverbère pour pas que je m'effraie, ça se voit. Et puis il m'a laissé partir tout de suite. Il a sûrement dû voir que j'ai l'air de quelqu'un qui se mêle de rien, que je suis pas partisan de me mêler de ce qui me regarde pas; ces gens-là savent distinguer, ils ont une grande habitude. Il avait une dent en or et portait un manteau magnifique. Oui, ça ne fait pas l'ombre d'un doute, ça devait être un brave garçon, un chic type... »

Martín éprouve comme un tremblement dans tout son corps et remarque que son cœur bat de nouveau plus fort dans sa poitrine.

« Ça, ça me passerait avec trois douros... »

Le boulanger appelle sa femme.

— Paulina!

— Qu'est-ce que tu veux!

— Amène la cuvette!
— Encore?
— Oui! Allons, ferme ça et amène-toi!
— J'y vais, j'y vais! Eh ben, mon vieux, à croire que t'as vingt ans!

La chambre des boulangers est solidement charpentée, en bon noyer massif, vigoureux et honnête comme les maîtres. Aux murs, dans leurs trois cadres dorés semblables, trônent une reproduction en alpaca de la Sainte-Cène, une lithographie représentant une Purissima de Murillo, et un portrait de mariage avec la Paulina en voile blanc, souriante dans son tailleur noir, et le señor Ramón en chapeau mou, la moustache retroussée, avec sa chaîne de montre en or.

Martín descend par la rue Alcántara jusqu'aux chalets, bifurque dans la rue Ayala et appelle le *sereno*.
— Bonsoir, señorito!
— Soir. Non, pas celle-là...

A la lueur d'une ampoule, on lit « Villa Filo ». Martín conserve encore un respect, vague, imprécis et très estompé, pour sa famille. L'histoire de sa sœur... Allons! Ce qui est fait est fait, et un chien mort ça ne mord plus. Sa sœur n'est pas une garce. La tendresse, on ne sait où ça finit. Ni où ça commence, d'ailleurs. Un chien on peut l'aimer plus qu'une mère. Cette histoire de sa sœur... Bah! Après tout, quand un homme s'échauffe, il voit plus rien. Les hommes, en cela, on est comme les bêtes.

Les lettres de l'écriteau sur lequel on lit « Villa Filo » sont noires, grossières, froides, trop droites, et sont dénuées de toute élégance.
— Excusez-moi, je vais faire le tour par la rue Montesa.
— Comme il vous plaira, señorito.

Martín pense :
« Ce *sereno* est un salaud, les *serenos* sont tous de beaux salauds, jamais ils ne sourient ni se mettent en colère sans l'avoir prémédité. S'il savait que je suis sans le rond, il m'aurait chassé à coups de pied, il m'aurait assommé à coups de matraque. »

L'Uruguayenne est une femelle taillée en force, grande, puissante, bestiale, regorgeant de vigueur, avec du poil sur les cuisses.

— Tu veux encore une séance?

— Non, suffit. Demain il faut que je travaille.

Il ne crânait plus, M. Flores, il était souple comme un gant, on aurait dit qu'on lui avait administré une douche.

— Tu cales?

— Oui, je cale, à regret!

L'Uruguayenne s'assit sur le lit, prit son sac et en tira une cigarette.

— Eh, du feu!

Déjà couchée, doña María, la dame de l'entresol, cause avec son mari. Doña María est une femme de quarante ou quarante-deux ans. Son mari paraît en avoir environ six de plus.

— Dis donc, Pepe.

— Quoi?

— Eh bien, tu as l'air bien froid avec moi.

— Mais non, voyons!

— Mais si, il me semble que si.

— Quelles idées tu te fais là!

Don José Sierra ne traite sa femme ni bien, ni mal, il la traite comme si c'était un meuble auquel, parfois, par caprice, on parlerait comme à une personne.

— Dis donc, Pepe.

— Quoi?

— Qui va gagner la guerre?

— Qu'est-ce que ça peut te faire? Allons, laisse tout ça et dors.

Doña María se met à regarder au plafond. Au bout d'un moment, elle parle de nouveau à son mari.

— Dis donc, Pepe.

— Quoi?

— Tu veux que je prenne la serviette?

— Bon, prends ce que tu voudras.

Rue Montesa, il n'y a qu'à pousser la grille du jardin et frapper de l'intérieur avec les doigts contre la porte. La sonnette a perdu son bouton, et il y a quelquefois du courant dans le petit bout de fer qui dépasse. Martín le savait déjà par expérience.

— Soir, doña Jesusa! Comment ça va?

— Bien, et toi mon garçon?

— Ben vous voyez! Dites-moi, Marujita est là?

— Non, mon garçon. Ce soir elle n'est pas venue, ça m'étonne bien! Si ça se trouve elle va venir. Tu veux l'attendre?

— Bon, je vais l'attendre. Pour ce que j'ai à faire!

Doña Jesusa est une femme grosse, aimable, obséquieuse, qui a dû être belle. Elle est teinte en blond, très alerte et entreprenante.

— Tiens, passe donc avec nous dans la cuisine, t'es comme de la famille.

— Oui...

Autour du foyer où chauffent des bassines d'eau, cinq ou six filles roupillent, abruties, la mine indifférente.

— Quel froid il fait!

— T'as raison. Ici on est bien, pas vrai?

— Oui, je vous crois! Ici, on est très bien.

Doña Jesusa s'approche de Martín.

— Tiens, serre-toi donc près du fourneau, t'es glacé! T'as pas de pardessus?

— Non.

— Mon Dieu, mon Dieu!

La charité, ça n'amuse pas Martín. Au fond, Martín est aussi nietzschéen.

— Dites-moi, doña Jesusa, et l'Uruguayenne elle n'est pas là non plus?

— Si, elle est occupée : elle est venue avec un type et ils se sont enfermés pour dormir.

— Allons bon!

— Dis-moi, si c'est pas une indiscrétion, pourquoi tu voulais voir la Marujita, pour passer un moment avec elle?

— Non... je voulais lui faire une commission.

— Allons, fais pas l'idiot! C'est-y que t'es pas en fonds?

Martín Marco sourit, il commençait à se réchauffer.

— Pas en fonds, non, doña Jesusa, c'est le moins qu'on puisse dire.

— T'es rien bête, mon garçon! Au point où on en est tu vas quand même pas te gêner avec moi, moi qui aimais tant ta pauvre mère, que Dieu ait son âme!

Doña Jesusa tapa sur l'épaule d'une des filles qui se chauffaient auprès du feu, un bout de fille maigrelette qui lisait un roman.

— Dis donc, Pura, monte avec ce garçon, t'étais pas un

peu mal fichue? Allez, au lit, et c'est pas la peine que tu redescendes. T'en fais pas, demain je me charge de t'arranger ça.

Pura, la fille qui est un peu mal fichue, regarde du côté de Martín et sourit. Pura est une femme jeune, très mignonne, toute mince, un peu pâle, avec des yeux cernés et une allure de vierge un tantinet vicieuse sur les bords.

— Merci bien, doña Jesusa, toujours si bonne pour moi!

— Tais-toi, cajoleur, tu sais bien qu'on te traite comme un fils!

Trois étages d'escaliers à grimper et une chambre mansardée.

Un lit, une cuvette, une petite glace dans un cadre blanc, un portemanteau et une chaise.

Un homme et une femme.

Quand la tendresse fait défaut, il faut chercher la chaleur. Pura et Martín ont mis sur le lit tous les vêtements, afin d'être mieux couverts. Ils ont éteint la lumière et (« *Non, non. Reste tranquille, bien tranquille* »...) se sont endormis enlacés, comme deux jeunes mariés.

Dehors on entendait, de temps à autre, le « On y va! » des serenos.

A travers la cloison, on percevait le craquement d'un sommier, aussi chaste et stupide que le chant des cigales.

La nuit se referme, vers les une heure et demie deux heures du matin, sur le cœur étrange de la ville

Des milliers d'hommes s'endorment dans les bras de leurs femmes, sans penser à la dure, à la cruelle journée qui, tapie comme un chat sauvage, les attend peut-être dans si peu d'heures!

Des centaines et des centaines de bacheliers s'abîment dans l'intimité sublime et raffinée du vice solitaire.

Et des douzaines de jeunes filles attendent — qu'attendent-elles, mon Dieu, pourquoi les avoir tant leurrées? — l'esprit tout plein de songes dorés.

## CHAPITRE V

Vers huit heures et demie du soir, parfois même avant, Julita est ordinairement rentrée chez elle.

— Bonsoir, Julita, ma fille!

— Soir, maman!

La mère l'examine de haut en bas, avec une fierté béate.

— Où as-tu été?

La petite pose son chapeau sur le piano et fait bouffer ses cheveux devant la glace. Elle parle distraitement, sans regarder sa mère.

— Tu vois, me promener!

La mère a une voix tendre, on dirait qu'elle cherche à plaire.

— Te promener! Te promener! Tu passes la journée dans la rue et après, quand tu rentres, tu ne me racontes rien. Moi qui aime tant être au courant de tes affaires! A ta mère, qui t'aime tant...

La fille se remet du rouge en se regardant dans son poudrier.

— Et papa?

— Je ne sais pas, pourquoi? Il est parti depuis un bon moment et il est encore tôt pour qu'il rentre. Pourquoi me demandes-tu ça?

— Non, pour rien. J'ai pensé subitement à lui parce que je l'ai aperçu dans la rue.

— Et pourtant Madrid est grand!

Julita poursuit :

— Pas du tout, c'est un mouchoir de poche! Je l'ai aperçu dans la rue Santa Engracia. Je descendais d'une maison où j'étais allée me faire photographier.

— Tu ne m'avais rien dit.

— Je voulais te faire la surprise... Lui il se rendait dans la même maison. Je crois qu'il a un ami malade dans cet immeuble.

La fille la regarde dans son petit miroir. Il lui arrive de penser que sa mère a une tête de gourde.

— Il ne m'en a rien dit lui non plus!

Doña Visi avait l'air triste.

— Vous ne me dites jamais rien.

Julita sourit et s'approche de sa mère pour l'embrasser.

— Qu'elle est jolie, ma vieille!

Doña Visi l'embrasse, rejette la tête en arrière, et arque les sourcils.

— Oh! Tu sens le tabac!

Julita fait la moue.

— Eh bien, je n'ai pas fumé, tu sais parfaitement que je ne fume pas, que je trouve ça peu féminin.

La mère se compose un air sévère.

— Alors... Est-ce qu'on t'aurait embrassée?

— Mon Dieu, maman, pour qui me prends-tu?

La femme, la pauvre femme, prend les deux mains de sa fille.

— Pardonne-moi, fifille, c'est vrai! Quelles sottises je dis!

Elle reste pensive quelques instants et parle tout bas, comme à elle-même.

— C'est qu'une mère voit du danger partout pour sa fille aînée...

Julita laisse échapper deux larmes.

— Tu dis de ces choses!

La mère sourit, d'un sourire un peu forcé, et caresse les cheveux de la jeune fille.

— Allons, ne fais pas l'enfant, ne fais pas attention. Je disais ça en plaisantant.

Julita est absente, on dirait qu'elle n'entend pas.

— Maman...

— Quoi donc?

Don Pablo pense que le neveu et la nièce de sa femme sont venus lui casser les pieds, qu'ils lui ont gâché son après-midi. A cette heure-ci, tous les jours, il était déjà au café de doña Rosa, en train de prendre son chocolat.

Le neveu et la nièce de sa femme s'appellent Anita et Fidel. Anita est la fille d'un frère de doña Pura, employé de la Municipalité de Saragosse, qui possède la Médaille de

Sauvetage parce qu'une fois il a repêché dans l'Ebre une dame qui se trouvait être la cousine du Président du Conseil général. Fidel est son mari, un gars qui a une pâtisserie à Huesca. Ils passent quelques jours à Madrid, en voyage de noces.

Fidel est un garçon jeune, qui porte une petite moustache et une cravate vert clair. A Saragosse, six ou sept mois auparavant, il a gagné un concours de tangos, et le soir même on lui présenta la jeune fille qui est maintenant sa femme.

Adolescent, il avait eu des ennuis de santé à la suite d'aventures douteuses. Il avait soigneusement gardé le secret, afin que la clientèle de la pâtisserie n'en conçût point d'appréhension, et il s'était guéri peu à peu en se soignant au permanganate dans les cabinets du casino. Vers cette date-là, quand il voyait les tendres cornets de pâte feuilletée remplis d'onctueuse crème jaune, il éprouvait des nausées qu'il pouvait à peine réprimer.

Le père de Fidel, pâtissier également, était une sorte de brute qui se purgeait avec du sable et invoquait à tout moment la Vierge du Pilar. Il se prenait pour un homme cultivé et inventif et utilisait deux sortes de cartes de visite, les unes qui portaient « Joaquín Bustamante — commerçant », et les autres, en caractères gothiques, où on lisait : « Joaquín Bustamante Valls — Auteur du Projet *Il faut doubler la production agricole en Espagne.* » A sa mort, il avait laissé une énorme quantité de feuilles de papier ministre couvertes de chiffres et de plans; il voulait doubler les récoltes à l'aide d'un système de son invention : un formidable amoncellement de terrasses remplies de terre fertile, qui recevraient l'eau par des puits artésiens et le soleil par un jeu de miroirs.

Le père de Fidel avait changé le nom de la pâtisserie quand il l'avait héritée de son frère aîné, mort en 98 aux Philippines. Avant elle s'appelait « Au bon Sucre », mais le nom lui paraissait peu significatif et il l'intitula « Au Lignage de nos Aïeux ». Il avait passé plus de six mois à chercher un titre et à la fin il en avait noté au moins trois cents, presque tous du même genre.

Pendant la République, et profitant de ce que son père était mort, Fidel avait de nouveau changé le nom de la pâtisserie et l'avait appelée « Le Sorbet d'Or ».

— Les pâtisseries ne doivent pas porter de noms politiques, disait-il.

Fidel, avec une rare intuition, associait l'enseigne « Au Lignage de nos Aïeux » à des tendances philosophiques déterminées.

— Ce qu'il faut, c'est placer les pains au lait et les brioches, et peu importe à qui. Que ce soient des républicains ou des carlistes, ils paient avec les mêmes pesetas!

Les enfants, comme vous le savez, sont venus passer leur lune de miel à Madrid, et ils se sont crus dans l'obligation de faire une longue visite à l'oncle et à la tante. Don Pablo ne sait comment se débarrasser d'eux.

— Alors, comme ça, Madrid vous plaît, hein?

— Dame oui...

Don Pablo laisse passer quelques instants pour dire :

— Bon!

Doña Pura est au supplice. Le couple, cependant, ne semble pas trop s'en apercevoir.

Victorita se rendit rue Fuencarral, à la crémerie de doña Ramona Bragado, l'ancienne maîtresse du monsieur qui avait été deux fois sous-secrétaire d'Etat aux Finances.

— Tiens, Victorita! Quelle joie de te voir!

— Bonsoir, doña Ramona.

Doña Ramona sourit, d'un air doucereux et plein d'obséquiosité.

— Je savais bien, moi, que ma petite n'allait pas manquer au rendez-vous!

Victorita essaya de sourire également.

— Oui, on voit que vous avez l'habitude!

— Qu'est-ce que tu dis?

— Ben, vous voyez, rien.

— Ah, ma fille, quelle défiance!

Victorita ôta son manteau, elle avait l'échancrure de sa blouse dégrafée et dans les yeux un regard étrange, à la fois suppliant, humilié et cruel.

— Je suis bien comme ça?

— Mais ma fille, qu'est-ce qui te prend?

— Rien, absolument rien.

Doña Ramona, regardant ailleurs, utilisa les vieilles ficelles du métier.

— Allons, allons! Pas d'enfantillages! Allez, entre là jouer aux cartes avec mes nièces.

Victorita se campa devant elle.

— Non, doña Ramona! Je n'ai pas le temps. Mon fiancé m'attend. Moi, vous savez, ça me fait suer de tourner autour du pot, comme un bourricot autour de la noria. Ce qui nous intéresse, vous et moi, c'est d'aller droit au but vous comprenez?

— Non, ma fille, je ne te comprends pas.

Victorita avait les cheveux un peu en bataille.

— Eh bien, je vais vous dire ça plus clairement : où est-ce qu'il est le zèbre?

Doña Ramona s'épouvanta.

— Hein?

— Je dis : où est-ce qu'il est le zèbre! Vous me comprenez? Où est-ce qu'il est le type!

— Ah! Ma fille! Quelle gourgandine tu fais, toi!

— Bon, je suis ce que vous voudrez, moi ça m'est égal! Moi il faut que je me tape un homme pour acheter des médicaments à un autre. Alors envoyez le type!

— Mais pourquoi parler comme ça, ma fille?

Victorita éleva la voix.

— Bien parce que j'ai pas envie de parler autrement, mère maquerelle! Vous entendez? Parce que j'en ai pas envie!

Les nièces de doña Ramona, attirées par les cris, entrouvrirent la porte. Derrière elles, don Mario montra sa bouille.

— Qu'est-ce qui se passe, tante?

— Ah! C'est cette sale bête, la malheureuse qui a voulu me frapper!

Victorita était tout à fait sereine. Un peu avant de faire une grosse bêtise, les gens sont tout à fait sereins. Ou bien, également, un peu avant de décider de ne pas la faire.

— Tenez, Madame, je reviendrai un autre jour, quand vous aurez moins de clientes.

La fille ouvrit la porte et sortit. Avant même d'arriver à l'angle de la rue, don Mario la rattrapa. L'homme porta la main à son chapeau.

— Excusez-moi, Mademoiselle. Il me semble — à quoi bon y aller par quatre chemins! — que je suis un peu le responsable de tout cela. Je...

Victorita l'interrompit.

— Tiens, je suis bien contente de vous connaître! Moi me voilà! Est-ce que vous ne me cherchiez pas? Je vous jure que je ne suis pas une putain, que je n'ai jamais couché qu'avec mon fiancé. Il y a trois mois, presque quatre, que je ne sais pas ce que c'est qu'un homme. J'aime beaucoup mon fiancé. Vous, je ne vous aimerai jamais, mais, du moment que vous me payez, je couche. J'en ai marre! Mon fiancé, quelques douros peuvent le sauver. Ça m'est égal de lui faire porter les cornes. Ce qui compte pour moi c'est de le sortir de là. Si vous me le guérissez, moi je marche avec vous jusqu'à ce que vous en ayez assez. J'aime mieux avoir un fiancé cocu que mort!

A mesure que la fille parlait, sa voix s'était mise à trembler. A la fin, elle se mit à pleurer.

— Excusez-moi...

Don Mario, qui était un vilain monsieur entrelardé de sentimentalité, avait un nœud tout petit dans la gorge.

— Calmez-vous, Mademoiselle! Nous allons prendre un café, ça vous fera du bien.

Au café, don Mario dit à Victorita :

— Moi je te donnerais bien de l'argent pour ton fiancé, mais quoi que nous fassions, il ne croira que ce qu'il veut, pas vrai?

— Oui, qu'il croie ce qu'il voudra! Tenez, emmenez-moi...

Julita, absente, semble ne pas entendre, on dirait qu'elle est dans la lune.

— Maman...

— Quoi donc.

— J'ai un aveu à te faire.

— Toi? Ah, fifille, ne me fais pas rire!

— Non, maman, je te dis ça sérieusement, j'ai un aveu à te faire.

Les lèvres de la mère tremblent un tout petit peu, il faudrait bien y regarder pour s'en apercevoir.

— Parle, ma fille, parle.

— Eh bien... Je ne sais pas si je vais oser.

— Mais si, ma fille, mais si, ne sois pas cruelle. Pense, comme on dit, qu'une mère c'est toujours une amie, une confidente pour sa fille.

— Bon, si c'est comme ça...

— Voyons, parle...

— Maman...

— Quoi donc.

Julita eut un élan.

— Sais-tu pourquoi je sens le tabac?

— Pourquoi?

La mère était haletante, il eût suffi d'un cheveu pour l'étouffer.

— Eh bien, parce que j'ai été tout près d'un homme et que cet homme fumait le cigare.

Doña Visi respira. Sa conscience, cependant, exigeait qu'elle demeurât sérieuse jusqu'au bout.

— Toi?

— Oui, moi!

— Mais...

— Non, maman, n'aie crainte. Il est très bon.

La fille prend une attitude rêveuse, on dirait une poétesse.

— Il est très bon, très bon!

— Et correct, ma fille, car c'est le principal?

— Oui, maman, correct, aussi!

Le petit ver endormi, le dernier vestige de désir qui existe encore chez les vieux, bougea un peu dans le cœur de doña Visi.

— Bon, fifille, je ne sais que te dire. Que Dieu te bénisse...

Les paupières de Julita battirent un peu, si légèrement qu'aucun instrument au monde n'eût pu le mesurer.

— Merci, maman...

.    .    .    .    .    .    .    .    .    .    .

Le lendemain, doña Visi était en train de coudre quand on sonna à la porte.

— Tica, va ouvrir!

Escolástica, la vieille bonne sale que tout le monde appelle Tica pour aller plus vite, ouvrit la porte.

— Madame, un envoi recommandé.

— Un envoi recommandé?

— Oui.

— Ah, c'est drôle!

Doña Visi signa sur le petit carnet du facteur.

— Tiens, donne-lui deux sous.

Le pli portait sur l'enveloppe : *Señorita Julia Moisés — calle de Hartzenbusch 57 — Madrid.*

— Qu'est-ce que ça peut être? On dirait du carton....

Doña Visi regarde à contre-jour, on ne voit rien.

— Je suis bien étonnée! Un envoi recommandé pour la petite, quelle chose étrange!

Doña Visi songe que Julita ne peut plus guère tarder, que bientôt elle saura à quoi s'en tenir. Doña Visi continue de coudre.

— Qu'est-ce que ça peut être?

Doña Visi reprend l'enveloppe, de couleur paille et un peu plus grande qu'une enveloppe courante, la regarde encore sous toutes les coutures, la palpe de nouveau.

— Que je suis sotte! Une photo! La photo de la petite! Eh bien, ç'a été vite!

Doña Visi déchire l'enveloppe et un monsieur à moustache tombe sur la boîte à ouvrage.

— Bon Dieu! Quelle tête!

Elle a beau le regarder, elle a beau le tourner et le retourner...

Le monsieur à moustache s'appelait, de son vivant, don Obdulio. Doña Visi l'ignore, doña Visi ignore presque tout ce qui se passe dans le monde.

— Qui peut bien être ce type?

Lorsque arrive Julita, sa mère prend les devants.

— Regarde, Julita, ma fille, tu as reçu une lettre, je l'ai ouverte parce que j'ai vu que c'était une photo, j'ai pensé que ça devait être la tienne. J'ai tellement envie de la voir!

Julita eut un mouvement d'humeur, Julita était parfois un peu autoritaire avec sa mère.

— Où est-elle?

— Tiens, je pense que c'est une blague.

Julita voit la photo et pâlit.

— Oui, une blague de très mauvais goût!

La mère, à chaque instant qui s'écoule, comprend moins ce qui se passe.

— Tu le connais?

— Non, comment le connaîtrais-je?

Julita range la photo de don Obdulio et un bout de papier qui l'accompagnait sur lequel, écrits d'une écriture maladroite de bonniche, on lisait ces mots : « Tu le reconnais, ma chatte? »

.  .  .  .  .  .  .  .  .  .  .  .  .  .  .

Lorsque Julita voit son fiancé, elle lui dit :
— Regarde ce que j'ai reçu par la poste!
— Le mort!
— Oui, le mort!
Ventura reste un moment silencieux, avec une mine de conspirateur.
— Donne-la-moi, je sais ce que je vais en faire.
— Tiens.
Ventura serre un peu le bras de Julita.
— Dis donc, sais-tu ce que je te dis?
— Quoi?
— Eh bien, qu'il va falloir changer de nid, et chercher une autre crèche, tout ça commence à sentir le roussi.
— Oui, je le pense aussi. Hier j'ai rencontré mon père dans l'escalier.
— Il t'a vue?
— Ben naturellement!
— Et qu'est-ce que tu lui as dit?
— Rien, que je venais de me faire photographier.
Ventura est tout pensif.
— Tu as remarqué quelque chose chez toi?
— Non, rien, pour le moment je n'ai rien remarqué.

.  .  .  .  .  .  .  .  .  .  .  .  .  .  .

Un moment avant de voir Julita, Ventura avait rencontré doña Celia dans la rue Luchana.
— Bonjour doña Celia!
— Bonjour, monsieur Aguado! Tenez, à propos, on dirait qu'on vous a placé sur mon chemin. Je suis bien contente de vous avoir rencontré, j'ai quelque chose d'assez important à vous dire.
— A moi?
— Oui, quelque chose qui vous intéresse. Je perds un bon client, mais vous savez, à l'impossible nul n'est tenu. Il faut que je vous le dise, moi je ne veux pas d'histoires : Faites gaffe, vous et votre fiancée, le père de la petite vient à la maison.
— Non?
— Comme je vous le dis.
— Mais...

— Comme je vous le dis. C'est clair?
— Oui, oui, bon... Merci beaucoup!

.     .     .     .     .     .     .     .     .     .     .     .

Les gens ont déjà dîné.

Ventura vient de rédiger brièvement sa lettre, maintenant il fait l'enveloppe : *Sr. D. Roque Moisés, calle de
Hartzenbusch 57, en Ville.*

La lettre, écrite à la machine, contient ces mots :

*Cher Monsieur,*

*Je vous remets ci-joint la photographie qui pourra
déposer contre vous dans la Vallée de Josaphat. Prenez
garde et ne jouez pas, cela pourrait être dangereux. Cent
yeux vous épient et plus d'une main n'hésiterait pas à vous
tordre le cou. Gare à vous, on sait pour qui vous avez
voté en 36.*

La lettre n'était pas signée.

Quand don Roque va la recevoir, il va en avoir le souffle
coupé. Il ne pourra reconnaître don Obdulio, mais la lettre,
à n'en pas douter, lui fera froid dans le dos.

« Ça c'est sûrement un truc des francs-maçons — pen-
sera-t-il; ça en a tous les caractères, la photo ne sert qu'à
brouiller les pistes. Qui peut bien être ce pauvre diable
avec sa tête de mort d'il y a trente ans? »

Doña Asunción, la maman de la Paquita, racontait à
doña Juana Entrena, veuve Sisemón, la voisine de don
Ibrahim et de cette pauvre doña Margot, comment sa petite
avait eu tant de chance.

Doña Juana Entrena, à titre de réciprocité, donnait à
doña Asunción toutes sortes de détails sur la mort tragique
de la maman de M. Suárez, surnommé la Photographe.

Doña Asunción et doña Juana étaient déjà presque de
vieilles amies, elles s'étaient connues lorsqu'on les avait
évacuées à Valence, pendant la guerre civile, toutes les
deux dans la même camionnette.

— Pensez donc, ma chère! Je suis enchantée! Quand
j'ai appris que la dame du fiancé de ma Paquita avait passé
l'arme à gauche, j'ai cru devenir folle de joie. Que Dieu me
pardonne, je n'ai jamais souhaité de mal à personne, mais

cette femme était l'ombre qui planait sur le bonheur de ma fille.

Doña Juana, le regard cloué au sol, reprit son sujet favori : l'assassinat de doña Margot.

— Avec une serviette de toilette! Croyez-vous que ce soit permis? Avec une serviette de toilette! Quel manque de respect pour une pauvre vieille! Le criminel l'a étranglée avec une serviette de toilette comme s'il s'agissait d'un poulet. Il lui a mis une fleur dans la main. Elle est restée les yeux grands ouverts, la pauvre, à ce qu'il paraît on aurait dit une chouette, moi je n'ai pas eu le courage d'aller la voir; moi ces choses-là m'impressionnent beaucoup. Je voudrais bien me tromper, mais moi je flaire que son gars doit être mêlé à tout ça. Le fils de doña Margot — que Dieu ait son âme — était pédéraste, savez-vous? Il avait de très mauvaises fréquentations. Mon pauvre mari le disait toujours : telle vie, telle fin.

Feu le mari de doña Juana, don Gonzalo Sisemón, avait fini ses jours dans une maison de tolérance de troisième ordre, un après-midi où son cœur flancha. Ses amis avaient dû le ramener en taxi, le soir, pour éviter des complications. On avait dit à doña Juana qu'il était mort pendant la procession de Jésus de Medinaceli, et doña Juana le crut. Le cadavre de don Gonzalo n'avait pas de bretelles, mais doña Juana n'avait pas remarqué ce détail.

— Pauvre Gonzalo! — disait-elle — Pauvre Gonzalo! Tout ce qui me réconforte, c'est de penser qu'il est monté tout droit au ciel, qu'à cette heure-ci il doit être bien mieux que nous autres! Pauvre Gonzalo!

Doña Asunción, comme la pluie qui tombe, poursuit l'histoire de sa Paquita.

— A présent, s'il plaisait à Dieu qu'elle tombe enceinte! Ça alors, ça serait de la chance! Son fiancé est un monsieur très bien considéré, ce n'est pas un chat pelé, c'est un grand professeur. Moi j'ai promis d'aller à pied à la Butte des Anges si la petite tombe enceinte. Vous ne croyez pas que j'ai raison? Je pense qu'aucun sacrifice n'est trop grand pour le bonheur d'une fille, vous ne trouvez pas? Quelle joie a dû éprouver ma Paquita en voyant son fiancé enfin libre!

A cinq heures et quart ou cinq heures et demie, don Francisco rentre chez lui pour la consultation. Dans le

salon, il y a toujours quelques malades qui attendent déjà
en silence avec des têtes de circonstance. Don Francisco
est accompagné par son gendre, avec qui il partage la
besogne.

Don Francisco a un cabinet de consultation pour écono-
miquement faibles et il en retire tous les mois de confor-
tables bénéfices. Occupant les quatre pièces qui donnent
sur la rue, le cabinet de don Francisco arbore une plaque
provocante : « Institut Pasteur-Koch — Directeur-Proprié-
taire : Dr Francisco Robles — Tuberculose — Poumons
et Cœur — Rayons X — Maladies de la Peau — Maladies
Vénériennes — Syphilis — Traitement des Hémorroïdes
par Electro-Coagulation — Consultation : 5 ptas. » Les
malades pauvres du quartier de la Glorieta de Quevedo, de
la rue Bravo Murillo, de la rue San Bernardo, de la rue
Fuencarral, ont grande confiance en don Francisco.

— C'est un savant — disent-ils —, un vrai savant, un
médecin qui a le coup d'œil et beaucoup d'expérience.

Don Francisco n'y va pas par quatre chemins.

— Vous n'allez pas guérir uniquement avec la foi, mon
ami — leur dit-il affectueusement, en donnant à sa voix
un ton un peu confidentiel —, la foi sans les œuvres est
une foi morte, une foi qui ne sert à rien. Il faut aussi que
vous y mettiez du vôtre, il faut obéir et faire preuve
d'assiduité, de beaucoup d'assiduité, il ne faut pas se laisser
aller, et cesser de venir ici dès que vous noterez une légère
amélioration... Ce n'est pas parce qu'on se sent bien qu'il
faut se croire guéri, loin de là! Par malheur, les virus qui
provoquent les maladies ont autant de ruses que de trahi-
sons et de perfidies!

Don Francisco est un petit peu tricheur, il a une nom-
breuse famille sur les bras. Quand les malades, pleins de
timidité et d'hésitation, le questionnent sur les sulfamides,
don Francisco les dissuade d'en prendre, presque avec
aigreur. Le cœur serré, don Francisco assiste aux progrès
de la pharmacopée.

« Un jour viendra — pense-t-il — où nous, les médecins, nous serons de trop, où il y aura dans les boutiques
des listes de pilules que les malades se prescriront eux-
mêmes. »

Comme nous disions, quand on lui parle des sulfamides,
don Francisco a coutume de répondre :

— Faites ce que vous voudrez, mais ne revenez pas me consulter. Moi je ne me charge pas de surveiller la santé d'un homme qui s'affaiblit volontairement le sang.

Les paroles de don Francisco produisent ordinairement un gros effet.

— Non, non, ordonnez, docteur, je ne ferai que ce que vous ordonnerez.

Chez elle, dans une pièce du fond, doña Soledad, sa femme, raccommode des chaussettes tout en laissant vagabonder son imagination, une imagination empotée, courte et maternelle comme le vol d'une poule. Doña Soledad n'est pas heureuse, elle a consacré toute sa vie à ses enfants, mais ses enfants n'ont pas su, ou pas voulu, la rendre heureuse. Elle en a eu onze, et les onze sont vivants, à peu près tous éloignés d'elle, certains disparus dans la nature. Les deux aînées, Soledad et Piedad, sont entrées chez les religieuses il y a déjà fort longtemps, lors de la chute de Primo de Rivera; il y a à peine quelques mois, au couvent, on a également attiré María Auxiliadora, l'une des petites. L'aîné des deux seuls garçons, Francisco, le troisième des enfants, a toujours été le chouchou de sa maman; à présent, il est médecin militaire à la caserne de Carabanchel, et certains soirs il vient coucher à la maison. Amparo et Asunción sont les deux seules filles mariées. Amparo, avec l'assistant de son père, don Emilio Rodríguez Ronda; Asunción, avec don Fadrique Méndez, qui est infirmier à Guadalajara; c'est un homme actif et bricoleur qui connaît tous les métiers, sait faire des piqûres à un enfant aussi bien qu'administrer un lavement en règle à une vieille femme, réparer un appareil de radio ou poser une rustine à une vessie en caoutchouc. La pauvre Amparo n'a pas d'enfants, et elle ne pourra plus en avoir, elle est toujours en mauvaise santé, toujours aux prises avec ses malaises et ses infirmités; elle avait commencé par une fausse-couche, suivie de toutes sortes d'ennuis, et finalement il fallut lui enlever les ovaires et lui faire sauter tout ce qui la gênait, et ce n'était pas peu. Asunción, en revanche, est plus forte et a trois enfants qui sont trois amours : Pilarín, Fadrique et Saturnino; l'aînée va déjà au collège, elle a déjà cinq ans sonnés.

Ensuite, dans la famille de don Francisco et de doña Soledad, vient Trini, demoiselle, plutôt laide, qui s'est procuré quelques fonds et a ouvert une mercerie dans la rue Apodaca.

La boutique est toute petite, mais propre et tenue avec goût. Dans une minuscule vitrine on peut voir des pelotes de laine, des articles de confection pour enfants et des bas de soie, et l'on peut lire, en gros caractères, sur une enseigne peinte en bleu pâle : « Trini », et plus bas, en caractères plus petits : « Mercerie ». Un garçon du voisinage, qui est poète et regarde la jeune fille avec une tendresse profonde, cherche en vain à expliquer à sa famille, à l'heure du repas :

— Vous ne vous rendez pas compte, vous autres, mais moi, ces boutiques toutes petites et modestes qui s'appellent « Trini » me remplissent d'une nostalgie!

— Ce garçon est stupide — assure le père —, le jour où je disparaîtrai, je me demande ce qu'il va devenir!

Le poète du voisinage est un petit jeune homme à crinière, pâle, l'esprit toujours ailleurs, et perpétuellement distrait, afin de ne pas laisser échapper l'inspiration — ce papillon aveugle et sourd, mais plein de lumière, ce petit papillon qui vole à l'étourdie, en se cognant parfois contre les murs, parfois plus haut que les étoiles. Le poète du voisinage a des plaques roses sur les joues. Le poète du voisinage, à l'occasion, s'évanouit dans les cafés et il faut le transporter aux cabinets, afin qu'il reprenne un peu ses esprits grâce à l'odeur du désinfectant qui dort dans sa petite cage grillagée, comme un grillon.

Après Trini vient Nati, la camarade de Faculté de Martín, une fille fort bien habillée, peut-être trop bien habillée, et ensuite María Auxiliadora, celle qui est partie chez les bonnes sœurs avec les deux aînées, il y a peu de temps. La série des enfants se termine par trois démons : les trois petits. Socorrito s'est échappée avec un camarade de son frère Paco, Bartolomé Anguera, qui est peintre; ils mènent la vie d'artiste dans un studio de la rue des Caños, où ils doivent peler de froid et où un de ces quatre matins ils vont se réveiller raides comme des sorbets. La fille assure à ses amies qu'elle est heureuse, qu'elle ne songe pas à se plaindre pourvu qu'elle vive auprès de son Bartolo, pourvu qu'elle l'aide à réaliser son œuvre. Son « Œuvre », elle prononce le mot avec une emphase majuscule, une emphase digne du jury d'une Exposition nationale.

— Aux Expositions nationales, ils sont nuls — dit Socorrito —, ils n'y connaissent rien. Mais n'empêche, tôt ou tard, ils seront bien forcés de donner une médaille à mon Bartolo!

A la maison, le départ de Socorrito avait causé une sérieuse contrariété.

— Si au moins elle avait quitté Madrid! — disait son frère Paco, qui avait une conception géographique de l'honneur.

Peu de temps après, l'autre, María Angustias, avait émis le désir de se consacrer au chant et s'était affublée du nom de Carmen de l'Or. Elle avait également songé à se faire appeler Rosario Giralda et Esperanza de Granada, mais un de ses amis, un journaliste, lui avait dit que non, que le pseudonyme le plus approprié était Carmen de l'Or. On en était là quand, sans laisser à sa mère le temps de se remettre du départ de Socorrito, María Angustias jeta son bonnet par-dessus les moulins et s'enfuit avec un banquier de Murcie qui s'appelait don Estanislao Ramírez. La pauvre mère en fut tellement saisie qu'elle ne put même pas pleurer.

Le petit, Juan Ramón, était sorti de la série B et passait tout le jour à se regarder dans la glace et à s'appliquer des crèmes sur la figure.

Vers sept heures, entre deux malades, don Francisco va au téléphone. A peine si l'on entend de quoi il parle.

— Vous serez chez vous tout à l'heure?

— . . . . . . . . . . . . . . .

— Bien, je viendrai donc vers neuf heures.

— . . . . . . . . . . . . . . .

— Non, n'appelez personne!

L'air rêveur, le regard perdu, le sourire du bonheur aux lèvres, la jeune fille semble en transe.

— Il est très bon, maman, très bon, très bon. Il m'a pris la main, m'a regardée droit dans les yeux...

— Rien d'autre?

— Si. Il s'est approché tout près de moi et m'a dit : Julita, mon cœur brûle de passion, je ne peux plus vivre sans toi; si tu me repousses, ma vie n'aura plus d'objet, ce sera comme un corps qui flotte, sans but, à la merci du destin.

Doña Visi sourit, émue.

— Exactement comme ton père, ma fille, comme ton père!

Doña Visi baisse les paupières et tombe dans une méditation béate, accompagnée de la douceur un peu triste des soulagements.

— Evidemment... Le temps passe... Tu me vieillis, Julita!

Doña Visi reste quelques secondes silencieuse. Puis elle porte son mouchoir à ses yeux et essuie deux larmes qui, timides, commençaient à poindre.

— Allons, maman!

— Ce n'est rien, fifille; l'émotion. Dire qu'un jour tu finiras par appartenir à un homme! Demandons à Dieu, ma petite fille, qu'il t'accorde un bon mari, et que tu deviennes l'épouse de l'homme que tu mérites!

— Oui, maman.

— Et fais bien attention, Julita, pour l'amour de Dieu! Ne lui laisse prendre aucune liberté, je t'en supplie. Les hommes sont rusés et ils poursuivent leur but, ne te fie jamais aux belles paroles. N'oublie pas que les hommes s'amusent avec les femmes frivoles, mais qu'à la fin ce sont les femmes honnêtes qu'ils épousent.

— Oui, maman.

— Mais bien sûr, ma fille! Et conserve ce que j'ai conservé pendant vingt-trois ans pour ton père! C'est la seule chose que nous, les femmes honnêtes et sans fortune, nous puissions offrir à nos maris!

Doña Visi pleure à chaudes larmes. Julita cherche à la consoler :

— N'aie crainte, maman!

Au café, doña Rosa continue d'expliquer à Mlle Elvira qu'elle a le ventre relâché, qu'elle a passé la nuit à aller et venir des cabinets à la chambre et de la chambre aux cabinets.

— Moi je crois que quelque chose a dû me faire mal; des fois les aliments sont pas de première fraîcheur; autrement, je m'explique pas!

— Bien sûr, c'est sûrement ça!

Mlle Elvira, qui fait déjà partie des meubles dans le café de doña Rosa, dit habituellement amen à tout. Cultiver l'amitié de doña Rosa est une chose que Mlle Elvira considère comme très importante.

— Et vous aviez des tiraillements d'intestins?

— Oh là là, ma fille! Et quels tiraillements! J'avais le ventre comme une boîte à mitraille! Pour moi j'ai trop dîné. Le proverbe a raison, allez, à grands dîners, tombes pleines.

Mlle Elvira acquiesçait toujours.

— Oui, on dit ça, que ce n'est pas bon de dîner trop, que la digestion ne se fait pas bien.

— Comment ça qu'elle se fait pas bien! Mais elle se fait très mal!

Doña Rosa baissa un peu la voix.

— Vous dormez bien, vous?

Doña Rosa tantôt tutoie Mlle Elvira et tantôt elle la vouvoie, cela dépend.

— Ben, oui... d'ordinaire je dors bien.

Doña Rosa en tira vite sa conclusion.

— Ça doit être que vous dînez légèrement!

Mlle Elvira resta quelque peu perplexe.

— Ben, oui... c'est vrai que je dîne pas beaucoup. Je dîne plutôt légèrement.

Doña Rosa s'appuie sur le dossier d'une chaise.

— Hier soir, par exemple, qu'est-ce que vous avez mangé?

— Hier soir? Eh bien, tenez, peu de chose, des épinards et deux petites tranches de merlan.

Mlle Elvira avait dîné d'une peseta de marrons grillés, vingt marrons grillés, et d'une orange pour dessert.

— Bien sûr, voilà le secret! Moi il me semble que se gonfler, ça doit pas être bon pour la santé!

Mlle Elvira pense exactement le contraire, mais elle le garde pour elle.

Don Pedro Pablo Tauste, le voisin de don Ibrahim de Ostolaza et patron de l'atelier de réparations de chaussures « La Clinique de l'Escarpin », vit entrer dans son échoppe don Ricardo Sorbedo qui, le pauvre, arrivait dans un fichu état.

— Bonjour, don Pedro, vous permettez?

— Entrez donc, don Ricardo, qu'amenez-vous de bon?

Don Ricardo Sorbedo, avec sa longue crinière ébouriffée,

sa petite écharpe décolorée et mise à la diable, son costume râpé, déformé et couvert de taches, sa lavallière à pois fanée et son chapeau vert graisseux à larges bords, est un type étrange, mi-mendiant, mi-artiste, qui mène une pauvre existence de parasite, et vit de la candeur ou de la charité des autres. Don Pedro Pablo éprouve une certaine admiration pour lui et lui donne une peseta de temps en temps. Don Ricardo Sorbedo est un petit bonhomme à l'allure un peu précieuse, aux manières grandiloquentes et respectueuses, au parler juste et pondéré, qui construit fort bien ses phrases, avec une grande recherche.

— Pas grand-chose de bon, cher ami don Pedro, car la bonté se fait rare en ce bas monde, mais plutôt du mauvais, et c'est là ce qui m'amène devant vous.

Don Pedro Pablo connaissait sa façon d'entrer en matière, c'était toujours la même. Don Ricardo procédait comme les artilleurs, en allongeant le tir.

— Vous voulez une peseta?

— Même si je n'en avais point besoin, mon noble ami, je l'accepterais toujours pour répondre à votre geste chevaleresque.

— Eh bien!...

Don Pedro Pablo Tauste prit une peseta dans son tiroir et la remit à don Ricardo Sorbedo.

— C'est peu...

— Oui, don Pedro, c'est peu, en réalité, mais votre offre désintéressée vaut bien un diamant de plusieurs carats.

— Bon, si c'est comme ça!

Don Ricardo Sorbedo et Martín Marco étaient assez liés et, de temps à autre, quand ils se rencontraient, ils s'asseyaient sur le banc d'une promenade et se mettaient à parler art et littérature.

Don Ricardo Sorbedo avait eu une fiancée jusqu'à ces temps derniers, une fiancée qu'il avait quittée parce qu'elle le fatiguait et l'ennuyait. La fiancée de don Ricardo Sorbedo était une petite morue affamée et sentimentale du genre cucu, qui s'appelait Maribel Pérez. Lorsque don Ricardo Sorbedo se plaignait de l'état des choses, la Maribel tâchait de le consoler avec des sentences philosophiques :

— T'en fais pas — lui disait la fiancée —, le maire de Cork a mis plus d'un mois à passer l'arme à gauche.

La Maribel aimait les fleurs, les enfants et les animaux;

c'était une fille qui avait de l'éducation et des manières distinguées.

— Oh! Cet enfant blond! Quel amour! — dit-elle un jour à son fiancé en se promenant sur la place du Progrès.

— Comme les autres — lui répondit don Ricardo Sorbedo. C'est un enfant comme tous les autres. Quand il sera grand, s'il ne meurt pas avant, il sera commerçant, ou employé au ministère de l'Agriculture, ou peut-être même dentiste! Si ça se trouve, il en pincera pour l'art, et ça fera un peintre ou un torero, et il aura même ses complexes sexuels et tout!

La Maribel ne comprenait pas trop ce que lui racontait son fiancé.

— C'est un type très instruit, mon Ricardo — disait-elle à ses amies —, je vous jure! Il sait tout!

— Et vous allez vous marier?

— Oui, quand on pourra. D'abord il dit qu'il veut que j'arrête de faire la vie, parce que ça, le mariage, il faut que ça soit mis sous cloche comme les melons. Moi je crois qu'il a raison!

— Ça se peut, oui. Dis, et qu'est-ce qu'il fait ton fiancé?

— Eh ben, tu sais, pour ce qui est de faire quelque chose, ce qui s'appelle quelque chose, il ne fait rien, mais il trouvera bien quelque chose, pas vrai?

— Oui, il se présente toujours quelque chose!

Le père de la Maribel avait tenu une modeste boutique de corsetier dans la rue de la Colegiata, il y avait déjà pas mal d'années, et il l'avait cédée parce que sa femme, la Eulogia, s'était fourré dans la tête que le mieux c'était d'ouvrir *un bar de camareras* [1] dans la rue de la Douane. Le bar de la Eulogia s'appelait « Le Paradis terrestre » et avait assez bien marché jusqu'au jour où la patronne avait perdu la tête et s'était échappée avec un joueur de guitare qui avait toujours un verre dans le nez.

— Quelle honte! — disait don Braulio, le papa de la Maribel. Mon épouse acoquinée avec ce misérable qui va la faire crever de faim!

Le pauvre don Braulio était mort peu après d'une pneumonie et Paco la Sardine, qui vivait avec la Eulogia dans

1. Bars où le service est assuré par des femmes que les clients invitent à consommer (*N. d. T.*).

le Bas-Carabanchel, était allé tout de noir vêtu et fort affligé
à son enterrement.

— Ce qu'on est peu de chose tout de même, hein? —
disait, à l'enterrement, la Sardine à un frère de don Braulio
qui était venu d'Astorga pour assister à l'inhumation.

— Eh! oui, eh oui!

— Ça c'est la vie, pas vrai?

— Oui, oui, je vous crois, c'est la vie — lui répondait
don Bruno, le frère de don Braulio, dans l'autocar qui les
conduisait au cimetière de l'Est.

— Il était bien brave votre frère! — que Dieu ait son
âme.

— Ah! oui! S'il avait été méchant, il vous aurait cassé
les reins!

— C'est bien vrai ça aussi!

— Mais bien sûr qu'il vous aurait cassé les reins! Seulement voilà : dans cette vie, faut être indulgent.

La Sardine ne répondit rien. Dans son for intérieur, il
trouvait que le don Bruno était un type tout à fait moderne.

— Je vous crois! Ça c'est un type tout ce qu'il y a de
moderne! Qu'on le veuille ou non, ça pour du moderne,
c'est du moderne.

Don Ricardo Sorbedo n'était guère convaincu par les
arguments de sa fiancée.

— Oui, ma fille, mais moi, la faim du maire de Cork, ça
ne me nourrit pas, je te le jure!

— Mais t'en fais donc pas, mon vieux, jette pas le manche
après la cognée, ça n'en vaut pas la peine! Et puis tu sais,
après la pluie vient le beau temps...

Au moment de cette conversation, don Ricardo Sorbedo
et la Maribel étaient assis devant deux blancs, dans une
taverne qui se trouve dans la calle Mayor, près du Gouver-
nement civil, sur l'autre trottoir. La Maribel avait une
peseta et avait dit à don Ricardo :

— On va prendre un blanc quelque part. Moi j'en ai assez
de courir les rues et de me geler!

— Bon, allons où tu voudras.

Le couple attendait un ami de don Ricardo, un poète qui
les invitait quelquefois à prendre un crème et même un
pain au lait. L'ami de don Ricardo était un jeune homme
qui s'appelait Ramón Maello, et sans nager dans l'abon-
dance, il ne tirait pas non plus, comme on dit, le diable par

la queue. Fils de famille, il s'arrangeait toujours pour avoir
quelques pesetas en poche. Il habitait dans la rue Apodaca,
au-dessus de la mercerie de Trini et, bien qu'il ne s'entendît
guère avec son père, il n'avait quand même pas été obligé
de quitter la maison. Ramón Maello était de santé fragile,
et s'en aller de chez lui lui eût coûté la vie.

— Dis, tu crois qu'il va venir?

— Mais oui, voyons, Ramón est un garçon sérieux! Il
est un peu dans la lune, mais ça ne l'empêche pas d'être
sérieux et obligeant, tu verras qu'il viendra!

Don Ricardo Sorbedo but une petite gorgée et resta pensif.

— Dis, Maribel, ça a le goût de quoi, ça?

La Maribel but également.

— J'en sais rien, mon vieux, moi il me semble que ça
a le goût de vin!

Don Ricardo éprouva, l'espace de quelques secondes, un
dégoût terrible pour sa fiancée.

— Cette bonne femme est une vraie dinde! — pensa-
t-il.

La Maribel ne s'aperçut de rien. Elle ne s'apercevait presque jamais de rien, la pauvre.

— Regarde, quel joli chat! Voilà un chat heureux, pas
vrai?

Le chat — un chat noir, lustré, bien nourri et bien reposé
— se promenait, patient et sage comme un abbé, sur le
rebord du lambris, un rebord noble et antique qui avait au
moins quatre doigts de large.

— Moi il me semble que ce vin a le goût de thé! Il a le
même goût que le thé!

Au comptoir, des chauffeurs de taxi buvaient.

— Regarde! Regarde! C'est incroyable qu'il ne tombe
pas!

Dans un coin, un autre couple s'adorait en silence, la
main dans la main, les yeux dans les yeux.

— Je crois que lorsqu'on a le ventre vide, tout a un goût
de thé.

Un aveugle se promena entre les tables en vendant des
billets de loterie.

— Quel joli poil noir! On dirait presque qu'il est bleu!
Ça c'est un chat!

De la rue, quand on ouvrait la porte, filtrait un petit vent
froid mélangé au bruit des tramways, plus froid encore.

— Un goût de thé sans sucre, comme le thé que prennent les gens qui souffrent de l'estomac.

Le téléphone commença à sonner bruyamment.

— C'est un chat équilibriste, un chat qui pourrait travailler dans les cirques!

Le garçon du comptoir s'essuya les mains après son tablier à rayures vertes et noires et décrocha le téléphone.

— Le thé sans sucre, ça a l'air plus indiqué pour prendre des bains de siège que pour être avalé.

Le garçon du comptoir raccrocha le téléphone et cria :

— Don Ricardo Sorbedo!

Don Ricardo lui fit un signe de la main.

— Hein?

— C'est vous don Ricardo Sorbedo?

— Oui, il y a une commission pour moi?

— Oui, de la part de Ramón, qu'il ne pourra pas venir, que sa maman est tombée malade.

A la boulangerie de la rue San Bernardo, dans le bureau minuscule où l'on tient les comptes, le señor Ramón cause avec sa femme, la Paulina, et avec don Roberto González, qui, pour remercier le patron de ses cinq douros, est revenu le lendemain mettre des écritures en ordre.

Le ménage et don Roberto bavardent autour d'un poêle à son qui chauffe assez bien. Sur le poêle, dans une boîte de thon vide, bouillent des feuilles de laurier.

Don Roberto est dans un de ses jours de gaieté, il raconte des blagues aux boulangers.

— Et alors le maigre dit comme ça au gros : « Vous êtes un cochon! » Et le gros se retourne et lui répond : « Dites donc, vous, est-ce que vous croyez par hasard que c'est mon odeur habituelle? »

La femme du señor Ramón est morte de rire, elle en a le hoquet et crie, tout en se mettant les mains sur les yeux :

— Taisez-vous, taisez-vous, pour l'amour de Dieu!

Don Roberto veut parachever son succès.

— Et tout ça, dans un ascenseur!

La femme en pleure, au milieu de grands éclats de rire, et se rejette en arrière sur sa chaise.

— Taisez-vous! Taisez-vous!

Don Roberto rit aussi.

— Le maigre faisait une de ces têtes!

Le señor Ramón, les mains croisées sur son ventre et le mégot éteint aux lèvres, regarde don Roberto et la Paulina.

— Ce don Roberto, il a de ces trucs quand il est en forme! Don Roberto est infatigable.

— Et j'en ai encore une autre toute prête, madame Paulina!

— Taisez-vous, taisez-vous, pour l'amour de Dieu!

— Bon, je vais attendre que vous vous soyez un peu reposée, je ne suis pas pressé.

Mme Paulina, en battant du plat de ses mains ses fortes cuisses, se redit encore l'histoire du gros monsieur qui sentait mauvais.

Il était malade et sans un sou, mais il s'est suicidé parce que ça sentait l'oignon.

— Ça sent l'oignon, ça empeste, c'est fou ce que ça sent l'oignon.

— Tais-toi donc, mon ami, moi je ne sens rien; tu veux que j'ouvre la fenêtre?

— Non, ça m'est égal! L'odeur s'en irait pas, c'est les murs qui sentent l'oignon, et mes mains... elles sentent aussi l'oignon.

La femme était l'image de la patience.

— Tu veux te laver les mains?

— Non, je ne veux pas, j'ai cette odeur d'oignon sur le cœur!

— Allons, calme-toi.

— Peux pas, ça sent l'oignon!

— Allons, tâche de dormir un peu.

— Impossible, je trouve que tout sent l'oignon!

— Tu veux un verre de lait?

— J'en veux pas de verre de lait! Je veux mourir, rien que mourir, je veux mourir bien vite, ça sent de plus en plus l'oignon!

— Dis pas de bêtises!

— Je dis ce qui me plaît! Ça sent l'oignon!

L'homme se mit à pleurer.

— Ça sent l'oignon!

— Bon, mon ami, bon, ça sent l'oignon...

— Bien sûr que ça sent l'oignon! Ça pue!

La femme ouvrit la fenêtre. L'homme, les yeux remplis de larmes, se mit à crier.

— Ferme la fenêtre! Je veux pas qu'elle s'en aille, cette odeur d'oignon!

— Comme tu voudras.

La femme referma la fenêtre.

— Je veux de l'eau dans une tasse; pas dans un verre!

La femme se rendit dans la cuisine pour préparer une tasse d'eau à son mari.

La femme était en train de rincer la tasse quand on entendit un beuglement infernal, comme si les deux poumons d'un homme eussent éclaté tout à coup.

Le choc du corps sur les pavés de la cour, la femme ne l'entendit pas. A la place, elle ressentit une douleur dans les tempes, une douleur froide et aiguë comme la piqûre d'une très longue aiguille.

— Aïe!

Le cri de la femme partit par la fenêtre ouverte; personne ne lui répondit, le lit était vide.

Quelques locataires se penchèrent aux fenêtres donnant sur la cour.

— Que se passe-t-il?

La femme ne pouvait pas parler. Si elle avait pu le faire, elle aurait dit :

— Rien, ça sentait un peu l'oignon.


Seoane, avant d'aller jouer du violon au café de doña Rosa, passe chez un opticien. Il veut savoir les prix des lunettes à verres fumés, sa femme souffre de plus en plus des yeux.

— Tenez, Monsieur, des verres Zeiss monture fantaisie, deux cent cinquante pesetas.

Seoane sourit aimablement.

— Non, non, je les veux meilleur marché.

— Très bien, Monsieur. Peut-être ce modèle-ci vous plaît-il, cent soixante-quinze pesetas.

Seoane n'avait pas cessé de sourire.

— Non, vous ne me comprenez pas bien, je voudrais voir des lunettes à trois ou quatre douros.

L'employé le regarde avec un profond mépris. Il porte une blouse blanche et de ridicules lorgnons, il a une raie au milieu du crâne et remue le derrière en marchant.

— Vous trouverez ça dans une droguerie. Je regrette de ne pouvoir vous servir, Monsieur.

— Bon, au revoir, excusez-moi.

Seoane s'arrête aux devantures des drogueries.

Certains de ces magasins, qui sont un peu plus reluisants et qui font aussi des développements de pellicules, ont effectivement en vitrine des lunettes à verres de couleur.

— Avez-vous des lunettes à trois douros?

L'employée est mignonne, complaisante.

— Oui, Monsieur, mais je ne vous les recommande pas, elles sont très fragiles. Pour un peu plus, nous pouvons vous offrir un modèle qui est assez bien.

La jeune fille fouille dans les tiroirs du comptoir et en sort des plateaux.

— Tenez, vingt-cinq pesetas... vingt-deux... trente... cinquante... dix-huit — celles-ci ne sont pas si bien — ... vingt-sept.

Seoane sait qu'il n'a que trois douros dans sa poche.

— Celles-ci à dix-huit, vous dites qu'elles sont mauvaises?

— Oui, ça ne compense pas l'économie que vous réalisez. Celles à vingt-deux, c'est déjà autre chose.

Seoane sourit à la jeune fille.

— Bien, Mademoiselle, je vous remercie beaucoup, je réfléchirai et je repasserai. Je regrette de vous avoir dérangée.

— Mais pas du tout, caballero, nous sommes là pour ça!

Julita, tout au fond de son cœur, éprouve de légers remords de conscience. Les après-midi chez doña Celia se dressent subitement dans son esprit chargés de toutes les malédictions éternelles.

Ce n'est que l'affaire d'un moment, d'un mauvais moment; elle se ressaisit bientôt. La petite larme qui, pour peu, lui eût roulé le long de la joue, a pu être retenue.

La jeune fille s'enferme dans sa chambre et prend dans le tiroir de la commode un cahier recouvert de toile cirée noire sur lequel elle tient des comptes étranges. Elle s'empare d'un crayon, inscrit quelques chiffres et sourit devant la glace : la bouche en cœur, les yeux mi-clos, les mains derrière la nuque, les boutons de sa blouse dégrafés.

Elle est jolie, Julita, très jolie, tandis qu'elle cligne de l'œil devant la glace...

— Aujourd'hui, Ventura a égalisé.

Julita sourit tandis que sa lèvre inférieure frémit et que son menton même tremblote un peu.

— Joaquín, soixante-douze fois : mai, juin, juillet, août. Première fois, quelle horreur, rien que d'y penser! Le 22 mai, Sainte Rita, patronne des choses impossibles; vraiment, il y a des jours où je croyais impossible d'en sortir.

Julita fait une drôle de mine effarée. Elle se remet bientôt.

— Ventura, soixante-douze fois aussi : septembre, octobre, novembre et décembre jusqu'à aujourd'hui. Vraiment il n'a pas mis longtemps à égaliser.

Julita reprend le crayon.

— Total : cent cinquante-deux fois, ça c'est bien clair...

Julita a un moment d'inquiétude — « Quelle horreur! Quelle grue! » — qui dure aussi peu que la joie chez les pauvres.

Elle écrit à un rythme accéléré, puis elle réfléchit, un doigt entre les dents.

— Quelle horreur! Quelle grue!

La jeune fille caresse son bas de soie légère, elle aime bien ça.

— Moi, je suis sûrement née avant que maman en arrive aux cent cinquante-deux fois...

Elle range son petit cahier et souffle un peu sur la couverture pour en chasser la poussière.

— Vraiment, je vais à une allure, à une allure...

Tout en donnant un tour de clé, une clé garnie d'un petit ruban rose, elle pense :

— Ce Ventura est insatiable!

Pourtant — ainsi vont les choses! — au sortir de sa chambre, elle se sent l'âme inondée d'optimisme.

— Quel chaud lapin, ce sacré catalan!

Martín prend congé de Nati Robles et se dirige vers le café d'où on l'a vidé la veille parce qu'il n'avait pas payé.

« Il me reste un peu plus de huit douros — pense-t-il —, je ne crois pas commettre un vol en m'achetant des cigarettes et en donnant une leçon à cette sale bonne femme du café. Nati, je peux lui offrir deux petites gravures qui me coûteront cinq ou six douros. »

Il prend le 17 et gagne la Glorieta de Bilbao. Devant la

glace d'un salon de coiffure, il se lisse un peu les cheveux et remet en place son nœud de cravate.

— Je crois que ça ne va pas mal du tout...

Martin pénètre dans le café par la porte qu'il avait prise la veille pour en sortir, il tient à avoir le même garçon et, si possible, la même table.

Dans le café, il fait une chaleur dense, poisseuse. Les musiciens jouent « La Cumparsita », un tango qui, pour Martin, évoque de vagues, lointains et doux souvenirs. La patronne, pour n'en pas perdre l'habitude, glapit au milieu de l'indifférence de tout le monde, levant les bras au ciel, et les laissant retomber lourdement, dans un geste étudié, sur son ventre. Martin s'assied à une table contiguë à celle de l'incident. Le garçon s'approche de lui.

— Aujourd'hui elle est enragée, si elle vous voit elle va faire du pétard!

— Au diable! Tenez, voilà un douro et apportez-moi un café. Une peseta vingt d'hier et une peseta vingt d'aujourd'hui, ça fait deux quarante; gardez la monnaie, moi je ne suis pas un crève-la-faim.

Le garçon en resta le souffle coupé. Il avait plus que jamais sa figure d'abruti. Avant qu'il ne s'éloigne, Martin le rappelle.

— Faites venir le *limpia!*

— Bien, Monsieur.

Martin insiste :

— Et le *cerillero!*

— Bien, Monsieur.

Martin a été obligé de faire un terrible effort, la tête lui fait un peu mal, mais il n'ose pas demander un comprimé d'aspirine.

Doña Rosa cause avec Pepe, ɩ‿ garçon, et regarde, stupéfaite, du côté de Martin. Martin fait semblant de ne rien voir.

On le sert, il boit deux ou trois gorgées et se lève en direction des cabinets. Par la suite il fut incapable de se rappeler si c'était là qu'il avait tiré son mouchoir qui se trouvait dans la même poche que son argent.

De retour à sa table, il fit cirer ses souliers et dépensa un douro en cigarettes.

— Ce jus de chaussettes, la patronne n'a qu'à le boire, vous m'entendez? Ça c'est un malt dégueulasse!

Il se leva, triomphant, presque solennel, et sortit avec dignité.

Une fois dans la rue, Martin remarque qu'un tremblement agite tout son corps. Il trouve qu'il a très bien agi, vraiment il vient de se conduire en homme.

Ventura Aguado Sans dit à son ami de pension, don Tesifonte Ovejero, capitaine vétérinaire :

— Détrompez-vous, mon capitaine, à Madrid, c'est pas les occasions qui manquent. Et maintenant, après la guerre, moins que jamais. De nos jours les femmes toutes plus ou moins sont à prendre. Seulement il faut leur consacrer un petit moment de la journée, que diable! On ne pêche pas de truites sans se mouiller les fesses!

— Oui, oui, je me rends bien compte!

— Mais naturellement, mon ami, naturellement! Comment voulez-vous vous amuser si vous n'y mettez pas un peu du vôtre? Les femmes, soyez tranquille, ce n'est pas elles qui viendront vous chercher! Ici ce n'est pas encore comme à l'étranger...

— Oui, ça oui...

— Alors? Faut se débrouiller, mon capitaine, faut avoir de l'audace et s'armer de culot, de beaucoup de culot! Et surtout pas se laisser dépiter pour un échec. Ça rate avec une? Bon, et après? Il en viendra bien une autre derrière!

Don Roque fait parvenir un billet à Lola, la bonne de la veuve doña Matilde : « Trouve-toi rue Santa Engracia à huit heures. Bien à toi. R. »

La sœur de Lola, Josefa López, avait été bonne à tout faire durant pas mal d'années chez doña Soledad Castro de Robles. De temps en temps, elle disait qu'elle allait au village et entrait à la maternité pour quelques jours. Elle avait eu ainsi cinq enfants que lui élevaient charitablement des sœurs de Chamartín de la Rosa : trois de don Roque, les trois aînés, un du fils aîné de don Francisco, et le dernier de don Francisco lui-même qui avait été le plus long à découvrir le filon. Aucune de ces paternités n'était douteuse.

— Moi, je suis ce que je suis — disait la Josefa —, mais celui qui me donne du plaisir, je lui fais pas porter les cornes! Quand j'en ai marre, j'arrête les frais et voilà tout : mais en attendant, comme les pigeons, chacun sa chacune.

La Josefa avait été une belle femme, un peu grande. A

présent elle tient une pension pour étudiants dans la rue Atocha, et elle vit avec ses cinq enfants. Les mauvaises langues du voisinage disent qu'elle est bien avec l'encaisseur du gaz et qu'un jour elle a fait rougir très fort le commis de l'épicier qui a quatorze ans. Ce qu'il peut y avoir de vrai dans tout ça, c'est bien difficile à vérifier.

Sa sœur Lola est plus jeune, mais elle est également grande et mafflue. Don Roque lui paie des bracelets fantaisie et l'invite à manger des gâteaux, et elle est enchantée. Elle est moins honnête que la Josefa et, à ce qu'il paraît, elle marche avec des petits jeunes par-ci par-là. Un jour, doña Matilde l'avait trouvée couchée avec Ventura, mais elle avait préféré ne rien dire.

La fille reçut le billet de don Roque, s'arrangea et s'en alla chez doña Celia.

— Il est pas arrivé?

— Non, pas encore. Entre ici.

Lola entre dans la chambre, se déshabille et s'assied sur le lit. Elle veut faire une surprise à don Roque, la surprise de lui ouvrir la porte à poil.

Doña Celia regarde par le trou de la serrure, elle aime bien voir comment les filles se déshabillent. Quelquefois, quand elle éprouve une forte chaleur au visage, elle appelle son caniche.

— Pierrot! Pierrot! Viens voir ta petite maîtresse!

Ventura entrouvre la porte de la chambre qu'il occupe.

— Madame!

— Je viens.

Ventura met trois douros dans la main de doña Celia.

— Que la demoiselle sorte la première.

Doña Celia dit amen à tout.

— Comme il vous plaira.

Ventura passe quelques instants dans la lingerie et allume une cigarette, tandis que la jeune fille s'éloigne, sort et dégringole les escaliers les yeux au sol.

— Au revoir, ma fille.

— Au revoir.

Doña Celia frappe à la chambre où attend Lola.

— Tu veux passer dans la grande chambre? Elle est libre.

— Bon.

Julita, en arrivant à hauteur de l'entresol, rencontre don Roque.

— Tiens, ma fille! D'où viens-tu?

Julita est décomposée.

— De... chez le photographe... Et toi, où vas-tu?

— Eh bien... je vais voir un ami qui est malade, le pauvre, il est bien mal!

La fille a du mal à croire que son père peut se rendre chez doña Celia; le père, également.

— Mais non, que je suis bête! En voilà des idées! — pense don Roque.

— Le coup de l'ami, ça doit être vrai — pense la petite —, papa doit bien faire ses petites fredaines, mais ce serait vraiment la poisse qu'il vienne ici!

Au moment où Ventura va sortir, doña Celia l'arrête.

— Attendez une minute, on a sonné.

Don Roque arrive, il est un peu pâle.

— Bonjour, Lola est arrivée?

— Oui, elle est dans la chambre de devant.

Don Roque frappe deux coups légers à la porte.

— Qui est là?

— Moi.

— Entre.


Ventura Aguado poursuit sa conversation, sur un ton presque éloquent, avec le capitaine.

— Tenez, en ce moment, moi j'ai une petite aventure qui tourne assez rond avec une fille dont le nom n'ajoute rien à la chose, et dont j'ai pensé la première fois que je l'ai vue : « Là il n'y a rien à faire. » Je l'ai abordée, histoire de ne pas la laisser passer comme ça sans risquer ma chance, je lui ai dit trois bagatelles et lui ai payé deux apéritifs avec des crevettes, et maintenant je l'ai en main comme un petit mouton. Elle fait ce que je veux et elle se garde même d'élever la voix. Je l'ai connue au Barceló, vers le 20 août, et tout juste une semaine après, le jour de mon anniversaire, allez! au pieu! Si j'étais resté là comme un balourd à regarder les autres lui faire du plat et lui mettre la main aux fesses, à cette heure-ci j'en serais où vous en êtes!

— Oui, tout ça c'est très bien, mais moi j'ai l'impression que tout cela n'est qu'une question de chance.

Ventura saute sur son siège.

— Une question de chance? Voilà l'erreur! La chance

n'existe pas, mon ami, la chance c'est comme les femmes, elle se donne à ceux qui la poursuivent et non à celui qui les regarde passer dans la rue sans même leur dire un mot! Tenez, ce qu'il ne faut pas faire, c'est rester ici toute la sainte journée comme vous faites, à contempler avec des yeux ronds cette bonne femme qui a un fils idiot, et à étudier les maladies des vaches! Moi je vous le dis, comme ça on n'aboutit à rien!

Seoane pose son violon sur le piano, il vient de jouer « La Cumparsita ». Il s'adresse à Macario.

— Je vais aux waters.

Seoane s'avance entre les tables. Dans sa tête, les prix des lunettes continuent de tourner.

— Vraiment, ça vaut la peine d'attendre un peu. Celles à vingt-deux sont assez bien, il me semble.

Il pousse du pied la porte sur laquelle on lit « Caballeros » : deux urinoirs adossés au mur et une faible ampoule de quinze bougies protégée par un grillage. Dans sa cage, comme un grillon, une tablette de désinfectant préside la scène.

Seoane est seul, il s'approche du mur, regarde par terre.

— Hein?

La salive se fige dans sa gorge, son cœur bat, un long sifflement résonne dans ses oreilles. Seoane regarde plus fixement vers le sol, la porte est fermée. Seoane se baisse précipitamment. Oui, ce sont cinq douros. Ils sont un peu mouillés, mais ça ne fait rien. Seoane essuie le billet avec son mouchoir.

Le lendemain, il revient à la droguerie.

— Celles à trente, Mademoiselle, donnez-moi celles à trente!

Assis sur le divan, Lola et don Roque sont en train de parler. Don Roque a gardé son pardessus et tient son chapeau sur ses genoux. Lola, nue, a les jambes croisées. Un poêle brûle dans la chambre et il fait bon. Les deux visages se reflètent dans la glace de l'armoire, ils forment réellement un couple étrange : don Roque avec son écharpe et l'air préoccupé, Lola toute nue et de mauvaise humeur.

Don Roque ne dit mot.

— C'est tout.

Lola se gratte le nombril et ensuite sent son doigt.

— Tu veux savoir ce que j'en pense?

— Quoi.

— Ben que ta fille et moi on a rien à se jeter à la figure, on peut se tutoyer!

Don Roque hurle.

— Tais-toi! Je te dis de te taire!

— Ça va, je me tais!

Tous deux fument. La Lola, grosse, nue et soufflant la fumée, ressemble à un phoque de cirque.

— Cette histoire de photo de la petite, c'est comme l'histoire de ton ami malade!

— Tu veux te taire?

— Oh, ça va, hombre, ça va! avec tes grands airs et ta salade! On dirait vraiment que vous n'avez pas les yeux dans les trous!

Nous avons déjà écrit ailleurs ce qui suit :

« Du haut d'un cadre doré, don Obdulio, la moustache retroussée et le regard doux, protège, tel un malveillant et coquin petit dieu de l'amour, le secret qui permet à sa veuve de manger. »

Don Obdulio est à droite de l'armoire, derrière un pot de fleurs. A gauche, est accroché au mur un portrait de la patronne, jeune, entourée de caniches.

— Allons, rhabille-toi, je ne m'en sens pas!

— Bon.

Lola pense :

— La petite va me payer ça, aussi vrai que Dieu existe! Et comment qu'elle va me payer ça!

Don Roque lui demande :

— Tu sors la première?

— Non, sors le premier. Moi, pendant ce temps, je vais m'habiller.

Don Roque s'en va et Lola pousse la targette.

— Là où il est, personne va s'en apercevoir — pense-t-elle.

Elle décroche don Obdulio et le serre dans son sac. Elle se recoiffe un peu devant la glace du lavabo et allume une Triton. Puis elle sonne.

— Tu as sonné?

— Oui, doña Celia, attendez que je vous ouvre.

La patronne la regarde de haut en bas.

— Mais quelle coquine tu fais, Lola, comme ça, à te balader à poil dans la chambre!

— C'est comme ça! Ecoutez donc, doña Celia, vous voulez pas m'envoyer quelqu'un de sérieux? Moi je m'en vais pas comme ça, je vais pas me faire avoir par une petite merdeuse.

Le capitaine Tesifonte semble réagir.

— Bon... On va tenter fortune...

— C'est pas vrai?

— Mais si, mon ami, vous allez voir. Un de ces jours que vous irez bambocher par là, faites-moi signe et nous irons ensemble. Ça marche?

— Ça marche, oui, Monsieur! La prochaine fois que je vais en vadrouille, je vous préviens.

Le fripier s'appelle José Sanz Madrid. Il tient deux décrochez-moi-ça où il achète et revend des effets usagés et des « Objets d'art », et il loue des smokings aux étudiants et des jaquettes aux mariés pauvres.

— Entrez là et essayez, vous avez le choix!

Effectivement, il y a le choix : pendus à des centaines de cintres, des centaines de vêtements attendent le client qui les emmènera prendre l'air.

Les boutiques se trouvent l'une dans la rue des Estudios, et l'autre, la plus importante, au milieu de la rue de la Magdalena.

Après avoir goûté en compagnie de Purita, le señor José l'emmène au cinéma, il aime bien s'offrir quelques hors-d'œuvre avant d'aller faire l'amour. Ils vont au Cinéma Idéal, en face du Calderón, où l'on joue « Son frère et lui », avec Antonio Vico, et « Une intrigue de famille », avec Mercedes Vecino, deux films « aptes pour tous ». Le Cinéma Idéal présente l'avantage d'être permanent et très grand, il y a toujours de la place.

L'ouvreur les éclaire avec sa lampe.

— Par ici?

— Oui, par ici, on est bien ici.

Purita et le señor José s'asseyent au dernier rang. Le señor José passe son bras par-dessus les épaules de la jeune fille.

— Qu'est-ce que tu me racontes?

— Ben tu vois, rien!

Purita regarde l'écran. Le señor José lui prend les **mains**.

— Tu es toute froide.

— Oui, il fait très froid.

Ils restent quelques instants silencieux. Le señor José n'en finit plus de s'installer, il n'arrête pas de remuer dans son fauteuil.

— Dis.

— Quoi?

— A quoi penses-tu?

— Euh!...

— Arrête de ruminer cette histoire du Paquito, moi je vais t'arranger ça, j'ai un ami qui a le bras long à l'Assistance sociale, c'est un cousin du gouverneur civil de je ne sais où...

Le señor José fait descendre sa main jusqu'au cou de la jeune fille.

— Oh! Que tu as la main froide!

— T'en fais pas, je vais la réchauffer.

L'homme met sa main sous l'aisselle de Purita, par-dessous sa blouse.

— Comme tu as chaud sous le bras!

— Oui...

Purita a très chaud sous le bras, comme si elle était malade.

— Et tu crois que le Paquito pourra entrer là?

— Oui je crois, pour peu que mon ami puisse faire quelque chose, il y entrera!

— Et il voudra bien le faire, ton ami?

Le señor José a son autre main sur une jarretelle de Purita. Purita, en hiver, porte des jarretelles, les élastiques ne tiennent pas bien, car elle est un peu maigre. En été, elle ne porte pas de bas; on ne dirait pas, mais ça fait une économie, je vous jure!

— Mon ami fait ce que je lui demande, je lui ai rendu bien des services.

— Tant mieux! Que Dieu t'entende!

— Tu verras bien!

La fille réfléchit, elle a le regard triste, perdu. Le señor José lui écarte un peu les cuisses, les lui pince.

— Avec le Paquito à la garderie, ça sera autre chose!

Le Paquito est le petit frère de la jeune fille. Il y a cinq frères, et elle, six : Ramón, l'aîné, a vingt-deux ans et fait son service en Afrique; Mariana, qui est malade, la pauvre, et ne peut bouger de son lit, en a dix-huit; Julio, qui travaille comme apprenti dans une imprimerie, va en avoir quatorze; Rosita en a onze, et Paquito, le benjamin, neuf. Purita est la cadette, elle a vingt ans, bien qu'elle en paraisse peut-être un peu plus.

Frères et sœurs vivent seuls. Le père, on l'a fusillé, ce sont des choses qui arrivent, et la mère est morte poitrinaire et sous-alimentée en 41.

A l'imprimerie, on donne quatre pesetas à Julio. Le reste, Purita doit le gagner à la force du poignet, en battant le pavé tout le long du jour, et en remettant ça après dîner chez doña Jesusa.

Les enfants vivent dans une mansarde de la rue de la Ternera. Purita habite dans une pension, ainsi elle est plus libre et peut recevoir des messages par téléphone. Purita va les voir tous les matins, vers midi ou une heure. Parfois, quand elle n'est pas retenue, elle déjeune aussi avec eux; à la pension, on lui met son repas de côté pour qu'elle le prenne au dîner, si elle le désire.

Depuis un moment, le señor José a sa main dans le corsage de la jeune fille.

— Tu veux qu'on s'en aille?

— Si tu veux.

Le señor José aide Purita à passer son petit manteau de coton.

— Juste un moment, hein? La bourgeoise a la puce à l'oreille.

— Comme tu voudras.

•    •    •    •    •    •    •    •    •    •    •

— Tiens, pour toi.

Le señor José met cinq douros dans le sac de Purita, un sac teint en bleu qui salit un peu les mains.

— Le bon Dieu te le rendra!

Sur la porte de la chambre, le couple se sépare.

— Dis, comment t'appelles-tu?

— Je m'appelle José Sanz Madrid, et toi, c'est vrai que tu t'appelles Purita?

— Oui, pourquoi t'aurais-je menti? Je m'appelle Pura Bartolomé Alonso.

Ils restent là tous les deux, un moment, à regarder le porte-parapluies.

— Bon, je m'en vais!
— Au revoir, Pepe, tu ne m'embrasses pas?
— Mais si, mon petit!
— Dis, quand tu sauras quelque chose pour le Paquito, tu m'appelleras?
— Oui, t'en fais pas, je te téléphonerai au numéro que tu m'as donné.

Doña Matilde appelle à tue-tête ses pensionnaires.
— Don Tesi! Don Ventura! A table!
Comme elle croise don Tesifonte, elle lui dit :
— J'ai commandé du foie pour demain, on verra la tête que vous ferez!
Le capitaine ne lui jette même pas un regard, ses pensées sont ailleurs.
— Oui, il se peut que ce garçon ait raison. Ce n'est pas en restant ici comme un dadais que l'on peut faire beaucoup de conquêtes, ça c'est bien vrai!

On a volé le sac de doña Monserrat au saint sacrement, quelle horreur! A présent il y a des voleurs jusque dans les églises! Elle n'avait sur elle que trois pesetas et quelques sous, mais le sac était encore en assez bon état.
On avait déjà entonné le « Tantum ergo » — que cet irrévérencieux de José María, le neveu de doña Montserrat, chantait sur l'air de l'hymne allemand — et, sur les bancs, il ne restait que quelques dames traînardes, occupées à leurs dévotions privées.
Doña Montserrat médite sur ce qu'elle vient de lire : « Ce jeudi fait monter à l'âme le parfum des lis et la douce saveur des larmes de la contrition parfaite. Dans l'innocence il fut un ange, dans la pénitence il rivalisa d'austérité avec la Thébaïde... »
Doña Montserrat se retourne légèrement, et son sac n'est plus là.
Tout d'abord elle ne s'en rend pas très bien compte. Dans son imagination, tout n'était que mutations, apparitions et disparitions.

Chez elle, Julita range de nouveau son cahier et, tout comme les pensionnaires de doña Matilde, va également dîner.
Sa mère lui pince affectueusement la joue.

— Tu as pleuré? On dirait que tu as les yeux rouges.

Julita répond en faisant la moue.

— Non, maman, j'ai pensé...

Doña Visi sourit d'un petit air coquin.

— A lui?

— Oui...

Les deux femmes se prennent par le bras.

— Dis, comment s'appelle-t-il?

— Ventura.

— Ah! Petite rusée! Voilà pourquoi tu as appelé le petit Chinois Ventura!

La jeune fille baisse les yeux.

— Oui...

— Alors tu le connais déjà depuis un certain temps?

— Oui, il y a déjà un mois et demi ou deux que nous nous voyons de temps en temps.

La mère le prend presque de haut.

— Et comment ne m'en avais-tu rien dit?

— A quoi bon t'en avoir parlé avant qu'il se déclare?

— C'est vrai aussi! Je suis bête! Tu as raison, ma fille, il ne faut jamais vendre la peau de l'ours avant de l'avoir tué. Il faut toujours être discret.

Un chatouillement parcourt les jambes de Julita, elle éprouve une petite chaleur dans la poitrine.

— Oui, maman, très discret.

Doña Visi se remet à sourire et à poser des questions.

— Dis, et que fait-il?

— Il prépare son Notariat.

— S'il pouvait réussir!

— On verra s'il a de la chance, maman. J'ai promis deux cierges s'il obtient une étude de première classe et un seul s'il n'obtient qu'une étude de deuxième classe.

— Très bien, ma fille! Aide-toi et le ciel t'aidera, je promets la même chose pour ma part. Dis... Et comment s'appelle-t-il de son nom de famille?

— Aguado.

— C'est pas mal, Ventura Aguado.

Doña Visi se met à rire, ravie.

— Oh là là, ma fille, quel beau rêve! Julita Moisés de Aguado, tu te rends compte?

La jeune fille a le regard perdu.

— Oui, oui...

La mère, bien vite, tremblant que tout ne soit qu'un songe qui va se briser tout à coup en mille morceaux, comme une ampoule, s'empresse de jouer les Perrettes.

— Et ton premier enfant, Julita, si c'est un garçon il s'appellera Roque, comme son grand-père, Roque Aguado Moisés. Quel bonheur! Ah! Quand ton père va savoir ça! Quelle joie!

Julita est déjà sur l'autre bord, elle a traversé le courant, elle parle déjà d'elle-même comme d'une autre personne, sensible seulement à la candeur de sa mère.

— Si c'est une fille, je lui donnerai ton nom, maman! Ça fait très bien, aussi, Visitación Aguado Moisés

— Merci, ma fille, merci bien, tu me vois tout émue. Mais demandons que ce soit un garçon; un homme c'est toujours utile.

Les jambes de la jeune fille se remettent à trembler.

— Oui, maman, très utile.

La mère parle, les mains croisées sur le ventre.

— Imagine un peu si Dieu voulait qu'il ait la vocation!

— Qui sait?

Doña Visi élève son regard vers les hauteurs. Le plafond de la pièce a quelques taches d'humidité.

— Le rêve de toute ma vie, un fils prêtre!

A ce moment-là, doña Visi est la femme la plus heureuse de Madrid. Elle prend sa fille par la taille — comme la prend Ventura chez doña Celia — et la berce comme un petit enfant.

— Peut-être mon petit-fils en sera-t-il un, ma jolie, peut-être!

Les deux femmes rient, enlacées, câlines.

— Ah! Comme je désire vivre maintenant!

Julita veut parfaire son œuvre.

— Oui, maman, la vie a bien des charmes!

Julita baisse la voix, et sa voix résonne avec une harmonie voilée.

— Je crois que c'est pour moi une grande chance (les oreilles de la jeune fille sifflent légèrement), que d'avoir connu Ventura!

La mère aime mieux faire preuve de sagesse.

— On verra, ma fille, on verra. Dieu le veuille! Ayons foi! Oui, pourquoi pas? Un petit-fils prêtre qui nous édifierait tous par sa vertu. Un grand orateur sacré! En ce moment nous plaisantons, mais imagine un peu si plus tard on voyait annoncées des Retraites spirituelles dirigées par le Révérend Père Roque Aguado Moisés! Moi je serais alors une petite vieille, ma fille, mais mon cœur en déborderait de fierté dans ma poitrine.

— Moi aussi, maman.

Martín se remet bientôt, il est fier de lui.

— Ça c'est une leçon! Ha, ha!

Martín presse le pas, il court presque, parfois il fait un petit saut.

— Voyons ce qu'il trouve à dire maintenant, ce porc-épic.

Ce porc-épic, c'est doña Rosa.

En arrivant à la Glorieta de San Bernardo, Martín pense au cadeau de Nati.

— Si ça se trouve, Rómulo est encore au magasin.

Rómulo est un marchand de livres d'occasion. Dans son repaire, il y a parfois des gravures intéressantes.

Martín avance vers la tanière de Rómulo en descendant, à droite, après l'Université.

Sur la porte, il y a une petite pancarte où on lit : « Fermé — Pour les commissions, passer par le porche. » On aperçoit de la lumière à l'intérieur, sans doute Rómulo est-il en train de mettre à jour ses fiches ou de préparer quelque commande.

Martín frappe à la petite porte qui donne sur la cour.

— Oh! Rómulo!

— Oh! Martín, heureux de te voir!

Martín sort du tabac, les deux hommes fument, assis autour du brasero que Rómulo a tiré au milieu de la pièce.

— J'étais en train d'écrire à ma sœur, celle de Jaén. En ce moment, j'habite ici, je n'en sors que pour manger; des fois je n'ai pas faim et je ne bouge pas de toute la journée; on m'apporte un café d'en face et voilà tout!

Martín jette un coup d'œil sur quelques livres déposés sur une chaise de jonc tressé dont le dossier est en morceaux, et qui ne sert plus que d'étagère.

— C'est peu.

— Oui, ce n'est pas grand-chose. Ça, par contre « Notes d'une vie », de Romanones, ça présente quelque intérêt, c'est presque introuvable.

— Oui.

Martín pose les livres par terre.

— Dis-moi, je voudrais une gravure qui soit bien.

— Combien veux-tu y mettre?

— Quatre ou cinq douros.

— Pour cinq douros je puis t'en donner une assez jolie; elle n'est pas très grande, ça c'est vrai, mais elle est authentique. Et puis elle a son petit cadre et tout, je l'ai achetée comme ça. Si c'est pour un cadeau, ça te va au poil.

— Oui, c'est pour offrir à une fille.

— A une fille? Eh bien, à moins que ça soit une ursuline, c'est du sur-mesure, tu vas voir! On va fumer notre cigarette tranquillement, rien ne nous presse!

— Comment est-elle?

— Tu vas la voir tout de suite, c'est une Vénus avec des petites figures au-dessous. Il y a des vers en toscan ou en provençal, je ne sais pas.

Rómulo pose sa cigarette sur la table et allume la lumière du couloir. Il revient au bout d'un instant avec un cadre qu'il essuie à l'aide de la manche de sa blouse.

— Regarde.

La gravure est jolie, elle est coloriée.

— Les couleurs sont d'époque.

— Ça en a l'air.

— Oui, oui, tu peux en être sûr.

La gravure représente une Vénus blonde, complètement nue, couronnée de fleurs. Elle est debout, au centre d'une bordure dorée. Sa chevelure descend jusqu'aux genoux. Sur son ventre, elle porte la rose des vents, tout cela très symbolique. Dans la main droite, elle tient une fleur, et dans la gauche, un livre. Le corps de la Vénus se détache sur un ciel bleu, tout constellé d'étoiles. A l'intérieur de la bordure même, vers le bas, il y a deux petits cercles; celui qui est sous le livre renferme le Taureau, et celui qui est sous la fleur la Balance. Le bas de la gravure représente une prairie entourée d'arbres. Deux musiciens jouent, l'un du luth et l'autre de la harpe, tandis que trois couples, deux qui sont assis et l'autre qui se promène, conversent. Dans les angles du haut, deux anges soufflent, les joues gonflées. En bas il y a quatre vers qu'on ne comprend pas.

— Qu'est-ce que ça veut dire, ça?

— La traduction est derrière, c'est Rodríguez Entrena,

le professeur du lycée Cardinal Cisneros, qui me l'a faite. Derrière, écrit au crayon, on lit :

*Vénus, grenade ouverte à la chaleur du jour,*
*Enflamme cœurs gentils que sa chanson entête,*
*Et au milieu des ris, des danses et des fêtes,*
*Avec un doux délire elle induit à l'amour.*

— Ça te plaît?

— Oui, j'aime bien toutes ces choses-là. Le plus grand charme de tous ces vers, c'est leur imprécision, tu ne crois pas?

— Oui, je suis de ton avis.

Martín sort de nouveau son tabac.

— Tu es bien riche en tabac!

— Aujourd'hui. Il y a des jours où je n'en ai pas un brin, où je ramasse les mégots de mon beau-frère, tu le sais bien.

Rómulo ne répond pas, cela lui paraît plus prudent, il sait que la moindre allusion à son beau-frère fait sortir Martín de ses gonds.

— A combien tu me la laisses?

— Eh bien, tiens... à vingt; je t'avais dit vingt-cinq, mais si tu m'en donnes vingt tu l'emportes. Moi elle m'en a coûté quinze, et il y a près d'un an que je l'ai en magasin. Ça te va, vingt pesetas?

— D'accord, rends-moi un douro.

Martín porte la main à sa poche. Il reste un instant interloqué, les sourcils froncés, comme s'il réfléchissait. Il sort son mouchoir et le pose sur ses genoux.

— Je jurerais qu'il était là.

Martín se lève.

— Je ne m'explique pas...

Il fouille dans les poches de son pantalon, en retourne les doublures.

— Eh bien, il m'en arrive une bonne! Il ne manquait plus que ça!

— Qu'est-ce qui t'arrive?

— Rien, j'aime mieux ne pas y penser!

Martín regarde dans les poches de son veston, sort son vieux portefeuille décousu, bourré de cartes d'amis, de coupures de journaux.

— Je la trouve mauvaise!

— Tu as perdu quelque chose?

— Les cinq douros...

Julita éprouve une sensation étrange. Parfois c'est
comme un regret qui la hante, alors que d'autres fois il lui
faut faire un effort pour ne pas sourire.

« L'esprit humain — songe-t-elle — est une machine
qui est loin d'être parfaite. Si on pouvait lire ce qui se passe
dans les esprits, comme dans un livre ouvert! Non, non!
Il vaut mieux que les choses continuent à aller comme ça,
qu'on ne puisse rien lire, et qu'on s'entende les uns les
autres en disant seulement ce qu'on veut bien dire, nom de
Dieu!... même si c'est des mensonges! »

De temps en temps, quand elle est seule, Julita aime bien
dire quelque incongruité.

Ils vont dans la rue en se donnant la main, on dirait un
oncle qui promène sa nièce.

La petite, en passant devant la loge, détourne la tête. Elle
a l'esprit ailleurs et n'a pas vu la première marche.

— Tu vas te casser la figure!

— Non.

Doña Celia leur ouvre.

— Bonjour, don Francisco!

— Bonjour, chère amie! Faites entrer la petite, je voudrais vous parler.

— Très bien! Passe par ici, ma fille, assieds-toi où tu
voudras.

La petite s'assied sur le bord d'un fauteuil vert capitonné.
Elle a treize ans et sa poitrine pointe un peu, comme une
petite rose qui va s'ouvrir. Elle s'appelle Merceditas Olivar
Vallejo, ses amies l'appellent Merche. Sa famille a disparu
au cours de la guerre, les uns sont morts, les autres ont
émigré. Merche vit avec une belle-sœur de sa grand-mère,
une vieille dame couverte de dentelles et maquillée comme
une guenon, qui porte perruque et s'appelle doña Carmen.
Dans le quartier, on a donné à doña Carmen le surnom de
« Poil de Morte ». Les gosses de la rue préfèrent l'appeler
« Sauterelle ».

Doña Carmen a vendu Merceditas pour cent douros, c'est
don Francisco qui la lui a achetée, celui qui a un cabinet
de consultations.

Elle a dit à l'homme :

— La primeur, don Francisco, la primeur! Un bouton de rose!

Et à la petite :

— Et puis tu sais, ma fille, don Francisco, tout ce qu'il veut c'est jouer, et d'ailleurs il fallait bien que ça arrive un jour ou l'autre! Tu comprends?

Ce soir-là, le dîner de la famille Moisés fut gai. Doña Visi est radieuse et Julita sourit, presque rougissante. Tel chante qui ne rit pas.

Don Roque et les autres filles sont gagnés par la contagion de la gaieté sans en connaître encore le motif. A certains moments, don Roque pense à ce que lui a dit Julita dans les escaliers : « Euh... de chez le photographe » et la fourchette tremble un peu dans sa main; tant que le tremblement dure, il n'ose regarder sa fille.

.   .   .   .   .   .   .   .   .   .   .   .

Une fois couchée, doña Visi tarde à s'endormir, elle ne fait que ressasser la même chose dans sa tête.

— Tu sais que la petite a trouvé un fiancé?

— Julita?

— Oui, un garçon qui prépare son Notariat.

Don Roque se retourna dans les draps.

— Bon, c'est pas une raison pour faire sonner le tocsin! Toi tu aimes bien crier les choses sur les toits! On verra bien comment tout ça finira!

— Ah! Mon ami, toujours à me donner des douches froides!

Doña Visi s'endort, débordante de rêves heureux. Au bout de quelques heures, la cloche d'un couvent de sœurs pauvres saluant l'aube vint la réveiller.

Doña Visi se sentait d'humeur à trouver partout d'heureux présages, de joyeux augures, des signes certains de félicité et de béatitude éternelle.

# CHAPITRE VI

Le matin.

Au milieu de son sommeil, Martín entend la vie de la cité qui s'éveille. On est bien, sous les draps, avec une femme vivante à côté, vivante et nue, à écouter les bruits de la ville, et les battements turbulents de son cœur : les charrettes des chiffonniers qui descendent de Fuencarral et de Chamartín, remontent de las Ventas et de las Injurias, et ont traversé après des heures de route glacée le paysage lugubre et désolé du cimetière, au pas lent et triste d'un cheval efflanqué ou d'un âne gris à l'air soucieux. Et les cris des vendeuses qui se lèvent matin, et vont monter leur échafaudage de fruits dans la rue Général Porlier. Et les lointains et incertains premiers coups de klaxon. Et les hurlements des enfants qui vont à l'école, le cartable au dos et dans la poche le pain tendre qui sent bon.

Dans la maison, des allées et venues toutes proches résonnent amoureusement dans la tête de Martín. Doña Jesusa, la tôt-levée qui, après déjeuner, fait la sieste pour compenser, ordonne la tâche des femmes de service, vieilles grues au déclin ou plus souvent douces et aimantes mères de famille qui font des ménages. Doña Jesusa, tous les matins, fait travailler sept femmes de service. Ses deux bonnes dorment jusqu'à l'heure du déjeuner, jusqu'à deux heures de l'après-midi, dans le lit disponible, dans la couche mystérieuse qui s'est vidée la première, peut-être comme une tombe, qui sait, retenant prisonnière entre ses barreaux de fer toute la mer profonde du malheur, gardant dans le crin de son matelas le jappement du jeune marié qui, pour la première fois, sans s'en rendre compte, a trompé sa femme, qui était une fille adorable, avec la première morue venue, farcie de boutons et de plaies comme le dos d'une mule : sa femme qui l'attendait debout, comme tous les soirs, en tricotant des chaussettes au feu presque

éteint du brasero, tout en berçant l'enfant du bout du pied
et en lisant un long, un interminable roman d'amour, pendant qu'elle élabore des plans difficiles et compliqués de
stratégie économique pour arriver, avec un peu de chance,
à pouvoir s'acheter une paire de bas.

Doña Jesusa, qui est l'ordre en personne, répartit le
travail entre ses femmes de service. Chez doña Jesusa, on
lave les draps tous les jours; chaque lit a ses deux jeux
complets que l'on reprise avec le plus grand soin chaque
fois qu'un client y fait un accroc, parfois volontairement
car on trouve de tout dans le monde. En ce moment il est
difficile de trouver du linge de couchage; on trouve bien des
draps et de la toile pour taies d'oreillers au Rastro, mais à
des prix impossibles.

Doña Jesusa a cinq laveuses et deux repasseuses de huit
heures du matin à une heure de l'après-midi. Elles gagnent
chacune trois pesetas, mais le travail ne les tue pas. Les
repasseuses ont les mains plus fines que les laveuses et se
mettent de la brillantine sur les cheveux, elles ne se rési-
gnent pas à la fuite du temps. Elles sont fragiles de santé
et prématurément vieillies. Toutes deux se sont mises,
presque enfants, à faire la vie, et aucune des deux n'a su
mettre de l'argent de côté. A présent l'heure a sonné d'en
payer les conséquences. Elles chantent, comme la cigale,
tout en travaillant, et boivent sans mesure, comme des
maréchaux des logis.

L'une d'elles s'appelle Margarita. C'est la fille d'un
homme qui, de son vivant, était porteur à la gare des
Délices. A quinze ans, elle a eu un fiancé qui s'appelait José,
elle n'en sait pas plus long. C'était un spécialiste du vol
dans les guinguettes de la Bombilla; il l'emmena un dimanche au Mont du Pardo, et puis il la quitta. Margarita avait
commencé à courir à droite et à gauche et avait fini avec
un sac à main dans les bars de la rue Antón Martín. Ce
qui est arrivé ensuite est tout à fait courant, et même
banal.

L'autre s'appelle Dorita. Elle doit sa perte à un séminariste de son village qui la corrompit, au cours des vacances.
Le séminariste, mort maintenant, s'appelait Cojoncio Alba.
Ce prénom, il le devait à une mauvaise plaisanterie de son
père qui était une vraie brute. Il avait parié un dîner avec
des amis qu'il appellerait son fils Cojoncio et il gagna son

pari. Le jour du baptême de l'enfant, son père, don Estanislao Alba, et ses amis avaient pris une cuite terrible. Ils
criaient mort au Roi et vive la République fédérale. La
pauvre mère, doña Conchita Ibánez, qui était une sainte
femme, pleurait et ne faisait que répéter :

— Oh là là! Quel malheur! Quel malheur! Mon mari
ivre un si beau jour!

Plusieurs années après, à l'occasion des anniversaires du
baptême, elle se lamentait encore :

— Oh là là! Quel malheur! Quel malheur! Mon mari
ivre un jour comme ce jour-là!

Le séminariste, qui devait devenir chanoine à la cathé-
drale de León, avait emmené Dorita jusqu'aux berges du
Curueño en lui montrant des petites images aux couleurs
voyantes qui représentaient les miracles de San José de
Calasanz, et là, dans un pré, il arriva tout ce qui devait
arriver. Dorita et le séminariste étaient tous deux de Valde-
teja, dans la province de León. La fille, lorsqu'elle l'accompagnait, avait le pressentiment qu'elle ne suivait pas le
bon chemin, mais elle se laissait entraîner, elle était un
peu niaise.

Dorita eut un enfant, et le séminariste, revenu au
village au cours d'une permission, ne voulut pas même la
voir.

— C'est une mauvaise femme — disait-il —, un suppôt
de l'Ennemi, une femme capable de conduire à sa perte,
avec ses perfides ruses, l'homme le mieux trempé. Hors de
notre vue!

On chassa Dorita de chez elle et elle erra un certain
temps de village en village, avec l'enfant pendu à ses seins.
Le gosse vint à mourir, une nuit, dans des grottes situées
sur les bords de la rivière Burejo, dans la province de
Palencia. La mère n'en dit rien à personne; elle lui attacha
quelques pierres au cou et le jeta dans la rivière pour le
donner à manger aux truites. Puis, quand tout fut définitif,
elle se mit à pleurer et passa cinq jours enfermée dans la
grotte, sans voir personne et sans manger.

Dorita avait seize ans et un air triste et rêveur de chien
sans maître, de bête égarée.

Elle croupit quelque temps — comme un meuble ébréché
— dans les bordels de Valladolid et de Salamanque, jusqu'au jour où, ayant économisé de quoi faire le voyage,

elle s'en vint à la capitale. Ici, elle resta quelque temps dans une maison de la rue de la Madera, en descendant, sur la gauche, qu'on appelait la « Société des Nations » parce qu'il y avait beaucoup d'étrangères : des Françaises, des Polonaises, des Italiennes, une Russe, une Portugaise brune et moustachue, mais surtout des Françaises, beaucoup de Françaises : de fortes alsaciennes aux allures de vachères, d'honnêtes normandes qui s'étaient mises à faire la vie pour économiser de quoi s'offrir leur robe de mariée, de maladives parisiennes — quelques-unes au passé splendide — qui méprisaient profondément le chauffeur, ou le commerçant qui tiraient leurs sept bonnes pesetas de leur poche. Ce fut don Nicolás de Pablos, un richard de Valdepeñas qui se maria avec elle, civilement, et la sortit de la maison.

— Ce que je veux, moi — disait don Nicolás à son neveu Pedrito, un garçon qui faisait des vers très élégants et étudiait la philosophie et les lettres —, c'est une fille chaude et bien en chair qui me fasse jouir, tu comprends, une gonzesse bien foutue où il y ait de quoi s'accrocher. Tout le reste, c'est contes en l'air et jeux floraux!

Dorita donna trois enfants à son mari, mais les trois naquirent mort-nés. Elle accouchait à l'envers, la pauvre; elle faisait ses enfants par les pieds et, évidemment, en sortant ils s'étouffaient.

Don Nicolás quitta l'Espagne en 39, car on disait qu'il était peut-être franc-maçon, et l'on ne sut plus jamais rien de lui. Dorita, qui n'osait pas aller vivre auprès de la famille de son mari, lorsqu'elle eut épuisé les derniers sous qu'il y avait à la maison, se mit de nouveau à courir, mais elle obtint peu de succès. Elle avait beau y mettre de la bonne volonté et tâcher d'être gentille, elle n'arrivait pas à se faire une clientèle fixe. Ceci se passait au début de 40. Ce n'était plus une gamine et il y avait, en outre, beaucoup de concurrence, beaucoup de filles jeunes et fort bien. Et beaucoup de demoiselles qui faisaient ça à l'œil, pour s'amuser, enlevant à d'autres leur gagne-pain.

Dorita roula à travers Madrid jusqu'au jour où elle fit la connaissance de doña Jesusa.

— Je cherche une repasseuse de confiance, viens donc chez moi. Il n'y a qu'à sécher les draps et à leur donner un coup de fer. Je te donnerai trois pesetas, mais ça c'est tous les jours. Et puis tu as tes après-midi libres. Et tes nuits aussi.

Dorita, l'après-midi, accompagnait une dame estropiée, et allait faire avec elle un tour du côté de Recoletos, ou écouter un peu de musique au María Cristina. La dame lui donnait deux pesetas et lui payait un crème; elle, elle prenait du chocolat. La dame s'appelait doña Salvadora et avait été accoucheuse. Elle n'était pas commode et n'arrêtait pas de se plaindre et de grogner. Elle lâchait des jurons à tout bout de champ et disait qu'il fallait brûler le monde, que le monde ne servait à rien de bon. Dorita la supportait et disait amen à tout, il lui fallait défendre ses deux pesetas et son petit café de l'après-midi.

Les deux repasseuses, chacune à sa table, chantent tout en travaillant et en frappant du fer sur les draps rapiécés. Parfois elles parlent.

— Hier j'ai vendu mes rations. Moi j'en veux pas. Le quart de sucre, je l'ai donné pour quatre cinquante. Le quart d'huile pour trois pesetas. Les deux cents grammes de haricots pour deux; ils étaient pleins de charançons. Le café, je me le garde.

— Moi j'ai tout donné à ma fille, moi je donne tout à ma fille. Elle m'emmène manger une ou deux fois la semaine.

Martín, de sa mansarde, les entend parler. Il ne distingue pas ce qu'elles disent. Il entend leurs voix qui chantent faux, leurs coups sur la table. Il est réveillé depuis un bon moment, mais il n'ouvre pas les yeux. Il préfère sentir Pura qui l'embrasse avec précaution, de temps en temps, et il feint de dormir pour n'avoir pas à bouger. Il sent sur son visage les cheveux de la fille, il sent son corps nu sous les draps, il sent son souffle qui, parfois, ronfle un tout petit peu, d'une façon à peine perceptible.

Il passe ainsi un bon moment de plus : c'est là sa première nuit de bonheur depuis bien des mois. A présent il se sent tout neuf, comme s'il avait dix ans de moins, comme s'il était un jeune homme. Il sourit et ouvre un œil, petit à petit.

Pura, les coudes sur le traversin, le regarde fixement. Elle sourit aussi en le voyant se réveiller.

— Tu as bien dormi?

— Oui, très bien, Purita, et toi?

— Moi aussi. Avec des hommes comme toi, ça fait plaisir. Vous n'êtes pas gênants du tout.

— Tais-toi. Parle d'autre chose!

— Si tu veux.

Ils restèrent quelques instants silencieux. Pura l'embrassa de nouveau.

— T'es romantique!

Martín sourit avec une nuance de tristesse.

— Non... tout au plus sentimental.

Martín lui caresse le visage.

— Tu es pâle, on dirait une jeune mariée...

— Sois pas bête!

— Si... une jeune mariée...

Pura devint sérieuse.

— Ben j'en suis pas une!

Martín lui embrasse délicatement les yeux, tout comme le ferait un poète de seize ans.

— Pour moi, si, Pura! Et comment!

La fille, pleine de reconnaissance, sourit avec une mélancolie résignée.

— Si tu le dis... Ça serait pas si mal!

Martín s'assit dans le lit.

— Tu connais un sonnet de Juan Ramón qui commence comme ça : « O toi, tendre reflet de la consolation. »

— Non. Qui c'est Juan Ramón?

— Un poète.

— Il faisait des vers?

Bien sûr.

Martín regarde Pura, presque avec rage juste un instant.

— Tu vas voir...

*O toi, tendre reflet de la consolation,*
*Aurore sur les mers de ma désespérance,*
*Lis de paix aux senteurs de purification,*
*De mon chagrin si lourd divine récompense!*

— Que c'est triste! Que c'est joli!

— Ça te plaît?

— Je te crois que ça me plaît!

— Une autre fois je te dirai la suite.

Le señor Ramón, torse nu, barbote dans une profonde bassine d'eau froide.

Le señor Ramón est un homme costaud et robuste, qui a un solide coup de fourchette, n'attrape pas de rhumes, boit son petit verre, joue aux dominos, pince les fesses des femmes de service, se lève à l'aube, et a travaillé toute sa vie.

Le señor Ramón n'est plus un gamin. A présent, comme il est riche, il ne se risque plus au four embaumé et malsain où cuit le pain; depuis la guerre, il ne bouge pas de son bureau, dont il s'occupe avec soin, cherchant à faire plaisir à toutes les clientes grâce à un roulement pittoresque et exact qu'il a établi suivant l'âge, l'état, la condition, le physique même.

Le señor Ramón a la toison de la poitrine blanche comme la neige.

— Debout, petite! Qu'est-ce que c'est que ces manières d'être encore au lit à cette heure-ci, comme une demoiselle!

La fille se lève, sans souffler mot, et se lave un peu dans la cuisine.

La fille, le matin, a une petite toux légère, presque imperceptible. Il lui arrive d'attraper froid, et alors la toux se fait un peu plus rauque, comme plus sèche.

— Quand vas-tu laisser tomber ce tuberculeux minable? — lui dit quelquefois sa mère le matin.

La fille est douce comme une fleur et serait capable de se laisser éventrer sans pousser un seul cri, mais il lui prend alors des envies de tuer sa mère.

— Si tu pouvais crever, sale vipère! — dit-elle tout bas.

Victorita, avec son petit manteau de coton, file au pas de course à la typographie « L'Avenir », dans la rue de la Madera, où elle travaille à faire des paquets, debout toute la sainte journée.

Il y a des jours où Victorita a plus froid que d'habitude et où elle a envie de pleurer, une immense envie de pleurer.

Doña Rosa se lève assez tôt, elle va tous les jours à la messe de sept heures.

Doña Rosa, en cette saison, dort avec une bonne grosse chemise, une chemise en flanelle de son invention.

Doña Rosa, au retour de l'église, s'achète des *churros* [1], pénètre dans son café par la porte de la cour — ce café qui a l'air d'un cimetière désert, avec ses chaises pattes en l'air sur les tables, et la cafetière et le piano sous leurs housses —, se sert une rasade d'*ojén* et prend son petit déjeuner.

Doña Rosa, tout en déjeunant, pense à l'incertitude des temps, à la guerre que — Dieu nous en préserve! — sont en train de perdre les Allemands; aux garçons, au gérant, aux musiciens, même au garçon de courses, qui ont tous les jours plus d'exigences, plus de prétentions, plus de caprices.

Doña Rosa, entre deux gorgées d'*ojén*, parle toute seule, à voix basse, sans trop réfléchir, un peu au hasard, à la va comme je te pousse.

— Mais celle qui commande ici, c'est moi, que ça vous plaise ou pas! Si je veux, je m'envoie un autre verre et j'ai de comptes à rendre à personne! Et si ça me chante, je fiche la bouteille dans les vitres! Je le fais pas parce que je veux pas! Et si je veux, je baisse le rideau pour toujours et ici on sert plus un café même au bon Dieu! Tout ça c'est à moi, j'ai eu assez de mal à le monter!

Doña Rosa, le matin, de bonne heure, sent que son café lui appartient plus que jamais.

— Le café c'est comme le chat, mais en plus gros. Comme le chat est à moi, si ça me chante je lui donne du boudin, ou alors je l'assomme à coups de trique!

Don Roberto González est obligé de calculer que, de chez lui au Conseil général, il y a plus d'une demi-heure à pied. Don Roberto González, à moins qu'il ne soit très fatigué, va toujours à pied partout. En faisant une petite promenade, on s'étire les jambes et on économise, au moins, une peseta vingt par jour, trente-six pesetas par mois, presque quatre-vingt-dix douros au bout de l'année.

Don Roberto González déjeune avec une tasse de malt au lait bien chaud et un demi-morceau de pain. L'autre moitié, il l'emporte, avec un peu de fromage de la Manche, pour casser la croûte au milieu de la matinée.

Don Roberto ne se plaint pas, il y en a qui sont plus

1. Beignets.

malheureux que lui. Après tout, il a la santé, ce qui est le principal.

L'enfant qui chante le flamenco dort sous un pont, sur la route du cimetière. L'enfant qui chante le flamenco vit dans une sorte de milieu qui ressemble à une famille gitane, une famille dont chacun des membres se débrouille du mieux qu'il peut, avec une liberté et une autonomie absolues.

L'enfant qui chante le flamenco se mouille quand il pleut, se gèle s'il fait froid, se grille au mois d'août, mal abrité à l'ombre maigre du pont : c'est la vieille loi du Dieu du Sinaï.

L'enfant qui chante le flamenco a un pied un peu foulé; il a roulé dans un terrain vague, cela lui a fait très mal, il a boité pendant quelque temps.

Purita caressa le front de Martín.
— J'ai un peu plus d'un douro dans mon sac, tu veux que j'envoie chercher quelque chose pour le petit déjeuner?
Martín, en trouvant le bonheur, avait perdu la honte. C'est une chose qui arrive à tout le monde.
— Bon.
— Qu'est-ce que tu veux, un café et des *churros?*
Martín se mit à rire un petit peu, il était très énervé.
— Non, du café et deux pains au lait, qu'en dis-tu?
— Moi j'en dis ce que tu voudras.
Purita embrassa Martín. Martín sauta du lit, fit deux tours dans la chambre et se recoucha.
— Embrasse-moi encore!
— Autant de fois que tu voudras!
Martín, avec aplomb, sortit son enveloppe aux mégots et se roula une cigarette. Purita n'osa rien lui dire. Martín avait dans le regard comme l'éclat du triomphateur.
— Allez, demande le petit déjeuner!
Purita passa sa robe sur son corps nu et sortit dans le couloir. Martín, une fois seul, se leva et se regarda dans la glace.

Doña Margot, les deux yeux grands ouverts, dormait du sommeil du juste à la Morgue, sur le marbre froid d'une des tables. Les morts de la Morgue n'ont pas l'air de personnes

mortes, on dirait des mannequins assassinés, des marion-
nettes dont les fils sont cassés.

Un polichinelle égorgé est plus triste qu'un homme mort.

Mlle Elvira se réveille tôt, mais elle ne se lève pas matin.
Mlle Elvira aime bien rester au lit, bien couverte, à penser
à ses choses, ou à lire « Les Mystères de Paris » en sortant
juste un peu une main pour tenir le gros volume graisseux
et écorné.

Le matin monte, peu à peu, grimpant comme un ver sur
le cœur des hommes et des femmes de la ville; frappant,
presque avec douceur, sur les regards fraîchement éveillés,
ces regards qui jamais ne découvrent d'horizons nouveaux,
de paysages neufs, de nouveaux décors.

Le matin, ce matin éternellement répété, joue un peu,
cependant, à changer la face de la ville, ce tombeau, ce mât
de cocagne, cette ruche...

Que Dieu nous accorde la rémission de nos fautes!

# EPILOGUE

Trois ou quatre jours ont passé. Le ciel prend peu à peu des tons de Noël. A travers Madrid, on entend, de temps à autre, parmi le grouillement de la rue, la douce volée, la caressante volée des cloches d'une chapelle. Les gens se croisent, pressés. Personne ne pense à son voisin, à cet homme qui marche sans doute les yeux baissés, avec l'estomac vide, un kyste au poumon ou la tête folle.

Tout en prenant son petit déjeuner, don Roberto lit le journal. Puis il va dire au revoir à sa femme, à la Filo, qui est restée au lit, ne se sentant pas bien.

— C'est tout vu, moi j' te l' dis. Il faut faire quelque chose pour ce garçon, réfléchis. Qu'il le mérite, c'est une autre question, mais tout de même !

La Filo pleure pendant que deux des enfants, à côté du lit, regardent sans comprendre, avec les yeux remplis de larmes, et l'expression vaguement triste, un peu absente, des veaux qui respirent encore — alors que leur sang fume sur le carrelage — et lèchent, de cette langue maladroite des derniers instants, la crasse de la blouse du boucher qui les frappe, indifférent comme un juge : le mégot aux lèvres, la pensée tournée vers la première servante venue et une romance de *zarzuela* dans la voix éraillée.

Nul ne se souvient des morts qui sont sous terre depuis un an.

Dans les familles, on entend dire :

— N'oubliez pas, demain c'est l'anniversaire de la pauvre maman.

C'est toujours une sœur, la plus triste, qui se rappelle les dates...

Doña Rosa va tous les jours à la Corredera pour faire son marché, la bonne derrière elle. Doña Rosa va au marché après avoir vaqué à ses affaires au café; doña Rosa préfère faire ses achats au moment où les marchandes plient bagage, la matinée terminée.

Au marché, quelquefois, elle rencontre sa sœur. Doña Rosa demande toujours des nouvelles de ses nièces. Un jour, elle dit à doña Visi :

— Et Julita?

— Ça va.

— Cette fille, ce qu'il lui faut, c'est un fiancé.

Un autre jour — il y a deux ou trois jours —, doña Visi, en apercevant doña Rosa, s'est approchée d'elle, radieuse de joie.

— Sais-tu que la petite a trouvé un fiancé?

— Non?

— Eh oui!

— Et comment est-il?

— Tout à fait bien, ma fille, je suis enchantée!

— Bon, bon, espérons que ça marchera!

— Et pourquoi ça marcherait pas?

— Est-ce que je sais! Avec les types qu'il y a aujourd'hui!

— Oh! Rosa! Tu vois toujours les choses en noir!

— Mais non, ma fille, seulement moi j'aime bien voir venir les choses! Si ça réussit, ben que veux-tu, tant mieux!

— Eh oui...

— Et sinon...

— Sinon, ce sera un autre, moi j' te l' dis.

— Oui, si celui-là te l'abîme pas.

Il reste encore des tramways où les gens s'asseyent face à face, en deux longues rangées qui se contemplent attentivement, et même avec une sorte de curiosité.

« Celui-là il a une pauvre tête de cocu, sa femme s'est sûrement enfuie avec un autre, sans doute avec un coureur cycliste ou, qui sait, avec un type du Ravitaillement. »

Si le trajet est long, les gens arrivent à s'attacher les uns aux autres. On a peine à le croire, mais on regrette toujours un peu que cette femme, qui avait un air si malheureux, descende si vite, cette femme qu'on ne reverra sans doute jamais plus.

« Elle doit avoir du mal à s'en tirer, peut-être son mari

est-il sans travail, je parie qu'ils ont une ribambelle de gosses... »

Il y a toujours une dame jeune, grasse, maquillée, habillée avec une certaine ostentation. Elle porte un grand sac en cuir vert, des souliers en peau de serpent, et elle a une mouche peinte sur la joue.

« Elle a l'air d'être la femme d'un riche fripier. Ou bien la maîtresse d'un médecin; les médecins choisissent toujours des maîtresses très voyantes, on dirait qu'ils veulent dire à tout le monde : « Vous vous rendez compte? Hein? Vous avez bien regardé? Bétail de premier choix! »

Martín vient d'Atocha. En arrivant à las Ventas, il descend et prend à pied par la route de l'Est. Il va au cimetière sur la tombe de sa mère, doña Filomena López de Marco, qui est morte il y a un certain temps, peu de jours avant Noël.

Pablo Alonso replie le journal et sonne. Laurita se couvre, cela lui fait encore un peu honte que la bonne la voie au lit. Après tout, il faut songer qu'il n'y a que deux jours qu'elle habite la maison; à la pension de la rue Preciados où elle s'était logée en quittant sa conciergerie de la rue Lagasca, on était si mal!

— On peut entrer?

— Entrez! M. Marco est là?

— Non, Monsieur, il est parti depuis un bon moment. Il m'a demandé une vieille cravate de Monsieur, une cravate noire.

— Vous la lui avez donnée?

— Oui, Monsieur.

— Bien. Préparez-moi le bain.

La bonne quitte la chambre.

— Il faut que je sorte, Laurita. Pauvre diable! Il ne lui manquait plus que ça!

— Pauvre garçon! Tu crois que tu le trouveras?

— Je ne sais pas, je jetterai un coup d'œil à la Grande Poste et à la Banque d'Espagne, il a l'habitude de passer par là le matin.

De la route de l'Est, on aperçoit de misérables bicoques, faites de bidons et de bouts de planches. Des enfants s'amusent en jetant des pierres dans les flaques que la pluie a laissées. En été, lorsque l'Abroñigal n'est pas encore à sec, ils pêchent des grenouilles à coups de bâtons et se mouillent les pieds dans les eaux sales et malodorantes du ruisseau. Des femmes fouillent dans les tas d'ordures. Un homme déjà vieux, sans doute impotent, s'assied devant la porte d'une cahute, sur un seau retourné, et étend au tiède soleil du matin un journal rempli de mégots.

« Ils ne se rendent pas compte! Ils ne se rendent pas compte... »

Martín, qui cherchait une rime à « laurier », pour un sonnet à sa mère qu'il avait déjà commencé, pense — on s'en doutait depuis longtemps — que le problème n'est pas un problème de production, mais de distribution.

« Vraiment ceux-là sont plus malheureux que moi! Quelle calamité! Il s'en passe des choses! »

Paco arrive, congestionné, tirant la langue, au bar de la rue Narváez. Le patron, Celestino Ortiz, sert un petit verre de *cazalla* [1] au gardien de la paix García.

— L'abus de l'alcool, c'est mauvais pour les cellules du corps humain qui sont de trois sortes comme je vous l'ai déjà dit quelquefois : cellules sanguines, cellules musculaires et cellules nerveuses, parce que ça les brûle, et ça les détruit, mais un petit verre de temps en temps, ça sert à réchauffer l'estomac...

— Je suis de votre avis.

— ... et à éclairer les zones mystérieuses du cerveau humain.

Le gardien de la paix Julio García en est ébahi.

— On raconte que les anciens philosophes, ceux de la Grèce, et ceux de Rome, et ceux de Carthage, quand ils voulaient acquérir quelque pouvoir surnaturel...

La porte s'ouvrit violemment et une subite bouffée d'air glacé envahit le comptoir.

— La porte!

— Salut, m'sieur Celestino!

Le patron l'interrompit. Ortiz était très pointilleux sur la manière de traiter les gens, il était une sorte de chef du protocole en puissance.

1. Eau-de-vie.

— Mon ami Celestino!

— Non, il n'est pas revenu depuis l'autre jour, il a dû se fâcher; moi ça m'ennuie, vous pouvez me croire.

— Bon, ça va! Martín est passé?

Paco tourna le dos au gardien de la paix.

— Regardez. Lisez donc là.

Paco lui remit un journal plié.

— Là, en bas.

Celestino lit lentement, les sourcils froncés.

— Sale affaire!

— J' vous crois.

— Qu'est-ce que vous pensez faire?

— Je ne sais pas. Vous, qu'en pensez-vous? Je crois qu'il vaudrait mieux en parler à sa sœur, vous ne trouvez pas? Si on pouvait l'envoyer à Barcelone, pas plus tard que demain!


Dans la rue Torrijos, un chien agonise dans un trou au pied d'un arbre. Un taxi lui a passé au milieu du ventre. Il a des yeux suppliants et la langue pendante. Des enfants le harcèlent du pied. Deux ou trois douzaines de personnes assistent au spectacle.

Doña Jesusa rencontre Purita Bartolomé.

— Qu'est-ce qui se passe?

— Rien, un clebs écrasé.

— Le pauvre!

Doña Jesusa prend Purita par le bras.

— Tu es au courant de l'affaire de Martín?

— Non, qu'est-ce qui lui arrive?

— Ecoute...

Doña Jesusa lit à Purita quelques lignes du journal.

— Et alors?

— Ben j'en sais rien, ma fille, ça me dit rien qui vaille. Tu l'as vu?

— Non, je ne l'ai pas revu.


Des boueurs s'approchent du groupe du cabot moribond, saisissent le chien par les pattes de derrière et le lancent dans la voiturette. L'animal pousse en l'air un cri de douleur profond et désespéré. Le groupe regarde un moment du côté des boueurs, puis se dissout. Chacun file de son côté. Parmi les gens il y a, peut-être, quelque enfant pâle qui prend plaisir — tout en souriant sinistrement, presque imperceptiblement — à voir comment le chien n'en finit pas de mourir...

Ventura Aguado cause avec sa fiancée, Julita, par téléphone.

— Mais tout de suite?

— Oui, mon petit, à l'instant même! Dans une demi-heure je serai à l'entrée du métro Bilbao, sois-y sans faute!

— Oui, oui, t'en fais pas... Adieu!

— Adieu, fais-moi un baiser.

— Tiens, cajoleur!

Une demi-heure après, en arrivant à la bouche de métro de Bilbao, Ventura trouve Julita qui attend déjà. La jeune fille éprouvait une très grande curiosité, et même une certaine inquiétude. Que pouvait-il bien se passer?

— Il y a longtemps que tu es là?

— Non, il n'y a pas cinq minutes. Que s'est-il passé?

— Je vais te dire ça, on va entrer là.

Les amoureux entrent dans une brasserie et s'asseyent au fond, à une table qui se trouve presque dans l'ombre.

— Lis.

Ventura allume une allumette afin que la jeune fille puisse lire.

— Eh bien, il s'est fourré dans une drôle d'histoire, ton ami!

— Voilà tout ce qu'il y a, c'est pour ça que je t'ai appelée.

Julita est pensive.

— Et qu'est-ce qu'il va faire?

— Je n'en sais rien, je ne l'ai pas vu.

La jeune fille prend la main de son fiancé et tire une bouffée de sa cigarette.

— Mon Dieu, quelle histoire!

— Oui, c'est toujours les chiens maigres qui attirent les puces... J'ai pensé que tu pourrais aller voir sa sœur, elle habite dans la rue Ibiza.

— Mais je ne la connais pas!

— Ça ne fait rien, tu lui dis que tu viens de ma part. Le mieux ce serait que tu y ailles tout de suite. Tu as de l'argent?

— Non.

— Tiens, voilà deux douros. Va et reviens en taxi, plus on fera vite, mieux ça vaudra. Il faut le cacher, il n'y a pas d'autre solution.

— Oui, mais... on ne va pas se mettre dans de sales draps?

— Je ne sais pas, mais il n'y a pas d'autre solution! Si Martín est seul, il est capable de faire n'importe quelle sottise!

— Bon, bon, c'est toi qui décides!

— Allez, vas-y!

— Quel numéro est-ce?

— Je n'en sais rien, c'est à l'angle de la deuxième rue, sur la gauche, en montant par la rue Narváez, je ne sais pas comment elle s'appelle. C'est sur le trottoir d'en face, du côté des numéros pairs, après avoir traversé. Son mari s'appelle González, Roberto González.

— Tu m'attends ici?

— Oui, moi je vais voir un ami qui a le bras long, et dans une demi-heure je serai de retour ici.

Le señor Ramón cause avec don Roberto, qui n'est pas allé à son bureau, et avait demandé une permission à son chef par téléphone.

— C'est quelque chose de très urgent, don José, je vous l'assure; de très urgent et très désagréable. Vous savez bien que je n'aime pas abandonner mon travail sans motif. C'est une affaire de famille.

— Bien, mon cher, bien, ne venez pas, je dirai à Díaz de jeter un coup d'œil sur votre secteur.

— Merci bien, don José, Dieu vous le rendra. Je saurai me montrer digne de votre bienveillance.

— De rien, mon ami, de rien, nous sommes tous là pour nous aider comme de bons amis, le principal c'est que vous trouviez une solution.

— Merci bien, don José, on verra si on peut..

Le señor Ramón paraît soucieux.

— Tenez, González, si vous me le demandez, moi je le cache ici quelques jours; mais après ça qu'il cherche ailleurs. C'est pas pour la chose, car ici c'est moi qui commande, mais la Paulina va en faire une montagne quand elle va l'apprendre!

Martín prend par la grande route du cimetière. Assis sur
la porte de la chapelle, le curé lit un roman de cow-boys.
Sous le tiède soleil de décembre, les moineaux pépient, en
sautant de croix en croix, et en se balançant sur les bran-
ches nues des arbres. Une fillette passe à bicyclette sur le
sentier; elle chante, de sa tendre voix, une chanson légère
à la mode. Tout le reste est silence, un silence doux, délicieux. Martín éprouve un bien-être ineffable.

Petrita parle à sa maîtresse, à la Filo.
— Qu'est-ce qui vous arrive, señorita?
— Rien, le petit qui est souffrant, tu sais bien.
Petrita sourit avec tendresse.
— Non, le petit n'a rien. C'est la señorita qui a quelque
chose de plus grave.
Filo porte son mouchoir à ses yeux.
— Cette existence ne réserve que des contrariétés, ma
fille, tu es encore trop jeune pour comprendre!

Rómulo, dans sa librairie de vieux livres, lit le journal.
« Londres. — La radio de Moscou annonce qu'une confé-
rence entre Churchill, Roosevelt et Staline s'est tenue à
Téhéran il y a quelques jours. »
— Ce Churchill, c'est le diable en personne! A l'âge qu'il
a, le voilà par monts et par vaux tout comme un jeune
homme!
« Quartier général du Führer. — Dans la région de
Gomel, dans le secteur central du front de l'Est, nos forces
ont évacué les points de... »
— Oh là là! Ça, ça ne me dit rien qui vaille!
« Londres. — Le président Roosevelt est arrivé à l'île
de Malte à bord de son avion géant Douglas. »
— Quel type! Je mettrais ma main au feu que cet avion-
là a même des cabinets!
Rómulo tourne la page et parcourt les colonnes du regard,
avec lassitude.
Il tombe en arrêt sur de brèves lignes serrées. Sa gorge
se sèche et ses oreilles commencent à bourdonner.
— Il ne lui manquait plus que ça! Quand on a la poisse!

Martín arrive au caveau de sa mère. Les inscriptions
sont assez bien conservées : « R. I. P. doña Filomena López

Moreno, veuve de D. Sebastián Marco Fernández, décédée
à Madrid le 20 décembre 1934. »

Martín ne va pas tous les ans sur la tombe de sa mère
pour l'anniversaire de sa mort. Il y va quand il s'en souvient.

Martín se découvre. Il éprouve une légère sensation de
calme qui donne de l'apaisement à son corps. Par-dessus
les murs du cimetière, là-bas dans le lointain, on voit la
plaine de couleur ocre sur laquelle repose doucement
le soleil. L'air est froid, mais non glacé. Martín, le
chapeau à la main, sent sur son front une légère caresse
presque oubliée, une vieille caresse du temps de son
enfance...

« On est très bien ici — pense-t-il —, je vais venir
plus souvent. »

Il s'en est fallu d'un rien qu'il ne se mette à siffler, il s'est
arrêté à temps.

Martín regarda autour de lui.

« La fillette Josefina de la Peña Ruiz est montée au Ciel
le 3 mai 1941, à l'âge de onze ans. »

« Comme la petite à la bicyclette. Peut-être étaient-
elles amies; et quelques jours avant de mourir, elle lui
disait, comme disent quelquefois les fillettes de onze ans :
« Quand je serai grande et que je me marierai... »

« L'Illustrissime Señor Don Raúl Soria Bueno, décédé à
Madrid... »

« Un homme illustre en train de pourrir dans une boîte! »

Martín s'aperçoit qu'il n'est pas sérieux.

— Non, non, Martín, sois sage!

Il lève de nouveau les yeux et sa mémoire est pleine du
souvenir de sa mère. Il ne pense pas à ses dernières années,
il la revoit à trente-cinq ans...

« Notre Père, qui êtes aux Cieux, que votre Nom soit
sanctifié, que votre Règne arrive, comme nous les pardon-
nons à ceux qui nous ont offensés... Non, il me semble que
ce n'est pas comme ça. »

Martín recommence et de nouveau se trompe; à ce
moment-là, il eût donné dix ans de sa vie pour se souvenir
du Notre-Père.

Il ferme les yeux et serre fort les paupières. Subitement
il se met à parler à mi-voix.

— Ma mère, toi qui es dans la tombe, je te porte dans

mon cœur et je demande à Dieu de te tenir dans sa Gloire éternelle comme tu le mérites. Amen.

Martín sourit. Il est enchanté de la prière qu'il vient d'inventer.

— Ma mère, toi qui es dans la tombe, je demande à Dieu... Non, c'était pas comme ça.

Martín fronce les sourcils.

— Comment était-ce?

Filo continue de pleurer.

— Moi je ne sais que faire, mon mari est sorti pour aller voir un ami. Mon frère n'a rien fait, je vous assure; ça doit être une erreur, personne n'est infaillible, lui il est en règle...

Julita ne sait que dire.

— C'est ce que je crois, moi, ils ont sûrement fait erreur. De toute façon, je crois qu'il faudrait faire quelque chose, qu'il faudrait aller voir quelqu'un... Enfin, c'est ce que je crois.

— Oui, on verra ce qu'en dit Roberto quand il rentrera.

Subitement, Filo se met à pleurer plus fort. Le jeune enfant qu'elle tient sur le bras pleure aussi.

— Moi, tout ce que je peux faire, c'est prier la petite Vierge du Perpétuel-Secours qui m'a toujours tirée d'embarras.

Roberto et le señor Ramón sont arrivés à un accord. Comme l'affaire de Martín, après tout, ne devait pas être bien grave, le mieux c'était qu'il aille se présenter, tout simplement. A quoi bon prendre la fuite quand on n'a rien d'important à cacher? On attendrait deux ou trois jours — que Martín pouvait très bien passer chez le señor Ramón — et ensuite, pourquoi pas? il se présenterait accompagné du capitaine Ovejero, de don Tesifonte, qui est incapable de s'y refuser et qui est toujours une garantie.

— Cela me paraît très bien, señor Ramón, je vous remercie beaucoup. Vous êtes un homme plein de bon sens.

— Mais non, mon ami, mais non, c'est qu'il me semble que ça serait le mieux.

— Oui, moi je trouve aussi. Je vous prie de croire que vous m'avez retiré un grand poids!

Celestino en est à sa troisième lettre, il pense en écrire encore trois. Le cas de Martín le préoccupe.

— S'il ne me paie pas, qu'il ne me paie pas, mais moi je ne peux pas le laisser comme ça!

Martín descend les douces pentes du cimetière, les mains dans les poches.

« Oui, je vais m'organiser. Travailler un peu tous les jours, c'est encore le mieux. Si on me prenait dans un bureau quelconque, j'accepterais. Pas au début, mais par la suite, on peut même y écrire, à temps perdu, surtout si c'est bien chauffé. Je vais en parler à Pablo, lui il trouvera sûrement quelque chose. Aux syndicats, on doit être assez bien, on vous paie des heures supplémentaires. »

Martín a rayé sa mère, comme avec une gomme, de ses préoccupations.

« On doit être très bien aussi à l'Institut national de Prévoyance; mais ça doit être plus difficile d'y entrer. Dans ces endroits-là on est mieux que dans une banque. Dans les banques, on exploite les gens, quand on arrive en retard on vous retient sur la paie. Dans les bureaux privés, ça ne doit pas être difficile de faire son chemin; moi, ce qui m'irait, c'est qu'on me charge de faire de la publicité dans la Presse. Vous souffrez d'insomnie? Cela vous regarde! Vous êtes malheureux parce que vous le voulez bien! Les tablettes Machin — Marco, par exemple — vous donnent le bonheur sans attaquer le cœur! »

Martín est enthousiasmé par l'idée. En sortant, sur la porte, il s'adresse à un employé.

— Auriez-vous un journal? Si vous l'avez lu je vous l'achète, c'est pour voir quelque chose qui m'intéresse...

— Oui, je l'ai déjà lu, emportez-le.

— Merci bien.

Martín s'élança. Il s'assit sur un banc du petit jardin qui se trouve à la porte du cimetière et déplia son journal.

« Quelquefois, dans la presse, on trouve de très bonnes pistes quand on cherche un emploi. »

Martín s'aperçut qu'il allait trop vite et voulut ralentir un peu.

« Je vais lire les nouvelles; advienne que pourra; rien ne sert de courir, il faut partir à temps! »

Martín est enchanté de lui-même.

« Aujourd'hui, ça oui, je suis en forme et je raisonne bien! Ça doit être l'air de la campagne. »

Martín se roule une cigarette et commence à lire le journal.

« Ce truc de la guerre, quelle pitié! Tout le monde est perdant et personne ne fait avancer la culture d'un seul pas! »

Il sourit intérieurement, il va de succès en succès.

De temps à autre, il réfléchit à ce qu'il lit, en regardant du côté de l'horizon.

« Enfin, continuons! »

Martín lit tout, tout l'intéresse, les chroniques internationales, l'article de fond, les extraits de discours, l'information théâtrale, les premières du cinéma, la Ligue...

Martín remarque que la vie, lorsqu'on va en banlieue respirer l'air pur, offre des perspectives plus tendres, plus délicates que lorsqu'on reste constamment enfermé dans la ville.

Martín replie son journal, le range dans la poche de son veston, et il commence à marcher. Aujourd'hui il sait plus de choses que jamais, aujourd'hui il pourrait suivre n'importe quelle conversation sur l'actualité. Il l'a lu de haut en bas, son journal, et la rubrique des petites annonces, il se réserve de la lire avec calme, dans un café, au cas où il faudrait relever une adresse ou téléphoner quelque part. La rubrique des petites annonces, les faits divers et le rationnement des communes de la ceinture, c'est tout ce qui lui reste à lire.

Comme il atteint les Arènes, il aperçoit un groupe de filles qui le regardent.

— Salut, mes jolies!

— Salut, touriste!

Le cœur de Martín saute dans sa poitrine. Il est heureux. Il remonte par la rue Alcalá au pas cadencé, en sifflant la Madelon.

« Aujourd'hui mes amis vont constater que je suis un autre homme. »

C'était à peu près ce que se disaient ses amis.

Martín, qui marche déjà depuis longtemps, s'arrête devant un étalage de bijoux fantaisie.

— Quand je travaillerai et que je gagnerai de l'argent, j'achèterai des boucles d'oreilles à la Filo. Et d'autres à Purita.

Il tâte son journal et sourit.

« Là il peut y avoir une piste! »

Martín, comme mû par un vague pressentiment, ne tient pas à se presser... Dans sa poche, il porte le journal dont il n'a pas encore lu la rubrique des petites annonces, ni les faits divers. Ni le rationnement des communes de la ceinture.

— Ha, ha! Les communes de la ceinture! Que c'est drôle! Les communes de la ceinture!

*Ouvrage reproduit*
*par procédé photomécanique.*
*Impression S.E.P.C.*
*à Saint-Amand (Cher), le 6 mars 1990.*
*Dépôt légal : mars 1990.*
*1er dépôt légal : octobre 1989.*
*Numéro d'imprimeur : 485.*
ISBN 2-07-070772-5./Imprimé en France.